당신은 시를 쓰세요, 나는 고양이 밥을 줄 테니

당신은 시를 쓰세요,
나는 고양이 밥을 줄 테니

초판 1쇄 발행 2020년 11월 9일

지 은 이 박지웅
펴 낸 이 신혜경
펴 낸 곳 마음의숲

대   표 권대웅
편   집 전유진 채수희
디 자 인 임정현 박기연
마 케 팅 노근수 김은빈

출판등록 2006년 8월 1일(제2006-000159호)
주   소 서울시 마포구 와우산로30길 36 마음의숲빌딩(창전동 6-32)
전   화 (02) 322-3164~5 팩스 (02) 322-3166
이 메 일 maumsup@naver.com
인스타그램 @maumsup
용지 (주)타라유통 인쇄·제본 스크린그래픽

ISBN 979-11-6285-066-4 (03810)

＊이 도서의 국립중앙도서관 출판예정도서목록(CIP)은 e-CIP홈페이지(http://www.nl.go.kr/ecip)와
  국가자료공동목록시스템(http://www.nl.go.kr/kolisnet)에서 이용하실 수 있습니다.
  (CIP제어번호: CIP2020044526)

시인 박지웅의 따뜻한 마음 한 권

당신은
시를 쓰세요,

나는 고양이 밥을
줄 테니

박지웅 산문집

마음의숲

삶에 가까이 있는 것들이
가장 아름답다

《당신은 시를 쓰세요, 나는 고양이 밥을 줄 테니》는 고양이 책이 아니다. 시에 대한 책도 아니다. 우리 삶의 바닥과 곁을 이루고 있는 수많은 '당신'과 '나'에 대한 이야기다. 당신과 내 곁을 지키고 있는 평범하고 아름다운 것들과 그 특별한 가치에 대한 이야기다. 다만 '시'와 '고양이'의 손길과 숨결이 내 삶에 따뜻한 언어가 되었으니, 이 책 몇몇 곳에서 그들이 자연스럽게 스미어 있을 뿐이다.

삶이 피치 못할 집중 호우로 침수될 때가 있었다. 그 물난리에 가지런히 놓여 있던 내 꿈과 사랑과 희망 들이 흙탕물에 잠겼을 때, 나는 마음자리에도 드넓은 습지가 필요함을 깨달았다. 필요하다면 마음의 양안에 튼튼한 제방을 쌓기도 해야겠지만, 그보다 근본적인 방책은 갑자기 불어난 유량을 견뎌낼 만한 넓은 땅을 갖는 것이었다. '당신의 품'과 '나의 품'이 서로에게 열려 있다면, 웬만한 어려움으로부터 우리를 지킬 수 있을 것이다. 우리가 '당신'과 '나', 저마다의 '시'와 '고양이'들을 되찾을 수 있다면, 이 보금자리를 보다 아름답게 가꾸어나갈 수 있을 것이다.

문학청년 시절을 보낸 부산의 오래된 한옥 다락방에서 내려와 라일락꽃이 피어 있는 오월의 마당을 지나 서울로 파주로 흑산도로 남해로 떠돌며, 나는 행복해지려고 '지금'을 돌보지 않았다. 마음에 빈자리가 생길 때마다 어쩔 줄을 몰랐다.

산에서 내려오는 이들은 말한다. "저 위에서 보면 참 근사해." "조금만 더 올라가면 돼." '앞으로, 더 위로'는 몸과 마음에 큰 짐이었으나 나는 허리를 숙이고 묵묵히 걸었다. 산등성에서 뒤돌아본 세상은 정말 아름다웠다. 그때 깨달았다. 더 멋진 곳을 찾아 더 높은 곳으로 올라왔지만, 그곳에서 확인한 것은 내가 떠나온 자리가 가장 아름답다는 사실이었다. 나 자신을 벗어나 반세기에 걸쳐 오른 이 외로운 산등성에서 이제는 내려가려 한다. 한 걸음 더 나와 당신들에게 다가가려 한다. 아름다운 것은 아무것도 아끼지 않고 나누려 한다. 우체국에 자주 가려 한다. 그곳에서 당신을 더 사랑하며 시를 쓰고 몸을 낮추어 내 삶의 '길고양이'들을 보살피려 한다.

첫 물결은 해변에 닿지 못한다고 들었다. 뒤에서 또 다른 물결이 밀고 밀어야 닿을 수 있다고.《당신은 시를 쓰세요, 나는 고양이 밥을 줄 테니》라는 내 마음 한 권이 누군가의 가슴에 닿기까지 많은 물결로부터 도움을 받았다. 내 곁을 지켜준 마음들이 있어 가능한 일이었다. 자칫 딱딱할 수 있는 글들을 그림으로 편안하게 풀어준 일러스트레이터 한차연 님과 느린 행보에도 나를 끝까지 믿고 지지해 준 마음의숲 권대웅 대표, 편집자 채수회 님께 고마운 마음을 전한다.

2020년 가을

박지웅

그대에게 가는
클래식한
세 가지 방법

　　　　　책상머리에 앉아 넘어가지 않는 책장
을 붙잡고 있다가 밖으로 나갔다. 마침 우체국에 가야 할 일도
있던 차였다. 길을 걷는데 우체국 앞 빨간 우체통과 공중전화
부스, 그 옆에 누군가 타고 온 노란 자전거가 있다. 그대에게
가는 클래식한 세 가지 방법이다. 느닷없이 한 문장이 떠올랐
다. '산책이 산 책이다.' 되뇔수록 입에 착 감겼다. 세상이야말로
생생한 책이니 산책이란 온몸으로 하는 독서가 아닌가. 세상에
나쁜 길, 좋은 길이 따로 있겠냐마는 이왕 하는 산책이라면 사

람들이 흥청망청 시간을 소비하는 장소보다 땅과 하늘이 드넓게 펼쳐진 장소가 좋을 듯하다. 자연보다 좋은 양서는 없겠지만, 도시인들에게 '온몸으로 하는 독서'란 쉬운 일이 아니다. 그나마 가까운 천변이나 공원이 있으면 모를까 그마저도 없는 경우가 허다하다.

걷는 것만이 산책이 아니다. 몸 산책이 어렵다면, 마음 산책을 하면 된다. 우리가 누군가를 위해 기도하는 것, 밤하늘에서 별 하나를 찾아보는 것, 아침 향나무 사이를 오가는 새소리에 귀를 기울이는 것, 봄날 넓어진 나뭇잎을 가만히 매만져보는 것, 울퉁불퉁하게 흘러가는 구름을 오래 들여다보는 것, 그리운 이름을 가만히 불러보는 것 모두가 마음 산책이다. 또 사랑한다는 말이 들어 있는 한 통의 편지를 쓰는 일은 얼마나 아름다운 산책인가. 그것들이 모여 무성한 마음의 숲을 이룬다면, 우리는 그 숲길에서 넉넉해질 수 있으리라.

"내가 부친 그리움은 며칠 후에나 그대에게 가 안길까." 스무 살 즈음에 쓴 〈편지〉라는 짧은 시다. 슬프거나 기쁠 때, 안부가 궁금할 때 편지를 쓰던 시절. 나는 내 마음속을 걸으며 발

견한 이야기들을 상대에게 전했다. 손으로 쓴 편지를 통해서.

사랑이 그만 날갯짓을 접으려 할 때 둘러본 내 마음은 절절했고, 그 상실감을 종이 위에 꾹꾹 눌러가며 적지 않았던가. 지난날 나는 애인의 집 앞을 서성였고 창 아래에서 그 이름을 소리 낮춰 불렀다. 말과 글이 육체 없이 유령처럼 공중을 날아다니는 지금에야 '그땐 참 낭만적이었지' 하겠지만, 그 시절에는 그냥 일상이었다. 육필과 육성의 전성시대. 돌아보면 내 말과 손끝에서 마음이 멀지 않던 날들이었다.

대문 편지함이 포털 사이트 메일함으로 바뀌는 동안, 나는 빨라졌고 더 많은 일과 사람을 만났다. 관계망은 넓어졌지만 느슨해졌다. 내가 건넨 말과 마음은 얼마나 푸석했겠는가. 알갱이 없는 말들이 악성 바이러스처럼 내 삶에 퍼지는 동안 나는 감지하지 못했다. 피로를 넘어 과로사에까지 이르는 도시인의 삶도 어쩌면 상처뿐인 영화가 아닐는지.

얼마 전, 지하철을 기다리다 발아래 노란 선을 보고 한 발 뒤로 물러난 적이 있다. 치명적인 틈이었다. 길과 길이 아닌 것 사이에 끼는 상상은 끔찍했다. 출구와 입구 사이에 있는 깊은 균열, 크레바스에 빠지곤 하는 우리는 대체 어떤 삶을 꿈꾸는 것일까. 발밑에 생긴 이 균열들은 언제, 어떻게, 누구에 의해, 왜 생겨난 것일까. 그 깊은 틈이 꿈과 현실의 괴리에서 태어난 괴물이라면, 또 어떤 방식으로 우리 안에서 자라고 활동하고 있을까. 지금 우리는 답장도, 답도 없는 세계를 자초해 살아가고 있다.

답장을 받으려면 먼저 이 세계의 안부를 물어봐야 한다. 괜찮으냐고, 어디가 편찮으시냐고 물어야 한다. 결국 자기 파괴로 이어질 수 있는 길을 돌이키는 방법은 우리 스스로 '좋은 산책'을 하는 것이다. 내 삶에서 할 수 있는 것부터 하면 된다. 되도록 대중교통을 이용하는 것, 플라스틱과 비닐 사용을 줄이는 것, 육류 소비를 줄이는 것도 내가 할 수 있는 산책이다. 이웃에게 웃는 얼굴로 인사를 건네고, 고향 집에 안부 전화를 넣어도 좋겠다.

동전을 들고 공중전화 부스로 가야겠다. 부디 오늘 밤에 어머니와 나의 하늘에 별이 빛나기를.

그리움도
등대가
필요해

"쥐약 주세요. 집에 쥐가……. 박카스도 하나요."

20대 중반의 나는 약국에서 밝은 얼굴로 쥐약을 사고 있
었다. 약사는 나를 잠깐 보더니 뒤로 돌아가서 주섬주섬 무언
가를 꺼내어 내 앞에 내려놓았다. 쥐덫이었다. 쥐가 밟으면 꼼
짝할 수 없는 끈끈이가 발라진. 그것을 손에 쥐고 약국을 돌아
서 나와 뒷골목에 패대기쳤다. 삶의 의욕이 넘친다는 듯이, 힘
을 내어 뭔가를 도모하겠다는 듯이 상큼하게 박카스까지 주

문했건만. 눈치 빠른 약사 같으니!

약국에 가서도 내 어린 영혼의 고통을 멈출 수 없던 시절이었다. 난생처음 만난 그리움의 늪을 스스로 벗어날 만한 힘도 없을 때였다. 기다림이 영원해져 버린 나날들. 아무리 기다려도 오지 않는 것이 있으니 기다림을 슬기롭게 대처할 방법도 없었다. 눈을 감았다가 뜨고 물에 찬밥을 말아 먹는 것이 내 하루의 전부였다. 어제 뜬 초승달이 오늘도 뜨고, 그다음 날도 같은 초승달이 떴다. 시간이 흐르지 않는 세계에 갇혀 막막하고 아득할 뿐이었다. 신은 기다림이라는 감옥에 시간을 넣어주지 않았다.

마음은 육체의 일부요, 보이지 않는 장기다. 전신 마취는 장기를 포함한 모든 근육을 정지시킨다고 한다. 이후 마취에서 깨어난 장기와 근육은 자기 역할을 처음부터 천천히 배워간다고 한다. 그즈음 내 마음이 꼭 그랬다. 슬픔, 자책, 좌절, 희망을 비롯한 마음의 모든 감정과 기능이 멈춰버렸다. 마음이 전신 마취 상태에서 깨어날 때까지 내 방에서 안개처럼 지냈다. 그리고 썼다.

그대 떠난 것을 알고 미친 듯이 가슴속의 방들을 열어 보았네 공포에 질린 얼굴로 내 안의 방들을 뛰어다녔네…… 이 모든 폐허를 홀로 가로질러 간 그대는 그대 가슴속에 있는 방들을 다 열어 보았는가.[1]

마음에도 뼈가 있어 그렇게 뼈저리던 젊은 시절은 흐르고 흘렀다. 어떻게 그 감옥에서 나오게 되었는지 알 길이 없다. 내가 무릎 꿇고 기다리던 것들의 행방도 알 수 없다. 어느 해변에 앉아 있는데, 내 그림자가 스윽 일어나더니 가버린다. 저 놈이 주인을 버리고 어디를 저리 가는가? 그림자는 밀물과 썰물을 지나 저녁을 한동안 걷더니 바닷가 공원으로 들어간다. 혼자가 아니다. 어디선가 모여든 그림자들과 무대에 오른다. 그리움이 가끔 일어나 내 바깥으로 나갈 때가 있다. 그럴 때에는 그냥 그대로 지켜본다. 그리운 것들끼리 한바탕 놀도록 내버려 두는 거다.

이제는 사랑하는 것을 가지려 하기보단 그것이 어디서든 빛나기를 바랄 뿐이다. 내가 사랑하는 모든 것들이 별이 되면 좋겠다. 그리움들이 떠나온 집으로 무사히 돌아갈 수 있도록.

그러고도 이 지상에 아직 머무르는 그리움이 있다면 이제는 내가, 그리고 당신이 그리움을 위한 등대가 되어주어야 한다.

다섯 손가락에
꼽은 단어들

"다섯 손가락 안에 꼽을 만큼 좋아하는 단어를 써 보라"는 말에 학생들은 꽤 고민하는 눈치였다. 빈 종이 위에 펜이 닿을락 말락 할 뿐, 아이들은 쉽사리 떠올리지 못했다. 좋아하는 단어를 써내는 것은 생각처럼 만만하지가 않다.

입학하면서부터 학생들은 자기가 좋아하는 것보다 자기가 해야 할 것들을 강요받기 시작한다. 좋아하지만 지금은 좋아해서는 안 되는 것들, 좋아하지만 부모님의 허락을 받아야 하는 것들, 좋아하지만 내 안에 꼭꼭 감춰두어야 하는 것들은 복잡하게 얽혀 있을 뿐이다. 더군다나 난생처음 만난 특강 선생에게 자신을 드러내는 일은 쉽지 않을 것이다. 이제는 자신이 무엇을 좋아하는지도 알 수 없게 된 아이들은 주어진 5분 동안 끙끙거렸다.

모든 아이들이 펜을 놓자 나는 말했다. 그 다섯 단어 가운데에서 절대 버릴 수 없는 것 하나만을 남겨보라고. 아! 낮은 탄성을 지르는 아이들. 휴우, 한숨을 내쉬는 소리도 들렸다. 곤혹스러운 표정이 역력했다. 자못 진중해진 아이들은 마지막 한 단어를 고르기 위해 마음을 모았다.

사랑하는 친구의 이름을 써낸 아이도 있었다. 가슴에 품어온 낱말에 값비싼 외제 차나 명품 브랜드, 땅과 빌딩, 돈은 없었다. 아이들이 마지막까지 남긴 단어 가운데 으뜸은 '어머니'였다. '게임'을 마지막 단어로 남긴 학생은 장차 멋진 프로게이머가 될 것이다. '시'를 최후의 단어로 꼽은 친구는 시인으로 살아갈 것이다. 모두 최후로 남긴 단어를 가슴에 품고 꿈꾸며 뜻깊은 이야기들을 만들어갈 것이다.

문제는 이 생명어生命語들이 가슴에 살아 숨 쉴 수 있도록 하는, 지속 가능한 삶이다. 지금은 공감과 응원이 필요한 시간이다. 학생들은 서로의 꿈을 응원하며 서로에게 힘차게 손뼉을 쳐주었다. 나는 특강을 마치고 집으로 돌아와 그 종이를 하나하나 펼쳐보았다. 그들의 삶에 오래 남을 단어들을 손끝으로 가만히 만져보았다.

노을, 창가, 함박눈, 고향 바다, 게임, 고양이, 어머니, 사랑, 조각배, 여행, 봄비, 하늘, 시, 빗방울, 눈썹달, 꽃, 별, 편지, 비빔밥……

내가 사는 행성은
'지구'가 아니라
'지금'

봄날에 골목을 걷는 즐거움은 대부분 목련 꽃잎에서 비롯된다. 담벼락에서 골목으로 넘어온 꽃잎은 봄 햇살에 몸을 드러낸다. 초등학생 때 옥상에 올라갔다가 우연히 본 옆집 누나의 어깨선을 닮은 꽃. 시선이 꽃잎 외곽을 따라가면 가슴이 두근거리면서 하늘로 곤두박질치는 것이다. 쓰던 시를 내려놓고 골목마다 돌아다니며 흰 목련 꽃잎을 주우러 다닌다. 길바닥에 떨어진 꽃은 금세 녹이 슨다. 두보는 탄식했다. 꽃잎 한 장이 지면 봄빛이 줄어든다고.

얼마 전 영국 연구팀에서 허블 망원경으로 132억 년 전에 만들어진 은하를 발견했다. 'A2744_YD4'라는 이름이 붙여진 이 은하는 지금까지 인류가 발견한 가장 오래된 은하보다 1억 년 앞서 생성되어 초기 우주의 별들을 활발하게 생산했을 것이다. 인류는 우주의 시원을 별에서 찾기 위해 눈의 기능을 확장해왔다. 먼 곳에 있는 별들을 눈앞에 가져오기 위해 애썼다.

'더 멀리, 더 선명하게'를 외치며 우주로 눈을 돌리는 동안, 정작 우리는 우리 내면에 있는 우주를 살피는 일에 소홀하지는 않았는가. 거울에 비친 당신에게 물어보라. 지금도 당신의 눈에 보이는 당신의 모습이 별처럼 빛나고 있는가? 거울 속의 눈이 퀭하고 늘 부어 있다면 당신은 당신의 아름다운 우주를 제대로 돌보지 않은 것이다. 내팽개친 것이다. 먹고사는 일에 지쳤거니와 짓밟히지 않으려 몸부림쳤다. 그러면서 당신은 당신의 별을 자신도 모르게 우주 멀리 추방한 것이다.

나에게서 멀어져간 나를 되찾아야 한다. 먼저, 마음의 창에 망원경을 마련하자. 나의 별은 어디에 있는가. 설명할 수 없이 빠져든 외사랑의 창가에 떠 있는가. 달의 표면을 지나는, 봄철

길잡이 별자리인 처녀자리의 스피카를 배회하고 있는가. 우리는 고성능 렌즈를 통해 시간을 건너고 건너 육신이 다다를 수 없는 먼 곳을 볼 수 있다. 그러나 우리가 보는 먼 곳의 별들은 모두 과거의 빛이다. 그 시공간에 모여 있는 것은 우리가 무심코 흘려버린 '지금 이 순간'들의 잔해이다. 과거를 자주 돌아보는 사람은 지금을 낭비하는 안타까운 특징을 띤다. 과거를 멀리서 보며 감탄하는 것은 사실 고독한 일이다. '지금'을 놓치는 순간, 우리 존재는 먼지의 세계로 추락하곤 한다.

우리가 사는 행성은 '지구'가 아니라 '지금'이다. 우리가 '지금 이 순간'을 머리에서 꼬리까지 분명하게 인식하기를, 우리 존재가 어디에서 무엇을 하는지 용의주도하게 놓치지 않기를 바란다. 느리고 촘촘하게 우리가 속한 지금을 살고, 스스로 더 사랑했으면 한다. 한갓 목련나무조차도 '지금'을 충실히 사랑하며 살아와서 아름다운 꽃을 피우건만, 우리가 못할 게 뭐 있겠는가.

늦지 않았다. 지금 당장 내 마음에 망원경을 대고 잃어버린 나의 위치를 찾자. 그리고 나 자신을 향해 한 걸음이라도 다가가자. 닿지 못할 것 같은 절망감에 휩싸여도 괜찮다. 그렇게 다가서려고 애쓰는 상태일 때, 우리의 정신과 영혼은 꿈틀거리며 빛난다. 삶의 주어를 다시금 나로 바로잡아야 한다. 봄빛이 줄고 있다. 이 선택이야말로 가장 실존적인 삶의 문제이다.

심장에서
영혼까지

꽃이 파문이다. 파문이 꽃이다. 파문이 핀 수면 아래에는 기다란 물의 가지가 있다. 그 가지 끝에, 꽃 끝에 앉을 수 있는 것은 나비뿐이다. 우리는 저 시간과 공간의 경계에 걸린 기막힌 배후를 보지 못한다. 꽃집 주인이 장미 한 송이를 묶음에서 빼낼 때 일어나는 파문, 그건 꽃송이를 들고가는 저 사람도 모른다. 제가 가져가는 꽃이 일으킬 파문에 대해서는 관심 없다.

꽃이 피는 곳이 바로 허공의 수면 위에 이는 파문인 것을 모르는 사람이 많다. 꽃이 들어간 동네에 생긴 새로운 파문을 읽지 못한다. 꽃은 파문을 일으키고 파문은 바람이 된다. 그 바람이 다시 꽃이 되어 우리 가슴 앞에 멈추거나 피어 있을 때, 시간과 공간의 은근한 내통을 깨닫는 우리는 사랑을 할 자격이 있다. 우리는 시간과 공간이 만든 수면 위에 떠 있는 꽃이 된다.

사실 나비는 목련과 같은 문중이다. 목련은 '북향화'라고도 하는데, 여기에 전설이 하나 있다. 옥황상제의 딸이 북쪽 바다 신을 연모하였으나 끝내 사랑을 이루지 못하고 스스로 목숨을 버렸다. 공주의 무덤에서 나온 나무가 바로 목련이고, 그 꽃봉오리는 모두 북쪽을 향하고 있다. 흰나비는 이루지 못한 공주의 사랑을 담아 북쪽 바다로 날아간다. 수천 마리의 흰나비들이 피어 있는 나무. 그 혼백들이 목련 위에 앉아 있다가 산 사람들을 흔든다.

사람들은 나비가 어디에서 자꾸 돌아오는지 모른다. 꽃으로 만든 저 수천수만의 환생을 보는 자들은 주로 몽상가나 시인이다. 목련 한 그루에서 천 마리 이상의 나비가 환생한다.

나비는 공중에 파문을 일으킨다. 꽃마다 돌아다니며 밑불을 지핀다. 사랑은 끝나지만, 인연은 끝이 없다.

　세상의 많은 이별이 수천 년을 건너가고 또 수천 년을 건너와 우리에게로 온다. 영혼들이 꿈꾸듯 나비에 숨었다가, 별자리에 들렀다가, 당신과 나를 꽃피우고 지게 하는 것이다. 인연이 이어지고 끊어지는 일이란 아무리 걸어 잠가도 막을 수 없는 것이다. 심장에서 영혼까지 팔랑대며 나는, 저 나비 날개가 일으키는 꿈이 온통 쏟아진다.

간절한 마음으로
얻어맞는 뺨

"송강호에게 뺨을 맞은 게 꿈만 같아서 행복했다."

영화 〈밀정〉에 출연한 배우 허성태의 말이다. 〈밀정〉에 출연한 것도, 송강호와 함께 연기할 수 있었던 것도 꿈만 같은 일이었다는 인터뷰였다. 허성태는 2012년에 영화 〈광해, 왕이 된 남자〉에서 딱 1초 등장했다. 그는 그 '1초'를 향해 달렸고, 꿈꾸었을 것이다.

어린 시절에 친구와 나는 서로의 꿈에 대해 말했다. 친구는 1초도 망설이지 않고 자기의 꿈을 이야기했다. 세월이 흐른 뒤 그 친구는 국가 고시에 합격했다. 1초도 망설이지 않고 대답할 수 있는 꿈이 있다면, 그 꿈을 이룬 1초의 순간만으로 우리는 벅찰 것이다. 더 나아가 그 1초를 이어가는 1초, 1초를 허투루 버리지 않을 것이다.

수업 시간에 학생들에게 물어본 적이 있다. 이 질문을 나 자신에게도 던졌다. 그리고 나름의 답을 찾았다.

"시란 무엇입니까?"

가난한 흥부는 놀부 집에 쌀을 얻으러 갔다. 놀부 아내는 밥주걱으로 흥부 귀싸대기를 날리고 내쫓았다. 시 앞에서 시인은 여전히 배가 고픈, 고플 수밖에 없는 흥부이다. 시는 나를 박대한다. 뺨을 후려갈기고 내쫓는다. 돌아서며 볼을 어루만지면 뺨에 붙어 있는 몇 알의 글자. 그것을 입으로 가져간다. 나에게 시란, 뺨에 붙은 밥풀떼기 몇 알이다.

꿈에게 밥을 얻어먹는 건 쉬운 일이 아니다. 귀싸대기를 맞으면서도 꿈을 향해 걷는 사람들, 꿈이 왼쪽 뺨을 때리면 기꺼이 오른쪽 뺨을 내주는 사람들이 있다. 그들에게 1초는 1초가 아니다. 자기 삶 모두를 건 매 순간이다.

늦었지만
늦지 않았다

오전 10시 정각에 전화가 걸려왔다.
연락을 한 사람은 서울 어느 도서관 직원이었다.

"선생님, 어디쯤 오셨어요?"

그는 왜 월요일 아침부터 나의 위치를 묻는 것일까. 내 대
답을 들은 그가 차분한 목소리로 되물었다.

"오늘 화요일이에요. 수업 시작하는 날……."

선생이 수업하는 첫날부터 사고를 치다니! 어이가 없고 눈앞이 캄캄했다. 느닷없이 들이닥친 이 상황을 부정하고 싶었다. 내 자신이 못마땅했고, 내 안일함이 불쾌했다. 옷가지에 팔다리를 부랴부랴 쑤셔 넣으면서도 머릿속이 복잡했다. 지금이라도 출발해야 하는가, 포기해야 하는가.

택시를 타고 강남에 있는 도서관을 향해 가는 내내 나는 말고삐를 쥔 것처럼 두 손을 꼭 쥐고 있었다. 오산 톨게이트를 통과한 택시는 수원신갈IC까지 시원하게 달렸지만 거기까지였다. 택시는 서서히 속도를 줄이는가 싶더니 이내 멈추었다. 화요일 오전 경부고속도로는 극심한 정체에 시달리고 있었다. 도서관까지 남은 거리는 30여 킬로미터. 엎친 데 덮쳤다. 조금 돌아가더라도 막히지 않는 길로 가자던 택시 기사는 우측 도로로 핸들을 틀었다.

우리는 곧 길을 잘못 들어선 것을 알았다. 택시는 원주를 향해 가고 있었다. 택시는 우여곡절 끝에 경부고속도로로 돌아왔고, 다시 끝없는 정체 행렬에 들어 수십 킬로미터를 기어갔다. 도서관에서 10여 분마다 전화가 걸려왔다. 수업에 참석한 학생들 그 누구도 돌아가지 않고 기다리는 중이라고. 한 시간이 흐른 뒤에도 담당자는 '아직도' '아무도'라는 교실 상황을 실시간으로 알려주었다.

도서관에 도착한 시각은 정각 12시. 강의실 문을 조심스럽게 열고 들어가자 뜻밖에도 함성과 손뼉 소리가 들렸다. 시 창작 수강생 스물다섯 분이 모두 자리를 지키고 있었다. 그리고 두 시간을 지각한 한 사람을 따뜻하게 맞이해주었다. 무슨 면목으로 얼굴을 들겠는가. 거의 절에 가깝게 얼굴을 바닥에 붙였다. 유구무언, 무슨 말이 필요하겠는가. 그저 사죄드릴 뿐이었다.

첫인사를 나누고 나는 막막함과 먹먹함 사이에 서 있었다. 지옥과 천국에 양다리를 걸치고 있는 느낌이었다. 택시를 타고 오는 동안 내내 자책했다. 첫 수업을 이렇게 망치다니. 그러다 궁금해졌다. 왜 아무도 교실을 떠나지 않은 걸까? 누가 붙잡아둔다고 가능한 일도 아니다. 스물다섯 사람은 모두 자기가 선택한 시간과 공간을 지킴으로써 자기 자신과 한 화요일의 약속을 지키고 있었던 것이라는 데 생각이 미쳤다. 천하의 못난 선생은 다시 한번 머리를 숙였다.

'지금이라도 출발해야 하는가, 포기해야 하는가.' 갈등의 순간은 언제든지 다시 온다. 그 순간의 나는 나에게 넌지시 말을 해볼 것이다. 늦었지만 지금도 늦지 않았다고.

'첫'이라는
단추 꿰기

　　　　　　홧김에 내뱉은 말을 주워 담으려 애
쓴 적이 있다. 입에서 나간 첫마디부터 좋지 않았다. 쏟은 말을
다시 담으려 할 때, 그것은 더운 피처럼 손바닥에서 미끄러질
뿐이었다. 누군가에게 날린 돌은 결국 내 가슴에 떨어지는 법.
마음을 신문지에 다 쏟아놓고 그 돌을 골라낼 수 있다면 얼마나
좋겠냐마는, 불가능한 일이 아닌가. 내 마음은 그런 것이 아닌데
마음속에는 여전히 날카로운 첫마디가 남아 있는 것이다. 처음
이 좋아야 끝도 좋다는 말이 새삼 무겁게 다가오는 순간이었다.

첫 수업은 첫 단추다. 그 첫 단추를 잘못 끼웠다. '첫'을 첫 수업 주제로 삼았기에 더욱 아이러니한 일이었다. 사람은 태어나면서 첫울음을 터뜨린다. 생후 9개월쯤이 되면 첫걸음마를 뗀다. 처음 만나는 사람과 첫인사를 하고, 첫인상을 주고받는다. 상대방에게 건네는 첫마디에 마음을 쓴다.

첫차를 타고 첫 출근하던 날도 있었다. 첫눈에 빠져버린 첫사랑에게 띄우는 첫 편지에 수없이 썼다가 지운 첫 줄, 파란 철 대문 우체통에 꽂혀 있던 애인의 첫 편지를 꺼내던 첫 떨림을 기억한다. 새해 첫날 마당에 소복이 내린 첫눈에 첫발자국을 찍던 아침은 얼마나 신났던가. 살아가면서 우리가 꼽은 첫 손가락들은 또 얼마나 많은가. '첫'은 단순한 관형사가 아니라 우리 삶에 있어 중요한 방향타이다.

면접관으로부터 받은 첫 질문에 입이 떨어지지 않아 다음 질문마저 놓쳐버린 사람은 합격에 실패한다. 산길 초입부에 잘못 접어든 등산객은 정상 구경도 못 하고 산허리만 뱅뱅 돌다가 겨우 산을 내려와야 한다. 살다 보면, 첫 단추를 잘못 끼우는 바람에 낭패를 보는 경우가 많다.

첫술에 배부를까마는 시작은 반이라 했다. 시작부터 망치는 것은 반을 잃고 출발하는 것과 같다. 단추를 잘못 끼우는 것보다 더 큰 잘못은 알면서도 비뚤어진 옷을 입고 살아가는 것이다. 잘못 끼운 단추를 본체만체 눈 감고 넘어가면 언젠가는 모든 단추를 다 풀어야 한다. 잘못 꿰고 어물쩍 넘어간 단추 하나가 한 벌밖에 없는 인생이라는 옷을 망칠 수 있다.

행복했던 곳으로 가는
택시가 있다면

입도 뻥긋하지 못하고 '폭망'할 뻔한 아찔한 시작이었지만, 미안한 마음을 전한 후에 시간을 허락 받아 짧게나마 수업을 시작할 수 있었다. 수업은 '첫'이라는 단추에서 자연스럽게 '택시'로 흘러갔다. 스물두세 살 무렵, 어느 밤이었다. 친구들과 늦게까지 이어진 술자리에서 나와 택시를 탔다. 그리고 기사에게 말했다.

"내가 행복했던 곳으로 가주세요."

이 말은 스물몇 해가 지난 뒤에 〈택시〉라는 제목을 달고 시집에 수록되었다. 특강 요청을 받아 간 자리에서 〈택시〉를 몇 번 소개한 적이 있다. 그럴 때마다 나는 물었다.

"인생에 단 한 번 이런 택시를 탈 수 있다면 어떤 순간으로 가고 싶은가요?"

누구는 고향 집 앞의 파란 바다를, 또 누구는 여고 시절에 품은 첫사랑의 시간을 떠올렸다. 지금 이 순간이 행복하니 택시를 탈 필요가 없다고 단언하는 사람도 있었다. 물어본 결과 행복에 대한 사람들의 기준은 크게 다르지 않아서, 행복했다고 느낀 순간들은 거의 대부분 유년 시절의 기억과 맞닿아 있었다.

"1975년 부산 보수동이었습니다. 그날 나는 불꽃이 점화되어 날아가는 로켓과 별과 달이 그려져 있는 멜빵바지를 입고 방 안에 있었습니다. 어린 두 동생이 큰 고무 대야에 들어앉았습니다. 젊은 어머니는 손우물에 목욕물을 포옥 떠 동생

들의 어깨와 등에 끼었으며 미소를 지었습니다. 고무 대야에 더는 들어갈 자리가 없었습니다. 그래서 나는 왼손만 담그고 있었습니다. 그때 내 손등을 타고 심장까지 밀려오던 따뜻함을 잊을 수 없습니다. 지금도 내 손등에는 그날의 따스한 목욕물이 느껴집니다. 이것이 내가 기억하는 첫 행복이라면, 내 삶은 꽤 좋은 첫걸음을 뗀 것입니다."

시에 나오는 택시를 탈 수 있다면, 1975년의 그 작은 방으로 가자고 나는 말할 것이다. 행복에 대한 어떤 욕망조차도 없던 순간이기에. 때때로 원하지 않은 방향으로 가는 택시를 타고 나도 모르는 곳으로 가고 있지 않느냐고, 내가 정작 꿈꾸었던 삶의 모습은 어디로 갔느냐고 스스로 물었다. (요금은 계속해서 올라가니까.) 답은 하나다. 지금 당장 그 택시에서 내려야 스스로 주체가 되는 삶을 살 수 있다. 행복이란 삶의 나침반이 바탕에 깔려 있지 않으면 요원한 일이다.

나는 욕망과 행복을 구분할 줄 몰랐다. 꿈꾸고 바라던 것이 이루어지면 행복인 줄로만 알았다. 물욕, 명예욕을 비롯한 여러 개인적, 사회적 욕망이 해소되는 순간 나는 만족감과 성취감을 느꼈다. 그러나 기쁨도 잠시, 욕망은 이내 또 다른 욕망으로 발길을 옮겼다. 내가 경험한 바로 큰 욕망은 멀고 높은 곳에 있지만, 큰 행복은 지극히 단순하고 가까운 곳에 있다. 진정한 행복은 불행을 불러들이지 않으며, 욕망과는 달리 남의 행복을 빼앗지 않는다. 나의 소망, 야망, 갈망, 열망을 배척하거나 거세하자는 말이 아니다. '욕망이라는 이름의 전차'를 스스로 다스리지 못한다면 내 영혼을 못살게 구는 지나친 탐심으로 인해 결국 내 삶과 이웃의 삶, 나아가 영혼까지 파국을 맞이할 것이다.

라캉은 욕망 이론에서 "인간은 타자의 욕망을 욕망한다"고 말했다. 우리는 유아기부터 성년에 이르기까지 내 욕망이 타인에 의해 조율되고 결정되는 과정을 반복해온 것이다. 그러던 어느 날, 자신에게 묻게 된다. 나는 누구인가? 내가 정말 바라는 것은 무엇인가? 우리가 자기 자신에 대해 모르고 있어서 나오는 말이다. 나를 잊어버렸다는 말이다. 나의 욕망과 타인에 의해 조성된 욕망을 정확하게 이해하고 구분하지 못한다면, 우리는 늘 정신적 빈털터리로 지낼 수밖에 없다.

나는 오래전에
죽은 적이 있다[2]

　　　　　　　우유를 볼 때마다 가슴속이 갑갑해졌
다. 정중히 거절했는데도 누군가가 한 번 더 권하기라도 하면
속으로 울화가 치밀었다. 지인들에게 말했다. 나는 우유를 못
먹는다고. 소화가 안 되더라고. 눈앞에 폭탄주와 우유가 나란히
놓여 있다면, 조금도 망설이지 않고 못 마시는 술을 택했을 것
이다.

　내 머릿속에 박힌 우유에 대한 인식은 거의 독배에 버금가
는 수준이었는데, 이것이 한 고통스러운 기억에서 시작된 의

도적 망각임을 깨닫게 된 것은 서른 중반이 훨씬 지나서였다. 내가 지인들에게 '못 먹는다'고 주장했던 우유는, 사실 즐겨 먹었지만 '못 먹게 된' 것이었다. 어느 시집의 제목처럼, 나는 "오래전에 죽은 적이 있다." 사고가 있었던 그날, 나는 분명 죽었다.

내가 초등학생이었을 때 어머니는 부산 동래구청 앞에서 식당 일을 했다. 나는 학교를 마치고 나면 그 식당에 가서 계산대 앞에 놓인, 배달된 병 우유를 날마다 마셨다. 당시 우유병은 단단한 비닐 껍질로 밀봉되어 있었는데, 어느 날 그 비닐이 우유와 함께 목을 타고 넘어가면서 그만 기도를 막아버린 것이었다. 얼굴이 붉어지고 목에 핏대가 서면서 나는 까무룩 쓰러졌다. 주방 쪽에 손님이 한 사람 있었지만, 그는 나를 보지 못했다. 그것이 내 마지막 순간이었고, 최후의 기억이었다.

그 뒤는 어머니의 기억이다. 어머니는 식당 바닥에 늘어져 있는 나를 발견하고는 몸을 거꾸로 들고 무조건 등을 두드렸다. 그러다가 내 입을 열고 당신의 손가락을 목 안으로 깊이깊이 넣었다. 그때 어머니가 내 목에서 꺼낸 것은 비닐 껍질이 아니라 복받치는 눈물이었고, 새로 얻은 생명이었다.

지금의 내 시들을 꺼낸 것은 어머니의 손이었다. 서울에서 동해를 거쳐 부산 고향 바다를 향해 걸었던 아름다운 여름날도, 애인과의 달콤한 키스를 꺼낸 것도 모두 어머니였다. 그날, 어머니는 식당 바닥에 앉아 나를 끌어안고 목 놓아 울었다. 어머니는 자신의 생에서 나를 두 번 낳았다. 나는 어머니의 장남이면서 막내인 것이다.

낡은 철 대문을 열고 수국이 핀 마당을 지나 수돗가 앞 작은 미닫이문을 열어 본다. 한쪽 다리를 절며 굽은 등으로 저녁을 짓는 사람이 있다. 부르면 언제나 돌아보는 사람. 말만 하면 뚝딱뚝딱 먹고 싶은 것을 만들어주던 사람. 나를 낳고 나의 백성으로 살아가는 사람. 먼 데서 아들이 오면 당신은 신이 난다. 칼춤을 춘다. 세상에서 가장 고독하고 아름다운 책, 엄마.

인간의
상상력보다
높이 나는 새는
없다

　　　창의적인 상상력은 시에서 중요한 덕
목이다. 상상력은 모든 예술의 엔진이다. 극작가 테라야마 슈지
는 "인간의 상상력보다 높이 나는 새는 없다"고 했다. 그러나 우
리 모두가 좋은 '상상력 엔진'을 가지고 있는 것은 아니다. 출력
이 좋건 그렇지 않건 상상력의 엔진을 가동하려면 먼저 기름을
넣어야 한다. 그것이 상상력을 돌아가게 하고 우리의 시를 새로
운 세계로 들어가게 한다.

　　　여기서 기름은 인식의 전환이다. 인식의 전환을 이루지 않

는다면 우리가 가진 문자들은 평면적이고 일반적인 사유의 중력을 벗어나지 못한다. 상상력이 없는 시는 하반신이 없는 시와 같다. 인식의 전환을 통해 우선 상상의 근력을 키워야 한다.

마구잡이로 올린 건축물이 오래갈 리가 없다. 정교한 설계와 제대로 된 시공 방식이 필요하다. 문학적 상상력 역시 허무맹랑한 허상이 아니라 연상 작용을 통해 문학이라는 정교한 건축물을 짓는 것이다. 자신이 알게 모르게 만든 삶의 규정들로부터 유연해질 때나 어떤 대상을 깊이 들여다보며 관찰할 때, 우리는 더 창의적인 상상을 할 수 있다. 그동안 세운 낡은 벽들을 깨뜨려보자.

이를 위해 나는 시 창작 수업에 목련을 활용하기로 했다. 목련의 새로운 이름을 지어보라고 주문한 것이다. 새 이름을 짓는 순간, 목련이라 불렸던 꽃은 새 이름에 걸맞은 모양과 색을 띠고 새롭게 탄생한다. 이름을 바꾸어 부르는 것만으로도 목련의 피와 살이 바뀌고, 혁명이 일어날 것이다. 새 역사가 쓰일 것이다.

강의실 바깥마당에 봄의 옷깃을 여미는 희고 아름다운 첫 단추들, 어린 시절부터 무척이나 편애한 목련이 피어 있었다.

동서고금의 얼마나 많은 문사가 저 목련에 입문했던가. 보름 밤낮 이어지는 목련의 수업은 얼마나 향기로웠던가. 목련이 필 때는 부드러운, 때로는 또박또박 칠판에 떨어지듯 경쾌한 분필 소리가 난다. 칠판을 지운 듯 목련꽃이 흔적도 없이 사라진 봄밤이면 나는 더 갈 데가 없을 것이다.

목련은 봄이 왔으니 다 함께 오늘을 기념하자고 이웃에게 흰 떡을 돌리는 나무다. 어린 시절에 좋아했던 옆집 소녀의 흰 어깨다. 목련꽃이 자꾸 가려주던 것이 소녀의 목젖이었는지, 소녀가 내뿜는 흰 입김과 수증기들이 모여 목련꽃이 되었는지 몽연하다. 소녀는 꽃 속으로 들어가 다시는 나오지 않았다.

아아, 목련꽃은 몇 룩스쯤 될까? 봄밤을 걷다 목련나무 아래를 지날 때면 문득, 앞이 밝아지며 현기증이 난다. 저 아름다운 숫을대문 너머에는 바람에 흔들리는 흰 마당과 아흔아홉 칸의 방이 있을 것이다. 목련 밖에서 목련의 이명異名들을 불러본다. 아직은 불을 끄지 마라. 목련아, 봄의 뺨들아, 물소리들아, 봄비의 연골들아, 나비의 메아리들아.

경칩과
구름에 대해

　　　　　　　　　　눈 녹은 물은 땅속으로 들어가 동면
하는 짐승의 입가를 적신다. 태양의 황경黃經이 345도에 이르
면 물이 괸 곳에 개구리들이 알을 깐다. 고로쇠나무에 물이 오
르는 소리를 엿들으며 새들은 흥이 오른다. 정교한 연주자처
럼 높은 가지에서 낮은 가지에 이르는 건반들을 자유자재로
누르는 새들. 저 여리고 눈물겨운 연주자들의 분주한 발가락.
동토凍土가 녹을 때, 하늘에는 구름의 절기가 깃든다. 이때 사
랑에 빠진 사람들은 평생 동안 봄을 타게 된다.

경칩 무렵 젖은 흙을 그러모아 벽을 새로 발랐는데, 그해 봄장마가 오는 바람에 벽은 채 마르지 않고 뭉그러졌다. 사나흘 그 많은 구름을 소화한 대지는 끝내 초록을 내어놓았다. 비 가운데 유별나게 예쁜 것이 봄비다. 며칠을 망설이다 봄꽃들은 대부분 이 봄비에 넋을 잃는다. 기억난다. 습설濕雪이 빠른 속도로 내리던 봄밤, 시집에 녹이 묻은 구절들을 가만히 문지르면 쓸쓸한 것이 방문을 열고 들어오곤 했다.

신기한 일이다. 벽 속으로 구름이 드나든다. 구름은 흔적으로 이루어진 육체다. 신기한 일이다. 누 떼는 북두칠성을 따라 구름의 땅으로 간다. 수천 킬로미터 밖의 비 냄새를 맡으며 새로운 목초지를 향해 이동한다. 누 떼가 강을 건널 때, 악어들은 누의 정강이를 물고 물속으로 들어가 빙글빙글 돈다. 새끼 누 정도라면 물 위에 내리친다. 그러면 누의 살점이 뚝뚝 떨어져나간다. 강이 아니라 도마다. 누들은 고향 세렝게티를 향해 3천 킬로미터를 이동한다. 상공에서 내려다 본 장엄한 이동은 고요하다. 신기한 일이다. 멀리서 보면 모두 구름 형태를 띤다. 모두 날개를 가졌다.

나는 한때 목련가※의 딸을 마음에 품은 적이 있다. 목련의 시조로부터 79대 손이었던 그는 사월에 잠깐 출근하고 보이지 않았다. 들리는 말에 의하면, 케냐로 떠났다고 했다. 누 떼를 따라 마사이마라강을 건널 거라고 했다. 그가 무사히 초원에 닿았는지는 알 수 없다. 강을 건너다 악어한테 몸을 바쳤을지도 모른다. 어쩌면 악어의 턱이 되어 다른 누를 물고 마라 강물 속에서 빙글빙글 돌고 있을지도 모른다.

우리는
꽃과 나비를
꾸러 왔다

　　　　　　세상은 전기로 돌아가는 것이 아니라
꽃으로 돌아간다. 봄이 곳간을 열자 벚꽃이 다발로 쏟아진다.
벚나무는 남의 집 마당에 숨겨둔 시인들의 차명 재산이다. 아무
리 없는 시인이라도 이때만큼은 돈푼깨나 있는 티를 낸다. 사람
들이 꽃과 나비를 꾸러 오면 시인은 봄의 곳간을 활짝 열어젖
힌다. 나라 법과는 달리 이 부동산은 드러날수록 흐뭇한 사태.

　　봄날에 나는 쓰던 시를 팽개치고 꽃을 줍는다. 과연 담장 아
래에는 따뜻하고 쓸쓸한 봄의 눈꺼풀들이 쌓여 있다. 꽃잎을 얻

으려면 나무 앞에 몸을 낮추고 머리를 조아리기도 해야 하니, 어쩌면 벚꽃 잎은 새봄이 주는 세뱃돈이나 용돈쯤으로 읽어도 무방하겠다. 비바람이 귀한 꽃을 탕진할 때마다 나는 눈물을 훔치며 꽃잎 대여섯 장을 시집 사이에 꽂아 울적함을 달랜다.

이듬해 봄, 책장을 들추어보면 꽃잎은 빳빳한 지폐로 바뀌어 있다. 그러나 세상에 이 화폐花幣가 통용되는 곳은 드물다. 운이 좋으면 시장에서 종자를 살 수 있다. 얻어온 패랭이 씨앗을 토분에 심고 천천히 기다리면 슬금슬금 비가 내린다.

봄은 겨울 다음에 오는 계절이 아니다. 때가 되면 그냥 오는 것이 아니다. 문득 누군가를 떠올리며 편지를 쓰고 싶을 때, 사이드 미러 속으로 밀려왔다 밀려가는 만개한 벚나무들이 이마를 적실 때, 멀리서 온 그 사람이 나의 창문을 가느다란 손가락으로 톡톡 두드릴 때 봄이 온다. 우리가 상상할 수 없는 세계에서 어떤 운명을 거느리고 오는 계절, 봄. 이렇게 아름다운 순간에 갑자기 봄날은 시작되고 솟아오른다. 그러나 봄날의 수화기는 오래 들고 있을 수 없다. 달아오를 때 예고도 없이 문득 끊어져 버리는 전화, 봄.

꿈이
익어가는
항아리

어릴 때는 장독에 가끔 들어갔다. 큰
항아리는 나를 안아주는 엄마였다. 아침을 혐오하던 스물에 크
게 앓아누운 일이 있다. 성인이 되었으나 수염은 기대한 만큼
나지 않았다. 열차 승강장 통로에 서서 담배를 피운다고 성인이
되는 것은 아니었으니, 그저 나는 넥타이를 맨 하룻강아지였다.
터널은 아무리 지나도 끝나지 않았다. 동전 몇백 원을 만지작거
리며 애꿎은 공중전화만 자꾸 들었다 놨다. 기찻길 터널보다는
이런 종류의 터널이 더 길다. 더 깊고 더 아프다.

며칠째 고열에 시달리며 헛소리를 지껄이다가 얼핏 정신 줄을 놓았던 모양이다. 검은 옷을 입은 두 사람이 눈앞에 서 있는 것이 아닌가. 딱히 그들이 부른 것 같지도 않은데 나는 어느새 둘을 따라 걷고 있었다. 발걸음은 육신의 무게를 느낄 수 없이 가벼웠다. 한 걸음 한 걸음 앞으로 나아갔지만, 그것은 생물의 움직임이 아니었다. 육신으로는 한 번도 느낀 적 없는 가벼움. 마음이 가는 곳으로 나아가는 듯했다.

얼마 지나지 않아 우리는 물가에 닿았다. 어두운 물빛, 그속에 천천히 유영하는 물고기들이 보였고 강 위에 목조 다리가 건너편으로 이어져 있었다. 다리를 건너자 검은 나무로 지은 식당이 나왔다. 식당 안 사람들은 대부분 혼자 식사를 하고 있었다. 자리에 앉자 국밥 한 그릇이 나왔다. 숟가락을 들고 물끄러미 국밥을 내려다보는데 할머니 한 분이 나가면서 국밥을 엎었다. 눈을 뜨니 병원이었다. 종종 그때 생각을 한다. 그것이 저승 밥이었을까.

어린 시절, 항아리 속에 앉아서 바라보던 하늘은 유독 파랬다. 손을 뻗으면 손끝이 짜릿할 만큼 파란 하늘을 보며 나는 어떤 위로를 받았는지도 모른다. 스물에 내가 들어갔던 항아리는 첫사랑이었고, 그 항아리는 지독하게 깨졌다. 결과적으로 스물의 열정은 밑 빠진 독에 부어졌고, 열병은 오래갔다. 서른 즈음에 내가 들어갔던 항아리는 아마도 문학이었을 것이다.

뒤뜰 감나무 아래에 가득하던 어머니의 항아리를 생각한다. 누구에게나 자신만의 항아리가 있게 마련이다. 햇빛과 바람과 눈과 세월이 묵어가는 마당, 그 숨 쉬는 항아리 속에서 우리 삶은 발효되어 깊고 풍성해진다. 밑 빠진 독일지언정 어떠랴. 그것을 깨고 나와 좀 더 나은 독을 만들 용기만 있으면 된다. 그렇게 하나하나 꿈들이 익어가는 마당을 흐뭇하게 바라보는 것이 삶인 것을.

쓰는 척하지 말고
진짜로 써라

　　　　　　고향 집 벽에 오래된 신문 한 장이 붙
어 있다. 2004년 1월 1일 자 신춘문예 기사에 진한 글씨로 큼
지막하게 붙은 제목은 이렇다. "詩의 길, 목숨 걸고 달릴 것." 1
년에 한두 번 들를 때마다 보게 되는 그 헤드 카피를 볼 때마다
겸연쩍고 얼굴이 화끈거린다. 목숨을 건다는 것은 죽음을 삶의
오른팔로 삼겠다는 선언이며, 오로지 시로써 삶에 배수의 진을
친다는 것이다. 더는 물러설 수 없는 사지에 나를 두겠다는 결
연한 의지다. 한번 내뱉은 말을 주워담을 순 없는 노릇. 어쩌자

고 저런 객기를 부렸을까. 그저 '햇볕이 드니 참 따뜻합니다, 고맙습니다'라고만 썼다면, 지금처럼 만성 피로에 시달리지는 않았을 텐데. 그렇다고 저 맹랑한 초심을 엎지른 물처럼 마냥 모르는 척 내버려 둘 수도 없다.

돌이켜보면 세상의 이재와 영화에 마음을 두지는 않았으나, 시 앞에 지극한 날도 드물었다. 말하자면, 저 말을 지키는 시늉만 하며 살아온 것이 아닌지 들여다보게 되는 것이다. 그러한 피로감은 오래되었다. 단 한 번뿐인 삶인데 흉내만 낼 것이 아니라, 단 한 번이라도 '진짜'로 살아야 할 것이 아닌가. 세상이 끝나지 않더라도 나 자신을 홀로 세우는 배수의 진을 칠 때, 비로소 가슴에 손을 얹고 "나는 살아냈다"고 말할 수 있을 것이다.

나탈리 골드버그는《뼛속까지 내려가서 써라》에서 벌거벗은 자만이 진실을 쓸 수 있다고 했다. 어쭙잖게도, 내가 시를 배우는 이들에게 권하는 깊은 글쓰기의 한 방편이 '진정성'이다. 진정성을 가지고 몰입한다면 글쓰기를 통해 우리는 우리의 본질에 좀 더 가까워질 수 있을 것이다. 그래서 나는 이렇게 주문한다. '쓰는 척하지 말고 진짜로 써라.' '읽는 척하지 말고 진짜로 읽어라.' '생각하는 척하지 말고 진짜로 생각하라.' '사랑하는 척하지 말고 진짜로 사랑하라.' 시를 쓸 때마다 이 시가 내 생애 마지막 시라고 생각하면서 써야 한다. 동시에 지금 쓰는 시가 생애 최초의 시라는 초심으로 써야 한다.

"내 안에 아무것도 없는 것 같아요." 이런 고민을 털어놓는 수강생들이 의외로 많다. 그러면 나는 물어본다. "시가 멀리 있나요?" 그렇다고 답하는 사람은 못 쓰는 것이 아니라 안 쓰는 사람이다. 자기가 살아온 시공간을 외면하고 다른 것만을 좇는 일만큼 어리석은 건 없다. 결국 글은 삶에서 출발한다. 자신의 삶에 뿌리를 내리고 써라. 모자라는 삶은 없다. 모자라다고 믿는 삶만 있을 뿐이다.

앞을 못 본다면
누가 가장
보고 싶어요?

"물어볼 게 있어."

　세상의 남편들이 가장 두려워하는 아내의 말이라고 한다. 심지어 질문을 듣지도 않았는데 괜스레 가슴이 두근거리고 식은땀이 흐르는 경험을 한 사람이 적지 않을 것이다. 정곡을 찌르는 말을 듣게 되면, 속이 뜨끔하며 모골이 송연해진다. 정곡에 쓰인 한자 '곡鵠'은 '고니'를 말한다. 옛날 중국에서는 선비를 뽑는 대제를 마친 뒤에 활쏘기 의식을 치렀는데, 이때 가죽으로 된 과녁 한가운데를 고니라 했다. 그렇다면 우리 가슴 정중앙에 있는 이 고니를 활로 명중시키는 사람은 누구인가?

질문에서 '질'은 '바탕 질質' 자로, 곧 바탕을 묻는다는 뜻이다. 문학을 한다는 것은 이 시대에 필요한 질문을 통해 정곡을 찾는 행위와도 같다. '우리가 꿈꾸었던 세상은 왜 이리 어두운가?' '우리는 하늘 없이 땅 없이 살 수 없는 존재임에도 왜 그것들을 파괴하는가?' '나는 지금 무엇의 노예로 살고 있는가?' 우리는 모두 불완전한 신체와 정신으로 이 생을 버티며 자기 자신을 삶의 미로에서 구출하기 위해 몸부림치고 있다.

우리는 어디에서 왔고 어디로 가는 것일까? 내 삶에 대한 성찰과 질문이 이어지지 않는다면, 우리는 삶으로부터 어떠한 조언도 답도 얻을 수 없다. 극단적인 표현이지만, 질문을 던지지 않는 사람은 죽은 사람이다. 바꾸어 말하면, 깨어 있으려면 우리 가슴속에 질문이 살아 있어야 한다. "질문 있습니다!" 손을 들어 묻는 행위는 '나는 지금 여기 깨어 있습니다!'라는 뜻을 내포하고 있다. 질문은 깨어 있는 삶의 필수 조건이자 모든 예술과 철학의 동력원이다.

특강을 마무리하는 시간에 받은 질문이다.

"어떻게 하면 좋은 시를 쓸 수 있을까요?"
"사랑하세요."

한바탕 웃음소리가 난다. 뭐 그렇게 간단하느냐는 뜻이기도 할 터. 그 질문에 대한 정답이 있겠는가마는, 내 나름의 경험을 바탕으로 몇 마디를 보탠 것이다. 사랑은 대상에 대한 지극한 관심과 보살핌이다. 사랑에 빠진 사람들의 마음은 호기심으로 가득하다. 호기심과 애정은 곧 질문으로 이어지게 된다.

'오늘은 어떤 좋은 일이 있었나?'
'마음이 불편한 일은 없었는가?'
'비 내리는 창가에서 무슨 생각을 하는가?'

사랑의 대상이 개인에서 사회와 세상으로, 또 뭇 생명으로 확장될 때 우리는 좋은 문학 작품을 만나고 쓸 수 있다. 정말 사랑하는 사람은 세상과 나 사이, 나와 타인 사이, 타인과 세계 사이, 나와 나 사이에 놓인 거대한 장벽을 넘나들 수 있다. 좋은 작품은 우리가 우리 자신에게 던지는 질문과 대답을 찾는 행위 가운데에서 자연스럽게 탄생하게 된다.

여러 곳에서 문학 강의 요청을 받는데, 그 가운데 가장 많은 질문을 받은 자리는 뜻밖에도 시각 장애인을 대상으로 한 강의 자리였다. 발걸음 하나 뗄 때마다 궁금한 세상이었을 터. 시각 장애를 가진 그들은 삶의 관문을 통과할 때마다 세상을 향한 질문을 놓지 않고 있었다. 화가를 꿈꾸는 학생은 색깔에 관심이 많았다. 시인이 되고 싶어 하는 학생은 이렇게 물었다.

"선생님이 만약에 앞을 못 본다면 누가 가장 보고 싶어요?"

나는 그 단순하고 직관적인 질문의 화살을 맞고 자세가 무너지고 말았다. 가슴 한가운데 있는 고니가 크게 꿈틀거렸다. 아! 내 곁에 가장 가까운 것조차 놓치고 사는 것은 아닌지.

30cm

거짓말을 할 수 없는 거리
마음을 숨길 수 없는 거리
눈빛이 흔들리면 반드시 들키는 거리
기어이 마음이 동하는 거리
눈시울을 만나는 최초의 거리
심장 소리가 전해지는 최후의 거리
눈망울마저 사라지고 눈빛만 남는 거리
눈에서 가장 빛나는 별까지의 거리
말하지 않아도 들을 수 있는 거리
눈 감고 있어도 볼 수 있는 거리
숨결이 숨결을 겨우 버티는 거리
키스에서 한 걸음도 남지 않은 거리
이 거리는 어디에서 왔는가
누가 30cm 안에 들어온다면
그곳을 고스란히 내어준다면
당신은 사랑하고 있는 것이다

걸음의
추억

 70미터. 하루에 고작 70미터라니! 놀랐다기보다는 스스로 부끄러웠다. 그러고 보니 코로나 사태로 바깥출입을 삼간 두어 달 동안 통 걷지를 않았다. 몽테뉴는 《수상록》에서 다리가 흔들려주지 않으면 정신은 움직이지 않는다고 했다. 70미터를 이동한(?) 그날은 아마도 머리를 싸매고 끙끙대며 글을 한 자씩 파고 있었을 것이다. 핸드폰 속 만보기에 기록된 한심한 걸음 수를 확인하고 바로 집을 나섰다. 우선 가까운 초등학교 운동장부터 걸어보기로 했다. 삼월 중순, 개학 연기로 아이들이 등교하지 않은 교정은 잠잠했다. 화단에 산수유 몇 그루가 노란 꽃잎을 틔우고 있었다.

　평소 대중교통을 이용하기에 자주 걸을 수밖에 없는 편이지만 그날은 걸음에 대한 마음가짐이 달랐다. 한번 걸어 보기로 작정하고 나선 길이 처음에는 어색했다. 걸음이 가져다주는 무아 속으로 들어가려고 애쓰는 동안, 제대로 걷지를 못했다. '발끝으로 몸을 힘차게 밀자' '걸음과 호흡을 맞추자' 등 올바른 걸음걸이 수칙을 되새기며 걷는 동안 몸은 조금씩 걷기에 젖어 드는가 싶었다. 이만하면 잘 걷는 편이라며 내심 뿌듯하기도 했다.

　만보기는 7천 걸음을 넘기고 있었다. 그러다 문제가 있음을 알았다. 발아래 눈을 두고 걷던 나는 운동장을 삐뚤삐뚤 돌고 있던 것이다. 가슴을 펴고 목을 당겨 세웠다. 척추를 곧추세우고 시선을 멀리 두었다. 그러자 갈팡질팡하던 길이 똑바르게 펴지는 느낌을 받았다. 걸을수록 몸이 따뜻해져 목에 두르고 있던 스카프를 풀어 호주머니에 넣었다. 발걸음이 점차 가벼워지고 걸음에 속도가 붙기 시작했다. 양손이 자연스럽게 앞뒤로 움직이면서 몸의 균형을 잡아주었다.

서른 즈음에 서울에서 동해를 거쳐 부산으로, 그러니까 우리나라를 'ㄱ' 자로 걸은 적이 있다. 지리산 노고단에서 출발해 다섯 해 동안 전국을 돌며 생명과 평화의 메시지를 전한 '생명 평화 탁발 순례단'에 끼어 몇 걸음이나마 보태기도 했다. 다행히도 두 다리는 그때의 리듬을 재빠르게 되살리고 있었다.

내 두 다리는 아직 젊음을 잊지 않았다. 그 사실이 제법 위안이 되었다. 마음이 발걸음처럼 조금씩 가뿐해지고 있었다.

별이 되는
괜찮은 방법

대학 시절 학기말 고사가 끝나자마자 도보 여행을 떠나기로 했다. 1차 목표 지점은 동해에 있는 안인 해변이었다. 처음 하는 장거리 도보 여행인지라 여러 조언을 들었다. 도보 여행에서 가장 중요한 것은 신발이라고 했다. 땀을 잘 배출하고 발바닥이 받을 충격을 흡수해주는 신발, 무엇보다 발에 꼭 맞는 신발이라야 발이 신발 안에서 따로 놀지 않아 물집이 잡히지 않는다는 것. 그러나 그런 신발을 살 형편이 안 되던 시절이었다. 장마가 시작되는 시기라 자주 빗길을 걸어야 할 텐데 젖은 운동화는 오히려 힘들 것 같았다. 평소 신고 다니던 가죽 샌들을 신기로 했다.

목적지가 정해졌으니 여기에 맞게 여행 물품을 챙겼다. 여행 수첩과 지도, 비옷과 갈아입을 상·하의, 버너와 코펠 그리고 쌀을 담으며 텐트를 챙겼다. 빈 유리병도 잊지 않았다. 배낭을 최대한 가볍게 꾸리려고 했지만, 먹고 자는 문제를 해결하려니 어쩔 수 없이 가방이 무거워졌다. 신용카드 한 장 없던 만학도 시절, 지갑에는 단돈 만 5천 원이 전부였다. 가죽 샌들의 발목 끈을 단단히 조이고 서울 동쪽 끝으로 가는 버스에 몸을 실었다.

아마도 구리 어디쯤이었을 것이다. 국도를 걸을 때는 차를 마주 보면서 걸어야 한다는 조언을 따랐다. 보통 새벽 5시쯤 일어나 아침을 지어 먹고 저녁 7시까지 열 시간가량 걸었다. 처음 하루 이틀은 '몸이 견뎌낼 수 있을까?' 하는 걱정이 앞섰다. 이런저런 생각도 많았다. 이 도보 여행을 통해 얻을 수 있을 근사한 수확이나 성장 따위를 생각했다.

그렇게 사흘 나흘이 지나고 이레쯤 걸을 때 잡다한 생각이

거의 사라졌다. 생각이 없어지니 몸이 가벼웠다. 뜻밖에도 샌들이 편했다. 오른발 왼발, 다시 오른발 왼발 하며 앞으로 나아갈 뿐이었다. 어느 마을에서는 이장님 집에서 자기도 했고 경로당에서, 유치원 마당에서, 산속 기도원에서도 잤다. 팔당대교를 거쳐 양평, 횡성, 평창, 대관령 옛길, 강릉으로 이어지는 길. 그렇게 여드레 만에 나는 동해 안인해변에 도착했다.

빈 유리병에 바닷물을 담고 발길을 남쪽으로 돌렸다. 7번 국도를 따라 왼쪽에 푸른 동해를 두고 고향 부산으로 향하는 발걸음은 가벼웠다. 정동진, 대진, 삼척, 초곡, 울진, 평해, 영덕, 포항, 울산, 기장으로 이어진 길은 마치 내리막길처럼 수월했다. 걷는 일이 몸에 완전히 붙었고 대나무 지팡이가 벗이 되어 주었다. 걷고 있는 지금 이 순간이 별처럼 빛나는 것 같았다.

그렇게 서울을 떠난 지 21일째, 고향 부산에 도착했다. 샌들을 신고 대나무 작대기를 짚으며 들어간 고향 집. 어머니는 새까맣게 탄 아들을 보고 "아이고" 소리만 내셨다. 그리고 아들이 짚고 온 대나무 작대기를 몇 년 동안 집에 보관하셨다.

내 삶은 여행 이전과 이후로 나뉜다. 걷는다는 행위 하나
만으로도 나는 다시 태어날 수 있었다. 가슴 한구석에서 서걱
거리던 모래알이 빛을 받아 조금씩 반짝이는 것처럼. 여름 방
학이 끝나고 유리병에 담아온 바닷물을 교내 배롱나무 연못
에 따랐다. 걸으면서 만났던 땅과 별과 사람들의 기억을 담
은, 한 주먹만큼의 물은 빠르게 연못 속으로 사라졌다. 그리
고 그해 겨울, 신춘문예 당선 전화를 받았다. 학생들 사이에
우스갯소리 또는 전설처럼 '등단 연못'이라 불리던 곳. 이제
와 생각하면 그 여름날의 여행도, 연못도 저 멀리 떨어진 별
처럼 아득할 뿐이다. 모래와 비슷한 물질로 이루어져 있을 나
의 작은 별.

대관령 옛길

저 아흔아홉 재 살아 넘으면
三代 갈고 남을 푸른 땅 있어
까치발로 넘겨보던 첩첩 하늘
바다 끌어올리며 잠자리 뒤척이던 사내는
그 길로 움막 나서 바다와 가약을 맺었다
이 嶺에 처음 길을 낸 것은 응시다
서에서 출발한 도보 아흔아홉 바다 가는
대관령 옛길 접어들어 생각건대
걷는다는 것은 길로 발을 씻는 것이다
오래 걷다 보면 누구나 정갈해지는 길
먼저 발이 맑게 길들고
내 안에 주단처럼 깔리는 응시

새 도로가 나고 대관령 옛길은 나른하다
한시도 떨어지지 않던 질주가 잦아들고
길 모르는 차들 들어와 머뭇머뭇 나가는

지금 대관령 옛길은 도로에서 길로 돌아가는

한적한 공사가 한창이다

물과 부리로 아침내 쓰다듬은 울음

제 짝 앞에 찰랑거리는 곤줄박이의 저 맑은, 흥분

아까시나무 단단한 녹음 끝에 흰 꽃 켜면

수줍은 열아홉 고백처럼 청설모 하나

보여줬다, 뒤로 숨기는

명자나무의 몹시 아름다운 한때

이 嶺에 처음 길을 낸 것은, 가약이었다

무전여행이어서
가능했던

　　　삼척쯤이었던 것 같다. 마을버스 정
류소 벤치에 앉아 있다가 나도 모르게 잠이 들었다. 잠에서 깨
어나니 사람들이 버스를 기다리고 있었다. 그리고 길거리에 떨
어져 있는 중국집 전단이 보였다. 참을 수가 없었다. 전단지에
나와 있는 번호로 연락을 했고 10여 분 뒤 도착한 배달 기사가
오토바이 철가방에서 자장면을 꺼내놓았다. 누가 보건 말건 상
관없었다. 버스 정류소에서 받은 자장면을 나무젓가락으로 정
성스럽게 비볐다.

그날 정류소에서 먹은 자장면은 내가 지금까지 먹어본 것 가운데 천하제일이었다. 서울에서 출발할 때 지녔던 만 5천 원에서 5천 원을 그렇게 썼다. 집으로 돌아와 지갑에 남은 만 원을 보며 생각했다. 10만 원, 20만 원을 들고 걸었다면 나는 돈에 의지해 걸었을 것이다. 좀 더 안락한 잠자리를 찾았을 것이고, 맛있는 식당에 눈길이 갔을 것이다. 길에 의지하지 않고 내 지갑에 의지했을 것이다. 국도변에서 누군가가 건네주는 옥수수를 거절했을 것이고, 버너를 들고 반찬을 얻으러 다니지도 않았을 것이다. 트럭 장수한테서 얻은 물복숭아를 허겁지겁 깨물지도 않았을 것이다. 아, 칠월 땡볕 은행나무 그늘에 앉아 허겁지겁 먹던 물복숭아는 얼마나 많은 단물을 품고 있었던가.

지금까지 먹어치운 자장면은 몇 그릇이나 될까. 사실 자장면은 졸업식 때나 먹던 기념비적인 잔치 음식이었다. 어린 시절에 자장이 묻은 입가를 닦지 않고 나가 동네 아이들에게 자랑하던 음식이었고, 새집으로 이사할 때 집 안으로 짐들을 옮겨놓고 난 뒤 신문지를 깐 거실에 일꾼과 식구들이 둥그렇게 모여앉아 머리를 맞대고 후루룩 후루룩 빨아들이던 음식이었다. 자장면은 가장 서민적인 음식 가운데 하나였고 사람과 사람 사이를 가깝게 하는 정겨운 음식이었다. 자장면을 사이에 둘 때 사람들은 허물이 없었다. 그러니 "자장면 한 그릇 먹자"라는 말은 얼마나 친근한가. 살아가다 다가가고 싶은 사람을 만날 때나 서로 서먹해진 관계를 회복하고 싶을 때, 이렇게 말해보면 어떨까.

"자장면이나 한 그릇 합시다."

마음의 땅심이
떨어질 때

　　　　　　남해에 텃밭 농사를 근사하게 짓는
지인의 텃밭을 둘러볼 기회가 생겼다. 대여섯 평 남짓한 텃밭에
각종 채소가 단단한 초록빛을 내며 건강하게 자라고 있었다. 상
추와 고추를 비롯해 가지, 파, 콩, 깻잎, 토마토, 옥수수 등이 가
지런히 자리를 잡고 자라는 텃밭은 소박하면서도 다채로웠다.
이 텃밭에서 나온 농작물로 식구가 먹고도 남아돌아 친지와도
나눈다고 했다. 몇 평 안 되는 작은 땅의 힘이 대단했다. 어느
예술 작품이 이보다 나을까.

농사는 땅심으로 한다. 한 해 농사를 마치고 농부는 땅심을 기르기, 곧 흙 살리기를 위해 자연 친화적인 퇴비를 만들어 뿌리거나 휴경을 한다. 한두 해 땅을 놀려둠으로써 자연적으로 지력地力이 회복되도록 돕는 것이다.

작품 활동을 하다 보면 소출이 빈약해질 때가 있다. 마음의 땅심이 떨어진 순간이다. 사는 일도 다르지 않다. 내 삶의 텃밭은 내가 어떻게 쓰고 관리하느냐에 따라 그에 맞는 수확물을 얻게 된다. 가끔 벽에 머리를 찧고 싶을 때, 쟁기로 내 속을 뒤집고 지나가는 일이 있을 때마다 이런 생각을 한다.

'내 묵정밭을 고르고 뒤집어 주시는구나.'

살아가면서 왜 슬프고 억울하며, 갈등하고 분노하는 일이 생기지 않겠는가. 외롭고 고독하지 않겠는가. 내 삶을 바닥까지 긁는 이런저런 일들을 당하면 그것이 내 땅을 비옥하게 하는 쟁기질이라고 받아들인다. 그것들이 내 땅에 들어와 거름이 되도록 내버려 두는 게 결코 쉬운 일은 아니지만, 견뎌보려

고 애쓴다. 이 쟁기가 '어디에서 왔는가'보다 중요한 것은 그
것을 내가 '어떻게 받아들이는가' 하는 마음일 것이다.

누군가
읽어준
여름의 동강

　　　　　　강원도 영월 문산리에서 콩 농사를
짓는 고향 친구를 찾았다. 길상호 시인은 흔쾌히 나와 동행하였
다. 그 여름밤 동강 상류에서 받은 저녁 식탁은 풍성했다. 친구
가 텃밭에서 지은 유기농 채소와 푸른 음식들! 물에 한껏 젖은
상추와 깻잎 이파리를 톡톡 털어 밥 한술 얹고 된장을 바를 때
의 그 흥분이란! 우리는 오랜만에 기꺼이 음식을 만끽하고 있
었다. 저녁을 먹은 뒤, 마당 밖으로 나섰다. 농막 앞 작은 개울
에 얼큰하게 달아오른 붉은 꽃이 바람에 흔들리고 있었다. 칡꽃

이라고 했다.

다음 날 아침, 농가는 부산했다. 친구 부부와 길 시인이 텃밭에 푸른 고추들을 한 광주리나 집 안으로 들이고 난 뒤 주먹밥을 싸는 동안, 나는 집 밖으로 나가 개를 쓰다듬거나 칡꽃을 다시 둘러보았다. 그들의 부산함을 나는 줄곧 모르는 척했다. 농가에서 그동안 미루었던 게으름을 잔뜩 부리고 있을 때, 친구네 식구는 외출 준비를 마쳤다. 첫아이 교육과 정기적인 벌이를 위해 귀농한 지 이태 만에 도시로 면접을 보기 위해 나가는 것이었다. 친구의 뒷모습은 쓸쓸했다. 가끔 이곳에 들러 콩밭 매는 척하며 게으름을 부리려던 계획은 물거품이 되었다. 친구네와 헤어진 뒤 우리는 예부터 신선이 노닐었다는 어라연으로 향했다.

산길로 접어들자 길 시인의 발이 빨라졌다. 평소에도 걸음이 빠른 편인 그는 어릴 때부터 대둔산을 제집 드나들듯 하였다고 한다. 그래서인지 물 만난 고기처럼 몸이 가벼워 보였다. 길을 가다 그는 몇 번이나 나를 기다려 주었는데, 반드시 꽃 핀 자리에서 기다렸다. 필름 카메라로 꽃을 찍고 있었으니 나를 기다렸다고 할 수도 없겠지만.

나는 생태맹生態盲이다. 산에 지천으로 피어 있는 꽃들을 읽을 줄을 모른다. 반면 길 시인은 꽃이며 풀이며 나무 이름들을 부르면서 길을 걷고 있었다. 참나리꽃, 으아리꽃, 애기똥풀, 구절초, 패랭이꽃, 개망초……. 그 뒤로 그는 초등학생을 데리고 소풍가는 선생님처럼 나와 보폭을 맞추며 산을 읽어주었다. 그는 자연이 써둔 글자에 밝을 뿐만 아니라 그것들의 쓰임새 혹은 뜻에 대해서도 훤히 알고 있었다. 씀바귀와 생김이 닮은 독초를 알려주었고, 산길에서 만나는 풀과 꽃과 나무와 곤충 들을 한 글자 한 글자 읽어주었다. 내가 왕원추리꽃과 으아리꽃을 바꿔 읽을 때마다, 그는 웃으면서 꽃 이름을 바로잡아주고는 하였다.

그렇게 새벽이슬이 채 마르지 않은 거미줄을 필름 카메라에 담고 진귀한 난초를 만나며, 능바위 가는 길을 따라 두어 시간을 걸은 뒤에 어라연이 내려다보이는 절벽에 닿았다. 녹색 크레파스로 그려놓은 듯한 동강! 래프팅을 즐기는 사람들이 깨알처럼 멀리 있었다.

동강은 얼마 전까지만 해도 분쟁 지역이었다. 용수 확보와 관광 자원 개발, 수도권 홍수 방제 따위의 논리로 무장한 개발군과 수질, 환경 파괴, 거주민의 실향 문제 등을 내세운 자연보전군이 첨예하게 맞붙은 격전지였다. 지금은 국가 관리 생태 경관 지역으로 지정되었으나, 분쟁에 종지부를 찍은 것은 개발론자들의 손익 계산이 틀려서도 아니고 환경론자들의 저항 덕분도 아니었다. 바로 그곳에 서식하는 희귀 동식물들 때문이었다. 동강댐 건설을 막은 주인공들은 검독수리, 담비, 사향노루, 어름치, 다묵장어, 층층둥굴레, 연잎꿩의다리, 비술나무, 개병풍, 할미꽃이었다. 백룡동굴을 비롯한 일흔하나의 이름 없는 석회 동굴들이었다.

초록색 강이 흐르는 아득한 여름의 끝, 우리는 현대 문명과 딱 그만큼 떨어져 있었다. 절벽 끝에 앉아 주먹밥을 달게 먹으며, 살면서 부딪치다 긁히고 베인 상처를 핥고 있었다. 우리에게 있어 동강은 생명이 머무는 마나사로바호수이거나 생명의 사체인 락사스탈호수였을 터이다. 생명이 살아갈 수 있는 호수와 살아갈 수 없는 호수 사이에 놓인 극적인, 거대한 상징을 생각했다. 그날 우리는 현대 문명뿐만 아니라 자연과도 딱 그만큼 떨어져 있었다.

내 시는
왼손에서 출발했다

육체적 손상은 마음의 원형까지 파괴한다. 이것을 복구하기란 거의 불가능에 가깝다. 심각한 교통사고를 당해 한쪽 팔을 잃은 성악가는 더 이상 성악을 할 수 없다고 했다. 성대는 멀쩡했지만, 마음의 성대가 잘려나간 상태였기에. 목소리는 대화하는 내내 안으로 움츠러들었고 가죽 재킷 한쪽 팔이 텅 빈 채 호주머니에 들어 있었다. 그날 이후 그를 볼 수 없었다. 피 묻은 나무토막 같은 팔을 어깨에 이어붙이는 꿈을 지고 사라진 친구.

나의 왼손은 엄지밖에 없는 조막손으로 태어났고, 그런 나 자신을 외부로부터 보호하기 위해 많은 노력을 해왔다. 불구를 이겨보려고 기타를 배우기도 했다. 기타 줄 아래위를 바꿔 묶어 오른손으로 코드를 잡는 방법이었다. 그런데도 가끔 내 왼손을 들여다본다. 잊고 살려고 많이 애쓰며 노력했지만 여전히 내겐 아픈 손가락이다. 돌아보면, 나를 가장 많이 괴롭힌 사람은 바로 나 자신이었다.

우리 몸과 마음은 끊임없이 피드백을 주고받는다. 몸은 마음의 감정 상태를 감지하여 반응하고 또 마음은 몸의 변화와 상처 따위를 재깍 수신하여 반영한다. 육체의 장애는 존재의 원형성을 끈질기게 물어뜯는데, 이때 받은 마음의 상처는 좀처럼 지워지지 않는다. 어린 시절 내가 겪은 절망감을 영화 〈마션〉의 대사에서 빌려와 말하자면, "나는 좆됐다. 그것이 심사숙고 끝에 내린 나의 결론이었다." 손가락이 없는 사람은 마음에도 손가락이 없다. 파괴된 원형성은 마음에 끝없이 내상을 입힌다. 애초에 형태를 갖추지 못한 장애에서 오는, 채워지지 않는 구멍 같은 '비존재'이기 때문이다. 이 장애가 내게 준 상처는 대단히 집요하고 깊었다.

왼손잡이 야구 글러브를 오른손에 끼고 놀면서 어린 나는 '어울리지 않는다'는 것이 무엇인지 알았다. 어머니를 졸라서 의수를 맞춘 뒤로 나는 손가락 네 개가 달린 고무 손을 야구 글러브처럼 끼고 다녔다. 의수는 아이들의 호기심을 자극했다. 감춘다는 것이 오히려 눈길을 끌게 된 것이다. 체육 시험을 칠 때, 한 손으로 철봉에 매달려 올려다본 하늘은 시렸다. 여자 친구는 없었고, 만났던 여자 친구는 잃어버리지 않으려고 집착했다. 고독은 내 안에서 영토를 점차 넓혔고, 나의 성城들이 손쉽게 함락되었다. 나는 어린 시절부터 고독의 통치를 받아왔던 것이다.

시간은 흘러 중학교 시절에는 책받침이나 엽서 그림에서 윌리엄 워즈워스, 헤르만 헤세, 자크 프레베르, 김소월 등의 시들을 만날 수 있었다. 그 시들을 읽으면서 마음속에서 아름다운 이미지가 맴돌았고 어떤 카타르시스를 느꼈다. 당시 우리 식구는 오래된 한옥에서 살았는데 한쪽에 큰 다락방이 있었다. 고등학교에 진학하고 그 적산 가옥의 다락방에서 고양이를 키우면서 김승희, 한하운, 전혜린 같은 시인과 작가 들의 시집과 책을 읽었다. 특히, 김승희 시인의《왼손을 위한 협주곡》은 큰 위안을 주었다.

'존재'와 '부재'라는 양극이 신호를 주고받으면서 내 삶은 자성을 띠게 되었다. 버림받은 것, 엇나간 것, 잡으면 녹는 것, 빠지고 깨어지며 스쳐간 것들이 철 가루처럼 몸에 들러붙었다. 늘어진 철 가루들이 그림자가 되기까지는 긴 시간이 걸리지 않았다. 스스로의 부재를 확인하고, 이 치명적 바이러스에 대응할 백신을 나 외의 것에서 찾으려 했다. 핏줄은 당긴다고 했던가. 나는 내가 될 만한 것들을 주워 모은 것이다. 과부가 홀아비 심정을 알아주듯이, 가까운 혈육을 그러모은 것이다.

그러다 보니 조금씩 세상의 통점들이 눈에 들어오기 시작했다. 개인과 개인, 개인과 사회, 국가와 국가 사이에 아픈 손가락들이 보였다. 개인의 삶을 에워싸고 있는 거대한 자본의 폭력, 성과 중심의 피로 사회, 국민을 보호하지 않는 국가가 보였다. 세월호 참사는 말할 것도 없다. 터키 해변에 숨진 채 떠밀려온 시리아 쿠르드족의 세 살짜리 아이, 아일란 크루디가 겪은 비극이 어디 그날 그 해변에서만의 일이랴. 인종 갈등, 종교 갈등, 내분과 영토 분쟁, 자연환경의 역습을 비롯해

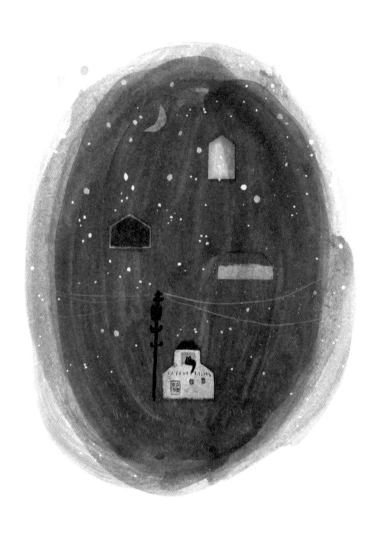

일일이 열거할 수 없는 수많은 문제는 우리의 눈앞에서 펼쳐진 비극이었다.

생로병사의 과정을 단 1초도 피할 수 없이 고스란히 겪어내야 하는 우리 삶이란 불행 없이는 울리지 않는 악기요, 말할 수 없는 것을 모아 만질 수 없는 것을 만드는 고독한 시공施工이다. 고독이 나의 언어와 직렬로 연결될 때 강한 전류가 흘렀다. 불행이 시가 되지 않았다면 나는 빼앗긴 들과 성을 수복할 수 없었을 것이다. 상처가 어두운 세계로 나를 몰아넣었지만, 아이러니하게도 그 아픔은 내 시와 삶에 전력을 공급하는 발전소였다. 조막손이 내 삶의 거름이었다.

내게 시는 본질적인, 온전한 존재로의 복귀와 염원이었다. 왕래가 단절되었던 왼손과 오른손이 서로를 맞잡음으로써 일어난 치유 행위였고, 왼손에서 출발해 오른손으로 도착하는 노래였다. 시는 그렇게 내 삶의 '오래된 미래'로 자리 잡았다.

늑대의 발을 가졌다

눈밭에 찍힌 손바닥이 늑대 발자국이다
나는 발 빠르게 손을 감춘다

손가락이 없으면 주먹도 없다 주먹이 없으니 팔을 뻗을 이유가
없다 한 팔로 싸우고 한 팔로 울었다 한 팔로 사랑을 붙들었다

내가 바란 것은 그런 것이 아니다
두 주먹 꼭 쥐고 이별해 보는 것, 해바라기 꽃마다 뺨을 재보는
것, 손가락 걸고 연포바다를 걷는 것, 꽃물 든 손톱을 아껴서 깎는
것, 철봉에 매달려 흔들리는 것, 배트맨을 외치며 정의로운 소년으
로 자라는 것

내 손가락은 너무 맑아서 보이지 않는다, 내 손가락은 나이를 먹
지 않는다

여기서 시는 끝이다, 앞발을 쿡쿡 찍으며 늑대의 발로 썼다

아래는 일기의 한 대목이다

옷소매로 앞발을 감춘 백일 사진을 무화과나무 아래에서 태웠다 뒤뜰로 가 간장 단지를 열고 손을 넣어 보았다 손가락이 떠다니고 있었다. 고추였다. 뼈 없는

어미 자궁에 네 발의 총알로 박혀 있을 손가락들, 어미의 검은 우주를 떠돌고 있을 나의 소행성들, 언젠가는 무화과나무 위를 지나갈 것이다

손가락들이 유성처럼,

'별방리'로의
귀환을 꿈꾸며

　　　　　　동지 때가 되면 식구들은 모두 한자리에 모여 새알심을 둥글게 빚었다. 두 손바닥으로 주무르고 빙글빙글 돌려서 빚은 새하얀 새알심을 하나둘 상 위에 놓으며 이야기꽃을 피웠다. 새알심을 만들다가 지겨워진 아이들은 밀가루 반죽으로 꽃과 별과 강아지를 만들기도 했다. 깊고 깊은 겨울밤 어느 둥지에서 우리가 나누던 이야기는 지극히 사소하였고 침묵조차 다정했다. 솥에서 올라온 수증기가 부엌 천장을 지나 방 안으로 스며들면 우리는 코를 킁킁거리며 한 그릇 팥

죽을 기다렸다. 그 식구들은 지금 어디로 갔을까? 손바닥에서 태어나던 맛있는 이야기들이 아득하게만 느껴지는 겨울날, 가만히 손바닥을 펴본다. 내 손에서 멀어진 당신들의 이름을 적고 가만히 쥐어본다.

얼마 전 조사에 따르면, 1인당 GDP 102위인 아시아의 가난한 소국 부탄의 국민 행복 지수가 세계 1위였다. 기대 수명도 낮고 문맹률도 53퍼센트에 달하는 부탄 국민들이 행복한 까닭은 무엇일까. 기사에 따르면, 물질에서 얻는 행복보다는 정신적인 행복의 개념을 잘 알고 있기 때문이라고 한다.

이들이 누리는 행복한 삶의 비결은 우리에게 시사하는 바가 크다. 현대 문명이 바라마지 않은 인류의 유토피아는 농업을 공업화하고 녹지와 갯벌을 무차별로 공격하고 있다. 나는 어느새 천박한 물질 중심의 사회와 공범이 되어 있었다. 생명이 도륙되는 현장에 있으면서도 그 행위의 심각성을 몰랐다.

OECD 국가 자살률 1위인 우리나라는 부탄처럼 살 수 없는가. "당신은 주전자 흔들며 정씨 주막에서 막걸리를 받아오고 / 나는 음지들 별들의 대장간에 취직해 물병자리를 두드리"[3]는 아름다운 별방리를 꿈꾼다. 오래전 동지 저녁, 우리의 어머니들은 손바닥을 비벼 새알을 낳았지만, 따뜻한 여러 마리의 새들이 호록호록 태어나던 그 손을 어디에서 다시 맞잡을 수 있을까. 이 도시에서 살아가는 우리에게 허락된 것은 자본주의적 욕망에 허덕이는 자폐의 시간뿐이다. 어머니의 세계로부터 분리되고 단절된 고아들은 어떻게 모국으로 돌아갈 수 있을까. 디아스포라의 삶에서 젖과 꿀이 흐르는 모국으로의 귀환, 별방리로의 귀향을 꿈꾸고 실천해야 할 것이다.

그리고 나는 시 쓰기를 통해 모국어, 곧 어머니의 말을 익혀왔다. 모성이 담겨 있는 말과 숨이 아니고서야, 살아가며 불가피하게 겪게 되는 균열과 비애를 어떻게 치유할 수 있을까. 삶의 좌표가 계기판에 전혀 잡히지 않던 날들, 그즈음 나는 유령도 사람도 아니었다. '시'라는 모국어가 없었다면 나는 진즉에 사라졌을 것이다.

팥죽 한 그릇

동지 저녁, 어미는 손바닥 비벼 새알을 낳았다
그것을 쇠솥에 넣고 뭉근히 팥죽을 쑤었다
나무 주걱 뒤로 스르르 뱀 같은 것이 뒤따르며
새알을 물고 붉은 星間 사이로 숨어들었다
솥 안에 처마 끝과 별과 그늘이 여닫히며 익어갔다
부뚜막 뒤를 간질이며 싸락눈 사락사락 나리고
나는 어미 곁에 나긋이 새알을 혓바닥에 품고
다시 이를 수 없는 따뜻하고 사소한 밤을 염려하였다
명주실 몰래 묶어놓을 데 없을까
뒤뜰 장독간 호리병처럼 서 있는 밤하늘을 보며
먼먼 전설에 귀를 세운 것이다
바람 드는 부엌문에 서서 공중을 두리번거리다
하얀 마침표 하나 눈동자에 떨어져 그만 놓쳐버린 집
어느 동짓날 팥죽 한 그릇 받고 사소한 것을 쓰느니
대문간이며 담장이며 낮은 기와로 번지던 붉은 실핏줄들
따뜻한 여러 마리 새들이 호록호록 태어나던 그 손

카르마
타임

긴꼬리딱새가 나뭇가지에 둥지를 틀고 네 개의 알을 낳았다. 뱀이 나무를 타고 올라와 알을 먹어치웠다. 긴꼬리딱새의 알을 먹은 것은 뱀인가? 나무인가? 사라진 알들은 또 어디로 가는 것일까? 그 알들이 훗날에 꽃이 되는지 뱀이 되는지, 아무도 알 길이 없다. 뱀과 꽃과 나무와 새가 봄이라는 거대한 윤회의 바퀴 속에 서로 이어져서 돌아가고 있다.

누군가가 나무칼을 쥐여줄 때가 있다. 그 목도를 받은 자는 몇 날 며칠에 걸쳐 그것으로 제 배를 가른다. 그는 무딘 칼로 수백 번 수천 번 자신의 배를 가르지만, 뱃가죽보다는 애가 먼저 끊어진다. 할복割腹에서 '할割'은 '해할 해害'자에 '칼 도刀'자의 변형인 선칼도방刂 부수를 쓴다. 칼로써 해하는 것. 어떤 인연은 들지 않는 목도로 창자를 가르는 것처럼 끊기가 고통스럽다. 가장 잔인한 할복은 그것을 당하는 자신과 가깝게 지낸 사람이나, 피와 살을 나눈 식구에 의해 이루어지는 경우이다. 갚고 되갚고 다시 앙갚음을 하는 이 악업은 쉽게 풀어지지 않는다.

옛날에 할복공이 있었다. 그는 평생 물고기의 배를 따고 창자로 젓갈을 담아 팔았다. 생을 마감한 뒤, 그는 다음 생에 여인으로 태어났다. 어려서부터 늘 원인을 알 수 없는 배앓이에 시달렸고, 연모하던 사람은 그의 애를 끊고 떠나기 일쑤였다. 그 후 혼인하여 여러 번 임신하였으나 그때마다 죽은 아이를 낳았다. 제 손으로 땅을 파고 애를 흙으로 덮을 때마다 애가 끊기는 듯했다.

한번은 산달이 되어 부른 배를 안고 서럽게 곡을 하고 있을 때, 한 스님이 지나가다 여인의 애처로운 울음소리를 듣게 되었다. 그 사연을 들은 스님은 여인에게 카르마를 씻어낼 방도를 알려주었다. 스님이 여인에게 알려준 방도가 무엇인지는 중요하지 않다. 선업이든 악업이든 자신이 행한 업의 결과를 받아야 하는 '카르마 타임Karma time'은 언제가 될는지 누구도 알 수 없지만, 반드시 온다.

흑산도에서 보낸
백 번의
일요일

일요일이 필요했다. 서울에서 직장
생활을 10년쯤 이어가던 2014년이었다. 퇴직을 하느냐, 휴직
을 하느냐, 그것이 문제였다. 당시 다니던 출판사는 작은 공방
같았다. 평생직장으로 삼은 사람 몇이 장인처럼 앉아 한 해에
끽해야 책 대여섯 권을 내는 곳이었다. 출판사 이름처럼 호미
한 자루 들고 텃밭에서 일하듯 정성 들여 책을 만들던 곳이었
기에 고민이 더 깊었다. '생명을 섬깁니다. 마음 밭을 일굽니다'
라는 출판 정신을 몸소 보여주던 홍현숙 선생은 인품으로나 능

력으로나 배울 점이 많은 분이었다. 고민은 의외로 쉽게 풀렸다. 내 이야기를 귀담아들은 뒤 선생은 물었다.

"어디로 갈 생각이에요?"

그렇게 나만의 일요일을 찾아 서울에서 450킬로미터 떨어진 흑산도로 떠났다. 짐이라고는 책 몇 권과 노트북, 옷가지를 담은 트렁크, 기타 하나가 다였다. 13년 동안 대도시에서 살았으나 떠날 때 내가 들 수 있는 것만 지니며 살기로 한 터였다. 우리나라 행정 구역상 최서남단 해역에 위치한 섬, 목포 해상 터미널에서 뱃길로 100킬로미터가량 더 달려 도착한 섬의 선착장에 서서 나는 바닷바람을 마음껏 들이마셨다. 홍어 삭힌 냄새가 콧속으로 훅 들어왔다. 일요일의 냄새는 콤콤했다.

섬 안에 유일한 도서관이 있는 마을에 민박을 얻었다. 섬 생활에 처음부터 적응한 것은 아니었다. 그곳에서 곤혹스러웠던 두 가지가 있었다. 하나는 소비 문제였다. 섬에서는 도저히 돈을 쓸 수가 없었다. 선착장에 있는 농협 마트로 자꾸 발길이 갔다. 반찬거리를 사고 더 살 게 없는 날에는 새우깡 한 봉지라도 들어야 했다. 도시에서 오랫동안 소비자로 살아온 습관 때문이었다. 소비하지 않으면 존재 가치가 없는 도시인에서 마음 밭을 일구는 생산자로 위치를 바꾸는 데에는 꽤 시간이 걸렸다. 또 하나는 사람이었다. 외로울 때마다 나는 농협으로, 부둣가로 나갔다. 한껏 밝은 얼굴로 입도하는 관광객들을 보고 있으면 아는 얼굴도 아닌데 괜스레 반가웠다. 일과 사람에 부대끼는 일상에서 벗어나서는 다시 사람이 그립다니.

3월 12일. 평균 기온: 9.0℃ / 비, 안개

일기는 내 시편들의 가건물이다. 시상의 임시 거처다. 어느 날 나는, 푸른 물결이 새겨진 뱃전을 가진 동력선에 오를 것이다. 새벽 먼바다에 나아가 그물을 풀어 오래전에 잠긴 아름다운 궁전을 건져 올릴 것이다. 그 궁전을 싣고 선착장으로 돌아와 밧줄을 매어 놓고 다음다음 날까지 늘어지게 잠들 것이다.

3월 16일. 평균 기온: 11.6℃ / 안개, 흐림

강풍을 따라 엷은 구름들이 빠르게 바다로 흘러간다.

저 구름은 맹수에게서 쫓기는 한 무리 사슴들, 뒤에서는 살기 위해, 앞에서는 살아남기 위해 달린다. 저 상공은 생존이 요동치는 땅, 바람에 옷자락이 찢기며 달아나는 비너스의 속살. 지나는 구름이 어찌나 얇은지 달을 간신히 가려도 그 빛으로 하얀 속살이 다 비친다. 그렇게 달 아래를 지나간 구름은 금세 검은빛 하늘에 속살이 짙어지고는 하였다. 신령한 이동. 구름들의 출처를 보니 검은 산 뒤편이다. 마치 산 뒤에서 몇몇 신들이 장작불을 피우고 흑산의 밤을 즐기는 듯하다.

3월 17일. 평균 기온: 11.4℃ / 비, 폭풍

옆방에 어둠이 살고 있다. 반투명 유리 안에 비치는 그는 밤에는 들어오고 낮에는 나간다. 그의 직업이 무엇인지 알 수 없다.

3월 19일. 평균 기온: 8.0℃ / 비, 폭풍

서로 교감할 수 없는 것이 이 우주에 존재하리라고는 도저히 상상할 수 없다. 우주 밖에 이 우주를 품은 또 다른 차원의 우주가 있다 해도, 그곳에 가장 빠르게 도달하는 것은 빛보다 빠르다는 중성미자나 가상 입자 타키온이 아니라 인간의 가슴에서 출발한 진실한 시일 것이다.

3월 20일. 평균 기온: 7.0℃ / 폭풍

목요일은 흑산도 늙은 남자들이 목욕하는 날.

꽈리고추와 어묵, 간장, 참기름, 식용유를 사서 반찬을 만들었다.

시 〈고래민박〉을 고쳐 썼다.

3월 21일. 평균 기온: 7.0℃ / 폭풍

흑산도의 바람은 호탕하다. 처음 입도할 때에는, 바람을 흑산도가 베푸는 호의로 받아들였다. 하지만 그것은 나의 망상이었다. 한번 불기 시작하면 내리 사흘을 불어닥치는 거센 폭풍을 맞으며 공연한 생각을 떠올렸다. 이렇게 흑산도가 바람을 흥청망청 쓰다가는 세상의 바람이 모두 거덜나지 않을까? 요리로 치자면, 흑산도에서의 바람은 과연 산해진미요, 진수성찬이다. 정녕 흑산도는 바람으로 호의호식하는 섬이다.

늙은 어부가 조립식 패널로 지은 허술하기 짝이 없는 방. 큰 짐승이라도 달려와 들이박는 것처럼 패널 벽이 흔들리고, 지붕에서는 고대 로마의 원형 경기장처럼 격렬하게 돌아가는 차바퀴 소리가 났다. 이 소리의 사태를 견디다 못해 방의 틈새들을 찾아 막기로 했다. 창틀에는 베개를 세워 바람구멍을 틀어막고, 철사 옷걸이를 휘어 닫히지 않는 방문을 고정했다. 그러나 바람은 여전히 산 채로 방 안을 돌아다니고 있었다. 네모난 나무 밥상 앞에 양반다리로 앉아 시를 쓰다가 때때로 신음을 내뱉었다. 바람의 고문이 사흘 밤낮 내내 이어지고 있다.

3월 22일. 평균 기온: 10.8℃ / 맑음

바람이 멈추었다. 방 천장과 벽이 잠잠하니 좀 살 것 같다. 민박집 뒤 텃밭에는 작은 돌멩이들과 키를 맞추는 새순들이 돋아 있다. 이제는 바닷가 산책을 끝내고 돌아올 때 저 새순을 밟지 말아야지.

선착장은 막 입도한 관광객들로 북적거렸다. 할머니들은 가판을 덮고 있던 파란 비닐을 걷고 건어물을 판다. 관광객이 몰려드는 주말에만 열리는 주말 장터인데, 물건을 사는 사람들은 많지 않다. 그들은 눈요기만 하다가 선착장에 대기해 있는 관광버스나 리무진 택시를 타고 휭 사라진다.

3월 23일. 평균 기온: 10.9℃ / 맑음

선착장에서 아주머니들이 전복을 판다. 1킬로그램당 6만 원. "더 올려 줄 테니 돈은 깎지 마시오." 저울 위에 전복을 더 올리며 바늘을 본다. 스티로폼 박스에 전복을 넣고 얼음주머니를 턱 얹은 뒤에 비닐 테이프를 감는 솜씨가 재빠르고 깔끔하다. 손님이 기분 좋게 떠나고 나는 저울을 본다. 영점이 안 맞다. 저울 바늘이 30그램쯤에 있다.

3월 24일. 평균 기온: 11.5℃ / 비

남쪽 먼바다를 건너온 바람이 첫발을 내딛는 섬. 그러니 내가 머무는 섬마을의 끝 집은 남풍의 첫 집이며, 나는 바람이 만나는 첫 인간이다. 바닷가에서 남쪽을 향해 앉았다. 멀리 영산도가 수평선의 삼분의 일쯤 가리고 해변 왼쪽에는 큰 갯바위가 시야를 가려 보이는 수평선은 그리 광활하지 않다. 하지만 상관없다. 나는 남풍과 마주하고 앉았다. 척추를 곧게 세우고 눈을 감았다.

3월 25일. 평균 기온: 11.0℃ / 비, 안개

섬은 비와 햇살이 부족하다. 섬이라는 조각의 크기, 딱 그만큼만 떨어지는 비와 햇살은 섬마을의 소중한 재물이다. 바라보고 있으면 마음마저 편안해지는 낮고 단아한 지붕과 액자 같은 창문이 걸려 있는 벽. 그런 집들이 다정하게 마주보고 있는 골목길은 넓고, 집 앞마당에 들어오는 햇빛. 담벼락에 진하게 묻어 있는 햇살을 손가락으로 그어본다. 금맥 같다.

'검은뫼섬'이라 불리던 흑산도는 실로 바람과 별이 붐비는 섬이었다. 아침보다 일찍 일어나고 밤보다 늦게 잠들었다. 도서관과 바다 사이를 오고 갔으며, 어부들의 무덤 앞에 오랫동안 앉아 햇볕을 쬐었다. 골목골목 늘어선 건조대에 말리는 홍어 냄새가 몸에 배었다. 바닷가 동굴에 들어가 밤늦도록 파도 소리와 마주 앉아 있었다. 대도시에서 지친 몸과 마음을 볕 좋은 마당이나 돌담 위에 홍어처럼 턱 올려놓았다. 그래도 아무도 가져가지 않았다. 바람과 풍란의 섬에서 나는 '고독의 축적'이라는 축복을 만끽했다.

걸어서 섬을 한 바퀴 도는 데에 열 시간쯤 걸렸다. 언덕길을 넘다가 바위 아래에서 만난 풍란과 나비는 감동이었다. 나비의 날갯짓에서 일어난 작은 바람결이 지구를 한 바퀴 돌아 다시 내게 돌아온다면 알아볼 수 있을까? 저 풍란 잎사귀 한 줄이 한 해, 두 해쯤 지나 다시 내 마음 어딘가에 초록을 힘차게 밀어 올린다면 알아볼 수 있을까? 누군가의 말 한마디, 날갯짓 하나가 모두 이어져 있으니, 저 풍란이 그냥 피었겠는가. 나는 먼바다에서 불어오는 바람을 천천히 들이마셨다. 가열된 삶을 잠시나마 멈출 수 있었던 고마운 날들.

몇 해가 지나 도시에서의 삶을 이어가는 요즘, 빠른 속도로 나에게서 멀어지는 것들을 생각해본다. 나는 별과 풍란과 푸른 물결과 멀어졌고 섬에서 만난 백 번의 일요일을 까맣게 잊은 채 살았다. 무엇을 위한, 누구를 위한 속도일까? 사람들은 곧잘 말한다. 삶은 속도가 아니라 방향이라고. 마음속의 브레이크에 가만히 발을 얹어본다. 이제는 고인이 된 홍현숙 선생의 다정한 목소리가 들려온다.

　　"어디로 갈 생각이에요?"

노을다방

다방에 손님이라곤 노을뿐이다

아가씨들이 빠져나가고 섬은 웃음을 팔지 않는다

바다 일 마친 어부들이 섬의 현관에 벗어놓은 어선들

다방 글자가 뜯어진 창으로 물결이 유령처럼 드나들었다

노을이 다방에서 나와 버려진 유리병 속으로 들어간다

몸을 가진 노을은 더 아름답다

유통기한이
없는 편지

　　　　　　세상의 모든 생명은 짧든 길든, 무겁
든 가볍든 이야기를 품고 있습니다. 그들에게 나를 인도하려면
몇 가지 도구가 있어야 합니다. 촛불과 펜, 커피 그리고 고요가
필요합니다. (나는 얼마 전에 구한 '무인도의 파도 소리'라는 이름
을 가진 초를 씁니다.) 낮게 촛불을 밝히고 눈을 감습니다. 먼저
눈 안에 어둠을 만들기 위해서입니다. 심연의 한가운데를 바라
보면 어둠은 키 작은 나무를 자기 몸에 심어 올리고 그 사이로
길을 냅니다. 그 길을 따라 걷는 것은 익숙한 일입니다. 길 위를

걷다 보면 자기 이야기를 들려줄 한 생명의 등이 나타날 것입니다. 나는 고양이를 쫓는 것처럼 발소리도 없이 그를 쫓아가겠지요.

그렇지만 눈 안의 형상들이란 쉽게 지워지거나 변형됩니다. 길을 잃었을 때는 눈 감은 채로 촛불을 바라봅니다. 그러면 내 눈은 붉은 천을 덮은 물가를 봅니다. 마치 태양이 떨어져 있는 듯 눈부신 마당에서 차마 눈을 감고 말았던 어느 어린 시절의 오전과도 같습니다. 그때 나는 내 눈 안의 붉은 물결을 처음 만났고, 그것이 천천히 어두운 산봉우리로 변하는 것을 보았습니다. 남은 빛들은 새처럼 날아다니다가 하늘 높이 올라가서 움직이지 않았습니다. 그것이 별의 탄생이라고 믿기도 했습니다. 눈 감고 촛불을 바라보면 그때 그 붉은 마당이 나타납니다.

오늘 이 자리에 촛불을 밝히는 것은 나의 좌표를 알리기 위해서입니다. 그들 가운데 누구라도 다가와서 자기 이야기를, 자기가 걸어온 길을 찬찬히 들려주길 기다립니다. 그들의 파장에 주파수를 맞추는 이 미세한 작동 방식은 그대도 이미 잘 알고 있겠지요. 영혼의 말에 귀를 기울이는 것보다 경이로운 일이 세상에 또 있을까요.

　꿈에 작은 바닷가 마을을 보았습니다. 오래전에 세상을 등진 한 사람을 그 마을에서 만났습니다. 아, 아버지의 영혼이었습니다. 아버지는 무거운 사진기 가방을 메고 다니면서, 바닷가 공원에서 노인들의 사진을 찍어 근근이 입에 풀칠하며 지내고 있었습니다. 나는 물었습니다.

　"그만 어머니가 있는 집으로 들어가는 게 어떻겠어요?"
　그러자 아버지는 가방을 다시 둘러메며 말했습니다.

　"지금도 잠은 네 어미 곁에서 잔다."

　마음으로 묻고 마음으로 듣는 우리의 대화가 잠든 가슴에 밀려와 붉은 천처럼 펼쳐지는 순간, 나는 마른 울음을 토하며 눈을 뜨고 말했습니다.

　우리는 자주 아프고, 그러면서 영혼은 성장합니다. 나는 한때 이런 상상을 한 적이 있습니다. '만약 천국에 가게 된다면 그곳에 작은 사진관을 하나 차리리라. 그리고 세상을 떠난 사람을 그리워하는 이들에게 그의 사진을 보내리라. 눈꽃 송이로 이 지상에 뿌려 주리라.' 하고 말이지요.

꽃들에게 절하고 이곳으로 돌아왔습니다. 지난밤 푸른 발소리를 내며 밤새워 걷던 바다는 결국 내게 오지 않았습니다. 기다린다는 일, 그리워하는 일이란 어쩌면 이와 같은 것일까요. 발소리만 내며 오지 않는 저 바다처럼, 그리운 것들은 다만 있다는 사실만 알 수 있습니다. 기쁘게 떠났다가 싸늘한 저녁을 안고 늘어진 채 돌아온 나, 슬픔만 심장에 품고 파닥이는 나는 그만 이 물가에 짐을 풀까 합니다. 먼 길 잘 가시라 하얗게 절하는 꽃들.

누가 남겼기에 나는 저 슬픔을 사람처럼 사랑했을까요. 이렇다 할 진통제 한 알 없이. 시를 다듬다가 문득 우리가 아랫동네 윗동네로 나뉘어 살던 북아현동 시절이 떠올랐습니다. 지금은 재개발로 사라져 구름의 땅이 되어버린 그곳 말입니다. 그대도 충분히 동의하겠지만, 요즘 사람들이 사는 방식에는 기다림이 없습니다. 그러니 그리움도 무척 귀해졌습니다. 사람이 사람을 기다리는 시간이 사라지고, 사람이 사람을 그리워하는 모습이 담긴, 추억의 장소가 빠르게 사라지고 있습니다.

사랑의 유통기한도 갈수록 짧아지고 있습니다. 거대 운석과 충돌하는 순간이 아니라, 사랑이 사라지는 순간 인류는 종말을 맞이할 것입니다. 그래서 우리는 손 글씨로 서로에게 편지를 써야 합니다. 한 글자 한 글자 마음을 전하는, 지문이 찍힌 편지를 써야 합니다. 기다림은 길어져야 하고 그리움은 깊어져야 합니다. 결국 세상을 살리는 것은 빨간 우체통이 될 것이니까요.

다시 한번 촛불을 바라봅니다. 이 편지의 마지막 장면을 보기 위해서입니다. 구름의 땅이 되어버린 그곳에 서 있던 라일락나무 한 그루를 봅니다. 그해 오월, 그대가 라일락나무 아래 서 있던 나를 찍어주던 일요일 아침이 보입니다. 나는 낡은 청재킷을 입고 라일락 아래 서서 웃고 있습니다. 라일락이 푸른 발을 디뎌 구름과 집 사이를 걷던 그 시절이 보입니다.

사람들은 북아현동을 산동네, 달동네라고 불렀지만, 이제 나에게는 높고도 먼 그리움의 사원과도 같습니다. 깨어진 시멘트 계단 사이로 풀들이 자라고 햇볕에 고추를 말리던 아낙들이 그 사원에 기대어 살았지요. 가난했지만 누구도 가난하지 않았던 저녁, 그대가 돼지고기를 들고 비탈진 골목길을 올라왔지요. 우리는 사원의 가장 높은 옥상에 둘러앉아 새끼 고양이의 이름을 지었지요.

　눈감은 채 촛불을, 무인도의 파도 소리를 봅니다. 다시 눈안이 붉어집니다. 내가 비로소 누군가의 심장을 바라보고 있는 것일까요. 이곳에서 나는 촛불을 들어 나의 좌표를 알리고 있습니다. 이 고도孤島에서 그대 손때가 묻은 편지를 기다리겠습니다.

출발 신호를
주지 않는
세상

어느 여름 저물녘이었다. 어릴 때 다
니던 초등학교를 오랜만에 찾았다. 1907년에 첫 입학생을 받
았으니, 120년이 넘는 역사를 가진 학교였다. 교문 양쪽을 지
키고 있는 근사한 수형樹形의 은행나무는 더 높고 굵어져 있었
다. 송충이가 뚝뚝 떨어져 우산을 쓰고 등교할 수밖에 없었던
느티나무 길도 그대로였다.

운동장을 걷다가 보았다. 흙바닥에 파묻혀 희미하게 드러
나 있는 흰 선. 100미터 달리기 출발선이었다. 그 앞에 서 보

았다. 그때의 떨림과 따뜻한 긴장감이 종아리를 타고 허벅지까지 슬금슬금 올라왔다. 그때는 100미터만 달리면 다 끝날 줄 알았는데 그게 아니었다. 삶의 오후가 되어 찾아온 내 오전의 땅. 돌아보니 하루하루가, 매 순간이 출발점이었다.

그날처럼 다시 한번 숨을 멈추고 뛰어볼까 싶어 어깨에 걸치고 있던 가방을 내려놓았다. 100미터 끝에 노을이 붉게 타고 있었다. 이제는 아무도 출발 신호를 주지 않는다. 어른의 세계가 꼭 그랬다. 나는 한 번 크게 호흡을 하고 입으로 호각 소리를 내었다. 노을까지 남은 거리는 100미터. 가슴이 벅차올랐다. 1등도 꼴찌도 없는 운동장, 나는 그냥 저 끝까지 힘껏 달려볼 뿐이었다.

우리의 장례식 뒤에
일어날
아름다운 일들

"맹세컨대, 당신이 떠날 차례가 되면
그런 생각은 하지 않을 거예요. 인생 전체를 놓고 봤을 때 그건
전혀 의미 없어요. 제가 지금 바라는 건 가족과 함께 생일이나
크리스마스를 한 번 더 보내는 거예요. 혹은 내 연인이나 반려
견과 하루를 더 보내는 거죠. 그저 하루만 더요."

호주 브리즈번에 살던 홀리 버처라는 여성은 희귀 골육암
을 앓았다. 여섯 달 뒤에 버처가 세상을 떠나고, 나는 내 주변

에서 '그녀'를 다시 만날 수 있었다.

그녀는 우리 자신이었다. 우리는 사랑하는 사람에게 사랑한다고 표현하지 않았고, 하루하루를 수돗물처럼 틀어놓고 마냥 흘려보내고 있었다. 작고 사소한 일에 스트레스를 받으며 자신을 돌보지 않았고, 바로 곁에 친구를 둔 채 SNS 친구 맺기에 열중하고 있었다. 버처가 그토록 후회했던 과거의 그녀는 세상 어디에나 있었다. 고마운 사람에게 고마운 마음을 전하지 않는 내가 버처였고, 강물이 뒤척이는 소리, 햇빛 드는 흙길에 핀 민들레꽃처럼 만날 수 있는 사소한 연緣을 외면하는 우리가 버처였다.

버처가 세상을 떠난 뒤, 그녀에게 주어지지 않았던 시간을 지금 우리는 누리고 있다. 우리는 버처가 보지 못한, 버처의 장례식 뒤에 일어난 아름다운 일들을 잘 알고 있다. 물과 흙으로 엮어 올린 수백 년 된 서까래 아래에서 정다운 사람과 앉아 도란도란 정담을 나눌 수 있고, 저녁상을 정성껏 차리는 어머니의 뒷모습을 볼 수 있다.

"가장 작은 것, 가장 조용한 것, 가장 가벼운 것, 바스락거리는 도마뱀 몸짓, 숨결 하나, 휙 하는 소리, 한 순간. 작은 게

최상의 행복을 만든다"는 니체의 말처럼, 우리 삶을 벅차오르게 하는 것들은 대부분 지금 우리가 당장 할 수 있는 어렵지 않은 일이고, 볼 수 있을 만큼 가까운 곳에 있다.

"내가 사흘만 볼 수 있다면, 첫날은 나를 가르쳐 준 고마운 앤 설리번 선생님을 찾아가 그분의 얼굴을 보겠습니다. 그리고 아름다운 꽃들과 풀, 빛나는 저녁 노을을 보고 싶습니다. 둘째 날에는 새벽에 먼동이 터오는 모습을 보고 싶습니다. 저녁에는 영롱하게 빛나는 별을 보겠습니다. 셋째 날에는 아침 일찍 부지런히 출근하는 사람들의 활기찬 표정을 보고 싶습니다. 점심때는 아름다운 영화를 보고 저녁에 집에 돌아와 사흘간 눈을 뜨게 해주신 하느님께 감사의 기도를 드리고 싶습니다."

헬렌 켈러의 진심어린 말이 내내 뼛속에 사무치는 날, 나는 생각하는 것이다. 내 장례식 뒤에 일어날 일들, 그래서 내가 더는 가질 수 없는 것들에 대하여. 장례식이 끝난 뒤에 신이 하루를 더 살 수 있게 해준다면 나는 무엇을 할까? 어디로 갈까? 누구를 만날까? 그 일들을 지금 하나하나씩 하려 한다.
대단하지 않은 대단한 일들을.

하얀 달걀에서
발견한 구원

메이 따라 성당에 왔다.
신부님이 뭔가를 쭈욱 찢어서
입에 넣고
잔을 높이 쳐들더니
보란 듯이 벌컥벌컥 마셨다.

그래도 신부님은 양심이 있으시다!
혼자 먹은 게 몹시 마음이 걸렸던지
아이들에게 일일이

동전만 한 것을 나눠 주었다.

메이가 오물오물

모두가 오물오물

꿀떡대는

내게는 국물도 없다.

현대 말을 들을 걸 그랬나?

현대 따라 절에 갔으면

지금쯤 난 비빔밥을

싹싹 비비고 있겠지.

누굴 믿을지 벌써 답이 나왔다.

—박해정, 〈종교탐방〉

재미있는 동시를 읽었다. 어린 시절에 친구 따라 성당에
간 적이 있다. 성당에서 삶은 달걀을 나눠준다는 말에 귀가 솔

깃했다. 우리는 발걸음 가볍게 동네 성당으로 향했다. 달걀이 가득 담긴 광주리를 보았을 때, 그 벅차오르던 기쁨을 어찌 필설로 담으랴. 십자가가 그려져 있는 하얀 달걀을 받아 주머니에 넣고 몇 번이나 쥐었다 놓았다. 손 안에 가득 들어오던 단단한 한 끼. 배고픈 자들에게는 삶은 달걀 하나가 예수고 비빔밥 한 그릇이 부처다.

시는 기술이 아니라
생명으로 쓰인다

오목눈이가 뻐꾸기 알을 품듯이 인류는 '호모 사이보그'의 알을 품고 있다. 알에서 깨어난 새끼 뻐꾸기는 새끼 오목눈이를 둥지 밖으로 밀어 떨어뜨린다. 자신이 부화시킨 다른 종에 의해 후대를 위협받는 오목눈이가 오늘날 인류의 모습이다.

생물학적 한계를 뛰어넘은 신(神)적 존재인 로봇, '호모 사이보그'에 의해 호모 사피엔스 종은 사라지게 될 거라고 역사학자 유발 하라리는 경고한다. 로봇 공학자 한스 모라벡은 2050

년에는 지혜를 가진 로봇 '호모 사이보그'가 지구의 주인이 될 것으로 보고 있으며, 다른 미래학자들도 호모 사이보그의 출현을 기정사실로 받아들이고 있다.

인간과 AI의 첫 대결이 20여 년 전에 있었다. 1997년 IBM의 딥 블루와 체스 세계 챔피언 가리 카스파로프의 체스 경기였다. 결과는 딥 블루가 3승. 2016년 초에 있었던 인간 바둑 최강자 이세돌과 구글 딥 마인드가 개발한 AI 바둑 프로그램 알파고의 대결 결과는 더욱 충격이었다. 바둑에서 나올 수 있는 경우의 수는 약 10의 170제곱으로 현재 과학으로 파악한 우주의 원자 수인 10의 80제곱을 훨씬 초월한다. 바둑판 속에서 우주는 그야말로 먼지에 불과하다.

인간의 절대 영역으로 인식되어 온 바둑에서 알파고가 인간 최강 이세돌을 꺾었다. 인류가 만들어 낸 새로운 종의 출현을 알리는 세기의 이벤트를 지켜본 뒤로, 나는 세계의 역사가 BC와 AD 그리고 AI로 나누어지지 않을까 하는 얄궂은 상상을 했다.

AI는 어느새 우리의 일상생활에 깊숙이 들어와 있다. 나 또한 애플의 음성 비서인 '시리'에게 날씨를 물어보고, 가까운 은행이나 병원을 찾는 데 도움을 받고 있다. 얼마 전 인종, 성차별 발언으로 운영이 중단된 인공지능 채팅봇 '테이'를 비롯해 페이스북의 얼굴 인식 기능, 청소기, 드론, 무인 자동차 같은 제품은 물론 금융, 의료 및 법률 서비스와 군사(정찰 모기 로봇, 인간의 개입 없이 목표물을 제거할 수 있는 살상용 로봇 등) 분야까지. AI는 우리 일상생활에서 그 역할을 넓혀가고 있다.

AI는 예술 분야에도 이미 진출해 있다. 구글의 AI가 '딥 드림'이라는 주제로 그린 그림 스물아홉 점이 경매에 팔렸고, 인공지능 '에밀리 하월'이 작곡한 곡이 애플을 통해 판매되고 있다. 로봇 피아니스트 '테오 트로니코'가 있으며, 일본 코코로 사(社)에서 만든 안드로이드 로봇 여배우 '제미노이드 F'도 있다. 얼마 전에는 일본의 AI가 쓴 소설이 문학상 1차 심사를 통과해 세간의 미목을 끌기도 했다. 줄거리를 잡아주는 등 인간의 도움을 받기는 했지만, AI는 일단 소설을 썼다. 일본의 문학상 심사 위원들은 자신들이 심사한 소설이 AI가 쓴 작품임을 몰랐다고 한다.

AI 진화에 가속도가 붙었다. 프로메테우스로부터 불을 얻은 인간처럼, 약弱 AI는 알파고의 알고리즘이란 불씨를 받아 강强 AI로 진화할 것이다. 현 인류는 자신의 불씨인 지능을 기계에 넘겨줌으로써, 훗날 AI가 만드는 디스토피아를 맞이할 수도 있다.

인간으로서 자존심이 상할 수 있는 상황을 상상해본다. 가까운 미래의 어느 날, 당신과 함께 산책하던 AI 로봇이 이렇게 말한다. "나는 생각합니다, 그러므로 존재합니다." 차가운 금속 재질이 아니라 부드럽고 따뜻한 인공 피부 조직으로 덮인 AI(당연히 당신이 붙여 준 멋진 이름 '아담'도 있다)는, 다정한 말씨를 갖고 있으며 평소 집안일을 완벽하게 수행하는 외로운 당신의 말벗이었다. 그런 아담 씨의 말(신호)을 당신은 어떻게 받아들이겠는가. 단순한 정보 처리 능력으로 봐야 할까, '생각하는 도구'의 자의식으로 봐야 할까?

17세기 데카르트는 《방법서설》에서 '의심'이라는 주요한 수단을 통해 더는 의심할 수 없는 진리를 선언했다. 저 독립 선언을 통해 인간은 신이라는 대기권을 벗어나는 추진체, 곧

'이성'을 얻었다. 수천 년 동안 인간이 스스로에게 던진 근원적인 질문과 연결된 그 문장에 담긴 함의를 아담 씨는 이해한 것일까, 아니면 '0'과 '1'로 이루어진 연산 기능에 따른 단순한 재치였을까. 이 직관이 도출되는 고뇌의 과정을 아담 씨가 거쳤으리라고는 보지 않지만(나는 여전히 낭만적이다), 아담 씨가 보낸 자기 존재에 대한 신호와 인식을 정통적 경험주의에 기대어 판단할 수도 없다. 인간의 감정과 지능, 심지어 지혜를 가진 AI의 선언을 농담으로 넘기기에는 (니체의 표현을 빌리자면) '인간적인, 너무나 인간적인' 발언이 아닌가.

미래학자 레이 커즈와일은 컴퓨터가 인간의 지능과 개성과 감정을 가질 시기를 2029년으로 내다보았다. 그는 이 지점을 '특이점'이라 지칭하였다. 우리가 어떤 반응과 판단, 선택을 하든지 간에 AI가 "나는 생각한다, 고로 존재한다"고 우리에게 말을 거는 그 순간이 인간과 AI에게 있어 유의미한 특이점이란 사실은 분명하다.

멈출 수 없다면, 앞으로 인류에게는 AI와 한 집안에서 잘 지내는 길밖에 없다. 인류는 평화를 위해 무엇을 해야 할까?

인간은 더욱 인간답게, 기계는 더욱 기계답게 존재할 수 있다면 큰 문제는 없을 것이다. 그렇다면 인류가 지닌, 삶의 본질을 성찰하는 고유의 본성인 '인간성'을 잃지 않는 길은 무엇일까?

나는 아름다움에 주목한다. 인류는 종의 번식과 생존을 위해 육체적, 정신적 아름다움을 추구해왔고, 그 아름다움에 대한 고집을 춤과 노래와 시 같은 예술에 담았다. 원시에서부터 현대에 이르기까지 인류는 자기 삶을 아름다움으로 리모델링하며 생존의 기반을 강화해왔다. 보다 인간다운 삶을 향한 정신적 동력이었던 '아름다움에 대한 고집'은 호모 사피엔스와 호모 사이보그를 구별하는 중요한 기준이 될 수 있을 것이다.

그런 면에서 볼 때, 알파고와의 5번기 대국에서 보여준 이세돌의 모습은 정말 인간적이었고, 그래서 더욱 아름다웠다. 그의 네 번의 패배와 한 번의 승리 속에는 인간의 고뇌와 외로움, 그리고 불굴의 의지가 있었다. 상대가 비록 인공지능 바둑 프로그램일지라도 바둑의 정신과 예의를 지키는 인간의 길이 깃들어 있었다. 이 대결을 보면서 휴머니즘이 없는 AI 기술의 발전이 미래 인류에게 가져올 어떤 두려운 결과와 함께, 앞으로 인류가 지켜야 할 '인간다움'이 얼마나 소중한 가치인지를 새삼 곱씹었다. 아울러 대국 후 이세돌의 떨리는 목소리는 최근에 만난 가장 아름다운 숨결을 가진 시였다.

AI도 시를 쓸 수 있을까? 이 의문은 '시란 무엇인가'라는 근본적인 질문으로 우리를 돌아가게 한다. 그러나 아쉽게도 과문하여 시의 정의에 대해, 또 시인이란 어떤 존재인가에 대해 깨우친 바가 신통치 않다. 지난 수천 년 동안 수많은 시인과 철학자가 시를 정의해왔으나 정작 시는 정의의 영역에 있었던 적이 없다. 우리 삶이 그러하듯 시는 비정형과 불가능성의 영역에 있었고, 정의되지 않음으로써 존재해왔다. 그런 이유로 시인들은 이 교묘한 은유와 패러독스의 세계를 방황하며 흠모해 마지않았다. 나에게 있어 '시란 무엇인가'라는 물음은 '삶이 무엇인가'라는 질문과 다르지 않고, '시인은 어떤 존재인가'라는 질문도 '인간은 어떤 존재인가'와 이음동의어이다.

지금까지 정황으로 짐작건대, 수사법을 흉내 내는 정도는 미래의 AI에게 가능한 영역으로 보인다. 입력된 일반적 시의 정의와 대량의 시 데이터를 기반으로 분석하고 조합하여 시와 유사한 결과를 만들어낼 수는 있을 듯하다. 그러나 문제는 시의 형식과 내용이 아니라 그 시에 담겨 있는 정신이다. AI가 추출한 언술에서 '시 정신'을 기대할 수는 없다. 시 정신은 따로 있는 것이 아니다. 시인이 바로 시 정신이다. 시인(그의 삶)은 시라는 언어의 육체에 들어감으로써 시 정신으로 남아 불멸한다. 시인詩人에 '사람 인人' 자가 있는 이유다. 시인들이 시를 쓰면서 비로소 살아 있음을 느끼는 이유기도 하다. AI가 시 정신이 없는 이유는 간명하다. AI에게는 삶이 없고 죽음이 없기 때문이며, 영혼이 없기 때문이다. 아니, 영혼에 대한 믿음이 없기 때문이다.

내가 경험한 바로, 존재의 본질을 성찰하는 시에는 삶과 죽음이 깃들어 있었으며 생사가 치열하게 오고 간 흔적이 있었다. 그런 시에는 숨결이 있다. 숨결이란, 결국 대상과 시인이 교감함으로써 생기는 호흡이다. 시인은 시를 쓸 때 낙타를 타고 바늘구멍으로 들어가는 어려움을 겪지만, 그 길을 포기한 적이 없다. 시인은 우리가 사는 세계에 대한 질문을 결코 멈추지 않았으며, 그럼으로써 불멸의 시 정신이라는 소중한 인류 영혼의 자산을 축적해왔다.

독자의 수용성 등을 고려해 AI가 작성한 글이 상품으로 유통될 수 있다고 해도 AI가 시인이 될 수는 없다. 시의 모형을 만들 수는 있겠지만, 시 정신, 곧 시인은 대체 불가능하기 때문이다. 시인은 대상을 보고, 부르고, 다가가고, 머물고, 좌절하고, 그리워하고, 사랑한다. 그런 가운데 시가 품은 가장 아름다운 숨결인 여백이 나타난다. 1초에 수천만 개 이상의 단어와 문장을 조합하는 AI에게는 이러한 숨결을 기대할 수 없다. 대상과의 교감이 없는 문장을 어떻게 시라고 볼 수 있겠는가.

알파고의 바둑에서 확인했듯이, AI는 인간과는 다른 시간, 즉 호흡과 여백이 없고 생명이 부재한 기계의 시간을 사용한다. 그러니 AI는 문장은 쓸 수 있지만 여백은 쓸 수 없다. 여백이야말로 시가 살아 숨 쉬는 허파가 아닌가. AI가 그럴싸한 이미지를 연출한들, 시 정신이 없는 AI의 작품은 시의 이미테이션, 껍데기에 불과하다.

기실 앞서 말한 것은 AI가 아니라 내가 걷는 길의 방침이자 지향이다. 나는 내게 주어진 '쓰다'라는 동사와 '살다'라는 동사

속에 담긴 내용과 정신이 다르지 않기를 바란다. 그것이 나와 내 주변의 삶을 조금이나마 인간다운 것으로 바꾸기를, 또 그러한 인간을 찾는 데 보탬이 되기를 소망한다.

다시는 내리지 않을
어느 첫눈에
대하여

500년 전 신기섭 시인은 프랑스의
궁중 악사였다. 당시 그는 "지루한 궁중을 탈출한 죄로 사형당
했다."[4] 그가 사형되고 그를 위해 울어준 것은 난쟁이들이었다.
살아생전 그는 전생 체험을 통해 알게 된 자기 전생을 마주하
고는 "이 생도 탈출하는 게 아닐까"[4]라며 우려했다. 그리고 어
느 날, 세상에서 사라졌다. 2005년 12월 4일. 그해 첫눈이 내
리던 날, 영천행 고속버스가 굴렀다. 시인의 나이 고작 스물여
섯이었다.

"형, 우리 첫 월급 타면 고기 사 먹어요."

시인이 남긴 마지막 말이 지금도 내 가슴에 붙어 피를 빨아 먹는다. 고기 몇 점이 뭐라고 월급을 타야 먹을 수 있었단 말인가. 가난했다, 우리는. 그는 봉천동 언덕배기 옥탑방에서 가난했고, 나는 북아현동 지하 고시원에서 가난했다. 그의 마지막 문자가 남은 핸드폰도, 일기와 시 메모를 남기던 그의 홈페이지도 지금은 찾을 수 없다. 세상에 남은 그의 흔적이라곤 유고시집과 그의 모교 동산에 있는 '신기섭 나무' 한 그루뿐이다.

그에게는 빨랫줄을 잡고 변소로 가는 할머니가 유일한 식구였다. 할머니의 뼛가루를 흰 쌀밥에 섞고 할머니의 분홍색 외투를 불사르고 난 뒤에는 세상에 홀로 남았다. 사고가 있기 전날, 그가 홈페이지에 남긴 마지막 글이다.

밥을 지어 먹고 앉았다가 창문을 열고 내다보니 옥상에 흰 눈이 쌓이고 있다. 눈이 많이 온다는데 새벽에 출장, 영천行— 무언지 모를 불길한 기분…… 옥상에 쌓이는 눈은 나 아니면 아무도 밟아줄 사람이 없는데. 그런 장소를 가지고 있는 내 생활이 좋다. 다녀

와서 발자국 몇 개 꼭 남기리라. 옥상에 눈이 많이 쌓이고 있다.

그러나 하얀 꽃무늬 커튼이 있는, 밥솥의 보온 불빛이 반딧불처럼 날아다니던 옥탑방으로 그는 돌아가지 못했다. 사고 당일 그는 새로 산 구두와 와이셔츠와 넥타이를 '생전 처음' 차려입었다. 함께 사고를 당했던 직장 동료는 그가 고속도로 휴게소에서 정말 맛있게 밥을 먹었다고 전했다. 새 옷을 입고 이승에서의 마지막 식사를 한 뒤 훌쩍 떠난 것이다.

영천 만불사 뒤뜰에서 그가 생전에 입던 옷가지를 태우며 한 여자 시인은 아흐아흐 울었다. 나는 차마 고개 들지 못하고 그 흔들리는 어깨에 손을 얹었다. 어쩌면 그날 시인은 우리 곁에 서서 자기 자신을 또 배웅하고 있었는지도 모르겠다. "나는 내 입으로 뿟을 하며 길을 떠난다."[5] 시인이 할머니의 손을 잡고 하얀 커튼 속으로 사라지던 날, 난쟁이 몇몇이 모여 전생에서처럼 그를 위해 울고 있었다. 그해 첫눈은 기막히게 부드러운 죄를 지었다. 태어날 때 울지 않았다는 시인이 울지 않는 흰 물방울 속으로 홀연히 사라졌다. 이제 다시 12월이, 첫눈이 돌아올 것이다. 그때와 같이 죄 많은 눈은 오지 않겠지만.

괜찮다,
다 흘러간다

발목을 넣자 강이 입을 벌렸다

급히 발을 거두고 이승으로 물러앉았다

저 물은 분명 식욕을 가졌다

손바닥으로 강을 쓸면

어김없이 손가락에 걸려나오는 머리카락들

거기 물의 가족[6]이 살고 있었다

강이 입양한 아이를 키우려 여자를 불러들이고

여자는 한 사내를 집으로 끌어들였으리라

물의 본적을 가진 사람들은

언젠가는 물로 돌아가 살게 된다

손바닥으로 물 한 줌 떠올리면

그것은 발자국처럼 몸을 걸어다녔다

강에 귀를 담그면 누군가가 빗질하는 소리

천천히 오래도록 내리는 빗질

내 머리 한쪽 곱게 빗겨져 있었다

―졸시 〈물의 가족〉

강이 내미는 초대장을 받은 적 있다. 통성명한 것 같지도 않은데 호주머니에서 나왔다. 수심水心인지, 수심水深인지. 다른 옷을 입어도 초대장은 주머니에 들어 있었다. 물에도 가족이 있다고 했다. 강바닥에도 삶이 있다고, 물속에도 허공이 있다고 했다. 물속에도 낮밤이 있고, 언덕이 있고, 계곡이 있고, 점포가 열린다고 했다. 물의 기와 아래에서 아이가 태어나고 여인은 젖을 물린다고 했다. 눈물을 닦은 손등을 호주머니에 넣고 어둑해질 때까지 강가에 서 있었다.

어리석게도 그 초대에 응해 강을 딛으려 한 날. 구두를 벗고 발목을 넣었을 때, 물이 갑자기 입을 벌렸다. 물속에는 어떤 식욕을 가진 가족이 살고 있는 것이 분명했다. 물은 모든 곳이 허방이었으나 한 방울도 사라진 적 없다. 깊은 허방이겠으나 촘촘하게 위장되어 있는 곳. 강에서 발을 거두고 저만치 물러나 앉아 오래오래 강을 들여다보았다. 그렇게 한참 시간이 지나서야 흐르고 있는 강이 보였다. 일어나 엉덩이를 툭툭 털었다. 괜찮다, 괜찮다. 다 흘러간다.

아홉 개의
목숨을 가진
고양이

　　예부터 사람들은 아홉을 두려워하고
금기했다. 우리나라에서는 '아홉수'라 하여 숫자 9가 들어간 나
이에 결혼이나 이사를 하는 것을 꺼렸다. 신하는 아흔아홉 칸
이상의 집을 짓지 못했다. 일본에서는 '아홉 구九'와 '괴로울 고
苦'의 음이 '쿠'로 같아서 좋지 않게 여겼다. 숫자 '9'는 완전을
의미하는 '10'의 하나 작은 수로, 완전체에 이르지 못하는 운명
을 타고났다.

　　우리나라 전설에 나오는 구미호는 아홉 개 꼬리를 가진 여

우로, 아리따운 여인으로 둔갑해 남편을 맞이했다. 백날 동안 자기 본모습을 남편에게 들키지 않으면 인간이 되는데, 백날에서 하루를 채우지 못한 아흔아홉째 날에 남편에게 정체를 들키고 말았다. 여우 각시의 슬픈 전설에는 완전함에 이르고자 하는 인간의 열망과 결핍이 엿보인다. 십진법에서 '9'는 가장 큰 수이고 마지막을 뜻한다. '아홉'은 좋은 것과 나쁜 것, 귀함과 천함, 충만함과 고독함이 섞여 있는 수이다. 아홉은 태양계에서 쫓겨난 명왕성처럼 애잔한 곳이다.

고양이는 단백광의 빛을 가진, 묘정석猫睛石의 눈을 받은 신비한 생명체로 목숨이 아홉이다. 누군가 밤마다 시끄럽게 울어대는 고양이를 잡아다 나뭇가지에 목을 매달았는데, 그날부터 여드레를 버텼다고 한다. 죽고 살아나기를 여덟 번, 하루에 하나의 목숨을 소진한 뒤에 비로소 고양이는 죽었다. 다음 날, 그의 집에 원인을 알 수 없는 불이 났다. 제 꼬리에 불을 붙이고 집 안으로 뛰어든 고양이는 나무에 목이 매달렸던 바로 그 고양이였다. 목숨 여덟 개를 나무에서 쓰고 목숨 하나를 남겨두었다가 아흐레째 밤에 쓴 것이다. 사람들이 영물靈物 또

는 요물妖物로 여기는 고양이의 원은怨恩은 가볍지 않다. 바로
이 아홉 개의 목숨 때문이다.

한 TV 프로그램에 화살 맞은 고양이 이야기가 나왔다. 화
면에 잡힌 고양이는 세상의 가장 낮고 어두운 구석에 웅크려
있었다. 길이 50센티미터의 양궁용 화살이 등부터 뒷다리까
지 꽂힌 것이다. 누가, 왜 고양이에게 화살을 쏘았나. 밝혀진
범인은 평범하게 사회생활을 하는 40대 남성이었다. 쓰레기
봉투를 뜯고 시끄럽게 울어 짜증이 났다고 한다. 고양이들의
잔혹사가 이뿐이랴. 뒷다리를 잡힌 채 땅바닥에 패대기쳐져
죽임을 당한 고양이, 토치에 지져져 죽임을 당한 임신한 고양
이……. 그들의 활과, 살기로 가득한 손아귀와, 토치의 불길이
저 고양이들에게만 향하는 것은 아닐 것이다.

미국의 생태 신학자 토마스 베리는 자기 책《신생대를 넘
어 생태대로》에 이렇게 썼다. "인간 공동체와 자연 세계는 따
로 떨어진 둘이 아니라 하나의 '신성한 공동체'로서 미래를 향
해 나아가든지, 아니면 둘 모두가 광야에서 멸망하든지 둘 중
하나다." 인간만이 세계의 유일한 중심이라는 잣대는 위험하

기 짝이 없다. 이 생각은 인간 외의 생명을 변방으로 내몰고 있다. 인간 중심주의에서 생명 중심주의로 사상이 전환되지 않는다면, 인간 자신이 파국으로 치닫을 것은 불 보듯 뻔한 일이다.

추운 날, 몸을 꽁꽁 싸매고 동네 산책을 하다가 뱃가죽이 등에 붙은 고양이를 보았다. 비척대며 주차된 차량 뒤로 사라지는 뒷모습이 눈에 밟혔다. 집으로 돌아와 비닐봉지에 사료를 몇 줌 담고 물병에 물을 채워 길로 나섰지만, 어디로 가버렸는지 보이지 않았다. 겨울이 되면 길고양이들은 더 혹독한 시간을 보낸다. 그 중 몇 놈은 영하의 땅바닥에서 목숨 아홉 개를 다 소진해버리기도 하겠지.

집으로 돌아가는 길, 느슨하게 실에 꿴 구슬처럼 조르르 어미를 따르는 새끼 고양이들을 본다. 저 어미는 새끼를 돌보기 위해 여러 개의 목숨을 내놓을 것이다. 그러고도 다행히 목숨이 남는다면 봄에 쓰겠지. 남은 목숨 하나라도 부디 따뜻하게 보내기를…….

당신은 시를 쓰세요,

나는 고양이 밥을 줄 테니

"오빠야, 고양이가 불에 빠졌다!"

   뒤채에 살던 친척 동생의 다급한 목소리였다. 다락방 나무 계단을 밟는 듯 마는 듯 뛰어내려와 뒤채로 달려갔다. 태어난 지 한 달쯤 된 새끼 고양이였다. 연탄 부뚜막 위에서 놀다가 연탄불 속으로 굴러떨어진 것이다. 부뚜막 경사가 커서 제 힘으로는 올라오지 못하고 연탄 불길을 온몸으로 견디며 날뛰던 고양이를 들어 올려 다락방으로 옮겼다.

몸을 살펴보니, 등과 옆구리 쪽의 털은 불에 탄 채로 피부에 엉겨 붙어 있고, 길게 쭉 뻗었던 탐스런 수염들은 손가락한 마디 정도로 짧아져 꼴이 말이 아니었다. 화상 정도는 발바닥이 가장 심했다. 1980년대 중반에는 동물 병원이 거의 없었으니, 집에서 할 수 있는 치료라곤 바셀린을 바르고, 곁을 지키는 것뿐이었다. 사나흘쯤 품에 안고 뜬눈으로 녀석을 돌봤다. 그러자 조금씩 눈빛에 생기가 돌면서 밥을 먹고 몸을 움직이기 시작했다. 어린 녀석이어서 그랬는지 회복 속도가 빨랐다. 보름쯤 뒤에 새끼 고양이는 털이 홀랑 타버린 꼬리를 바짝 세우고 제 어미 '나비'를 쫄랑쫄랑 따라다녔다. 나의 첫 반려묘 '나비'는 7년 동안 한옥 다락방에서 나와 동고동락한 사이다.

'나비'에서 지금의 '새벽'에 이르기까지 묘연猫緣이 적지 않다. 남해에 살 때였다. 새벽이면 더 커지는 애절한 동물 울음소리가 마음에 걸렸다. 칠월의 새벽이 유리창에 푸르게 물들고 있었다. 쓰던 시를 접고 밖으로 나섰다. 할아버지 한 분이 마을길에서 "이게 뭐꼬?" 하며 지팡이로 툭 밀치는데, 젖도 못 뗀 하얀 새끼 고양이였다. 나는 웅크리고 앉아 피골이 상접한 녀석을 불러보았다. 아장아장 다가오는 묘연이었다. 손바닥에 담아온 푸른 눈의 고양이는 방바닥에 몇 번이나 연두색을 게 워냈다. 말 그대로 겨우 입에 풀칠만 한 것이다.

고양이는 꿈을 많이 꾸는 동물이다. 잠결에서 깨어난 새벽의 눈을 들여다보면, 그 속에 어린 침묵조차 다정하다. 세상의 모든 눈은 별이다. 그들의 영혼이 깃들어 있는 별. 어린 왕자가 장미를 심고 가꾸던 작고 아름다운 별처럼, 새벽의 눈 속을 여행하다 보면 나비의 별도, 반달이의 별도 만날 수 있다. 묘호, 누룽지, 동구, 마루, 물어의 별들도 우주 깊은 곳에서 반짝이고 있다.

사는 곳이 한옥에서 아파트로 바뀌었지만 서른 해 전의 나도, 오늘의 나도 고양이와 함께 지내며 시를 쓴다. 생각건대, 시와 고양이는 세상의 가장 낮은 곳에 있는 존재들이다. 아니, 어쩌면 세상의 바닥 그 자체인지도 모른다. 저 바닥들이 우리 세계를 떠받치고 있다. 남극 생태계의 가장 밑바닥에 자리한 크릴새우가 사라진다면 어떻게 될까. 지구상에 벌이 사라진다면, 수술에서 만들어진 꽃가루가 암술머리로 가는 길이 끊어져 열매가 사라진다. 벌의 멸종에서 시작된 죽음의 도미노가 인류 문명을 무너뜨리는 데에는 채 몇 년이 걸리지 않는다고 한다. 인간은 결국 발 붙이고 살 바닥이 필요한 것이다.

모임은 취소되고 가게들은 문을 닫았다. 보호복을 입고 사투를 벌이는 의사와 환자들. 결혼식과 장례식에서는 축복과 추모가 사라지고, 교실과 공항은 텅 비었다. 사람의 발길과 손길과 숨결이 공포가 되어버린 시대, 코로나가 강타한 세계에서 우리가 잃어버린 것은 '곁'과 '평범한 일상'이다. 그러고서야 우리는 새삼 깨달았다. '아무것도 아닌 것이 모든 것이다.' 흔해 빠져서 오히려 눈에 띄지 않았던 일상과, 자꾸 두드리지 않으면 깨어날 수 없는 일상의 가치. 누구나 알고 있지만 돌보지 않은 곁. 아! 그 많은 하루는 다 어디로 갔을까. 우리가 드나들던 일상에 잠금장치가 단단히 걸린 이 사태는 하루아침에 일어난 일이 아닐 것이다. 코로나 사태의 근본적인 원인을 지구 생태계 교란과 파괴에서 찾는 생태학자들의 관점에서 볼 때, 코로나는 인류의 마지막 수업일지도 모른다.

천릿길도 한 걸음부터라니 지금이라도 낮고 아름다운 바닥들을 내 안에 불러들여 보듬는다면, 우리가 놓쳐버린 그 '곁'을 찾을 수 있다. 내게 있어 시와 고양이가 삶의 바닥과 곁이듯, 저마다 삶과 꿈을 지지하고 지탱하는 곁과 바닥은 다르다. 곁과 바닥은 늘 가까운 곳에 있다. 우리가 멀어졌을 뿐이다.

어느 날, 길고양이에게 줄 물과 사료를 천 가방에 넣으며 곁지기가 건넨 돌멩이처럼 흔한 말이 외려 별보다 빛나는 까닭이 그러하다. 그때의 소박하고 아름다운 한마디를 여기 누군가에게 가만히 건네본다.

"당신은 시를 쓰세요, 나는 고양이 밥을 줄 테니."

내 가슴속의
지우개

건망증이 심한 한 주부가 겪은 이야
기다. 그녀는 평소에도 툭 하면 물건을 잃어버렸는데, 하루는
전세금 잔금을 받은 날이었다. 그날만큼은 정신을 단단히 차렸
다. 돈 봉투를 받기 전까지는 아무것도 잃어버리지 않았다. 주
인한테서 잔금을 받은 그녀는 기쁜 마음으로 자동차를 몰고 도
로를 달렸다. 어렵게 한푼 두푼 모아 조금 더 큰 전셋집을 구해
가는 마음은 행복했다. 이제는 두 아이에게 공부방을 한 칸씩
줄 수 있고, 베란다에 좋아하는 꽃도 키울 수 있으리라. 부부가

오랫동안 사용한 침대도 큰 크기로 바꿀 수 있으리라.

　이런 그녀의 단꿈을 깨운 것은 그녀의 자동차를 뒤따라오던 어느 자동차의 경적 소리였다. 그 차는 경적을 울리고 다급하게 손짓을 했는데, 그녀는 그제야 자신이 저지른 끔찍한 실수를 깨닫게 되었다. 그녀가 달려온 도로에 흩어져 날리는 수많은 지폐들. 그랬다. 전세금이 담긴 돈 봉투를 자동차 위에 올려둔 채로 차를 몬 것이다.

　이렇게 우리는 살아가면서 웃어넘기지 못할 건망증을 목격하고 경험한다. 물론, 자동차 열쇠를 손에 쥐고서 열쇠를 찾는 건망증과 그 열쇠로 어떻게 시동을 거는지를 모르는 치매와는 큰 차이가 있다.

　"내 머릿속엔 지우개가 있대······."

　영화 〈내 머릿속의 지우개〉에서 알츠하이머병에 걸린 수진(손예진 분)이 자기 남편인 철수(정우성 분)에게 전한 말이다. 평소 유달리 건망증이 심한 수진은 물건을 잃어버리기 일쑤였다. 편의점에서 콜라를 사고 나오면서 콜라와 지갑을 계산대에 올려두고 나오는 건 시작에 불과했다. 증세는 악화되어 나중에는 자기 집으로 가는 길조차 잊게 된다.

자기 자신이 단순한 건망증이 아닌, 인지 능력 자체가 사라지는 알츠하이머병임을 알게 된 수진은 두려웠다. 자기 자신의 이름과 나이를 잊어가는 상황보다 더 두려웠던 것은, 사랑하는 사람의 이름과 그가 좋아하는 것들을 잊으며 심지어 얼굴조차 떠올리지 못하는 사실이었다. 그리하여 자신이 사랑했던 기억조차 지워지는 것이었다. 그것은 지갑을 잃거나 이미 계산을 치른 콜라를 편의점 계산대에 두고 나오는 일과는 비교할 수 없는 고통이었다. 자신의 삶을 형성하고 있던 모든 기억과의 단절은 공포 그 자체였다.

사람들은 의도적 망각을 하기도 한다. 심각한 정신적인 스트레스를 불러일으킨 요인들을 스스로 기억에서 삭제를 해버리는 것이다. 이때 보고 싶지 않은 것들은 가까이에 있어도 찾지 못하기도 한다. 세상에서 받은 고통으로 말미암아 두 번 다시는 세상을 보기 싫었던 어떤 사람은 서서히 시력을 잃어 결국 자신의 바람대로 세상을 보지 못하게 됐는데, 이사례의 원인이 의도적 망각 때문이라고 한다.

이렇게 사람의 뇌는 스스로를 지키기 위해 나쁜 기억이나 스트레스를 준 요인들을 끊임없이 지워나가고 있다. 영화 속 수진이 기억을 잃지 않기 위해 몸부림쳤다면, 의도적 망각은 기억을 지우기 위해 뇌가 몸서리를 친 것이다. 내용은 상반되지만, 어쨌든 우리는 기억과 망각이라는 외나무다리에서 삶을 지키기 위해 의식적으로 혹은 무의식적으로 끝없이 기억에 간섭한다.

나 역시도 '수진'과 '의도적 망각'을 품고 있다. 서른 중반을 넘길 때까지 입에도 대지 못했던 음식 두 가지가 있었는데, 바로 우유와 국수였다. 국수는 내게 세상에서 가장 맛없는 음식이었다. 먹어본 적도 없었지만, 죽을 때까지 내 돈 주고는 결코 사 먹을 일이 없는 음식이었다. 그러다가 지난해 초여름 행주산성에서 국수를 '먹어야만' 하는 일이 생겼다. 지인이 자주 찾던 원조 국숫집이었는데, 그가 나에게 국수를 먹인 것이다. 머리가 들어갈 만한 큰 스테인리스 그릇에 담겨 나온 국수를 보고 기겁했다. 한 젓가락도 부담스러운데 이 많은 양을 어찌 다 해결하나. 물론 몇 해 전부터 조금씩 국수를 맛보기야 했지만, 내 메뉴판에 결코 있을 수 없는 음식이라는 사실에는 변함이 없었다.

'마음은 무겁게, 젓가락은 가볍게' 국수에 입을 댔다. 면발은 따뜻한 탄력이 있었고 육수는 맑고 깊었다. 그날 앞에 놓인 대야 같은 국수 사발을 깨끗하게 비운 뒤로, 나는 그야말로 '국수 귀신'이 되었다. 마침 그 국숫집은 집으로 가는 길 근처에 있어서 뛰어난 접근성도 한몫 단단히 했다. 나는 자유로를 타고 가다가 으레 행주산성 쪽으로 핸들을 꺾었다. 그렇게 나와 국숫집은 참새와 방앗간이 되어 있었다.

어느 날도 국수 그릇에 얼굴을 넣고 있었는데, 문득 머릿속에 한 장면이 스쳐 지나갔다. 내 앞에 국수를 내놓던 어머니였다. 아, 나는 그제야 의도적 망각으로 지워버린 국수의 기억을 떠올린 것이다. 어릴 때 신물이 나도록 먹었던, 어린 나에게 극심한 스트레스를 주었던 국수를 비로소 떠올린 것이다. 그랬다. 나는 국수를 못 먹는 것이 아니라 먹어서는 안 될 음식으로 지정하고 내 삶의 음식 목록에서 완벽하게 지웠던 것이다. 물론, 지금은 그 국숫집에 앉아 마치 성수를 대하듯 성스럽게 육수를 마신다.

벚꽃이 다 지고 라일락이 핀 봄날에 내 머릿속에 있는, 또는 내 가슴속에 있는 지우개를 떠올려본다. 지워지면 또 새로운 '꽃'들을 피워내는 저 자연의 흐름을 바라보면서 다짐한다. 좋은 기억도 나쁜 기억도 모두 내 삶인 것을, 억지로 그것들을 가두어 기억하려 하거나 애써 밀어내고 삭제하려 하지 말자. 내 안에 있는 '수진'도 '의도적 망각'도 '추억'도 모두 정답게 잘 지내며 흘러가기를.

누비라
필름

벚꽃이 한 소절 두 소절 사라지는 사
월 어느 아침. 꽃을 시샘하는 바람에 분분히 날리는 봄날의 음
표들을 바라보노라면, 겨우내 움츠리던 몸과 마음은 어느새 아
득한 옛일 같고, '이렇게 또 봄날은 가는구나!' 하는 상념에 젖
게 된다. 유난히 눈이 잦고 또 유독히 추운 겨울을 보낸 탓일까.
꽃빛은 더 알뜰하고 꽃나무들의 협연은 더 살뜰하다.

그 선율 속으로 어린 연인이 손을 꼭 잡고 지나간다. 별말
없이 걷는 두 사람이지만, 다정이 깊다. 꽃나무들이 화촉을 밝

힌 지금 이 순간을 저들은 먼 훗날 사랑이라 부를까. 나도 한 때는 어린 연인이었을 테지만, 추억이란 언제나 출입 제한 구역이다. 그 너머를 바라볼 수는 있지만, 그 속으로는 다시 들어설 수 없는 곳. 느낄 수는 있지만, 다시 만질 수 없는 것이다.

이런 상상을 해본다. 만약, 추억의 필름을 사고파는 가게가 있다면 세상은 어떻게 바뀔까. 자신의 기억을 사기 위해 수많은 이들이 문전성시를 이루리라. 어떤 이들은 하루 내내 필름을 반복해 돌려 보면서 결코 과거의 늪에서 헤어나지 못하리라. 또 어떤 이들은 추억을 감히 편집하려 들리라. 타인의 추억을 자기 입맛에 맞게 합성하여, 마치 그것이 자기의 삶인 양 스스로 속이는 질 나쁜 경우도 생기리라. 그러나 무엇보다도 가장 나쁜 것은 그 추억의 필름으로 말미암아 우리가 '망각'이라는 축복을 잃는다는 점이다. 비록 화질이 나쁘고 곧잘 끊기고 소리조차 없다 해도 추억은 추억일 때, 망각의 강 건너편에서 아련한 거리를 가질 때 더욱 아름다운 것이 아닐까.

얼마 전, 화질 낮은 무성 영화와도 같은 기억의 한 자락을 다시 되돌려 볼 일이 생겼다. 그것은 다름 아닌 1999년식 누비라 자동차에 대한 필름이다. 지난 14년 동안 20만 킬로미터를 나와 함께 달린 누비라, 지구 둘레가 약 4만 킬로미터이니 지구 다섯 바퀴를 함께 누빈 셈이다. 그 누가 나와 함께 지구 한 바퀴라도 같이 한 적이 있었던가. 누비라는 자동차를 넘어서는 추억의 공간이었다.

누비라는 나에게 있어 다방이었고, 도서실이었으며, 휴식 공간이었다. 타지로 나갈 땐 나만의 오래된 여인숙이었다. 잠시 소나기를 피해갈 수 있는 나무였으며, 따뜻한 햇살이 비쳐드는 창가였다. 아버지를 병원으로 모실 때에는 119 구급차였고, 집안 대소사가 있는 날엔 어머니의 무거운 장바구니를 받아들고 오르막길을 오르던 둘도 없는 효자였다. 10여 년 전에 시작한 서울 생활, 명절 때마다 나와 함께 고향으로 달려가던 든든한 동행이었다.

물론, 아름답지 않은 기억도 있었다. 어느 취한 날엔 내 술주정과 발길질을 고스란히 받기도 했다. 그런 날, 차는 샌드백이기도 했다. 차에서 뛰쳐나간 옛 애인은 오른쪽 문짝을 차고, 나는 왼쪽 문짝을 찼다. 제때 갚지 못한 돈 때문에 사채업자에게 볼모로 잡혀 있기도 했다. 추억이 어리는 순간, 이 쇠붙이도 맥박이 뛰고 체온을 갖게 된다. 쇠붙이야 무정하지만, 사람은 무정할 수 없다. 차는 더 이상 쇠붙이가 아니라 유정한 무엇이 된다.

지난해 늦여름, 그런 누비라를 갑작스럽게 떠나보내게 되었다. 연남동 가로수길로 회사가 옮겨온 뒤 나는 적잖이 들떴다. 봄이 되면, 벚꽃이 활짝 핀 가로수길을 걸을 수 있으리라는 기대 때문이었다. 그 길에 차를 대고 하루 일을 보는데 그만 일이 터져버렸다. 실로 오랜만에 트렁크 문을 여는데 잘 열리지 않았다. 수차례 힘들여 억지로 문을 열고 물건을 넣은 뒤에 문을 닫으려 하니 이젠 또 닫히질 않는 것이었다. 몇 달 전에도 문을 여닫으면서 이상하다 싶었지만, 이 정도는 아니었다. 분명히 개폐 장치가 고장이거나 문틈 어딘가에 이물질이 끼었으리라 생각했다.

하는 수 없이 들썩거리는 트렁크를 룸 미러로 힐끗거리며 천천히 차를 몰아 카센터로 갔다. 쉰 즈음 되어 보이는 덩치 좋은 기술자가 몇 번 트렁크 문을 가볍게 내리눌러 보더니 고개를 갸우뚱거렸다. 손전등을 가져와 트렁크 안으로 머리를 들이밀고 개폐 장치를 살피던 그가 무슨 생각에선지 뒷바퀴 부분에 있는 바닥재를 찢어낸다. 곧 어깨를 쑥 빼서 일어나더니 딱하다는 듯이 한마디 던졌다. "폐차해야 되겠는데요."

이게 무슨 말인가? 겨우 트렁크 문이 닫히지 않을 뿐인데 차를 버리라니. 불과 며칠 전에 주행 거리 20만 킬로미터를 찍은 누비라를 나는 꽤 자랑스러워하지 않았는가. 앞으로 몇 해는 넉넉히 탈 수 있으리라고 굳게 믿고 있던 나에게는 '폐차'라는 말이 전혀 와 닿질 않았다. "여기 봐요. 이거 다 썩어서 쇼바(자동차 댐퍼)가 위로 치고 올라왔죠?" 그가 손가락으로 가리킨 곳을 보고 나는 경악했다. 바닥재에 가려져 전혀 보이지 않았던 뒷바퀴 윗부분에 녹이 슬다 못해 차체의 삼분의 이가 사라져버린 것이었다. 사람으로 치자면, 근육과 살이 없이 뼈가 밖으로 튀어나와 있는 상태였으니 과속이나 충격으로 뒷바퀴가 빠지는 건 시간문제였다. 날마다 자유로를 이용해 출퇴근하는 나에게는 치명적인 사고로 이어질 수 있는 상황이었다. 다시 한번 되물었으나 그는 단호했고, 결국 그날 그 자리에서 폐차를 결정할 수밖에 없었다.

사실, 차는 벌써 여러 해 전부터 여기저기 성한 곳이 없었다. 이태 전에는 에어컨이 고장 나서 여름 내내 창을 열고 다녀야 했다. 문제는 비 오는 날이었다. 퍼붓는 빗속을 달리는데 실내에 습기가 차는 바람에 앞이 보이지 않으니, 에어컨 대신 히터를 틀고 다닐 수밖에 없었다. 한겨울에는 아예 시동이 걸리지 않거나 걸린다고 해도 길거리에서 멈추기 예사였다.

나만 고생한 것은 아니다. 초보 시절이었다. 한번은 비에 젖은 부산 반여동의 긴 내리막길을 내려가다 급제동을 했는데, 수막현상으로 타이어가 빗길에 미끄러졌다. 브레이크를 밟으면 더 미끄러졌고, 핸들을 돌리면 차는 오히려 다른 방향으로 향했다. 새벽녘이어서 다행히 행인은 없었다. 나는 그것을 위안 삼으며 막을 수 없는 그 사고를 받아들이고 있었다. 그렇게 가속도가 붙은 상태로 약 50미터를 미끄러져 내려간 차는 전봇대를 정면으로 들이박고 나서야 겨우 멈추었다. 안전띠를 착용하지 않은 것은 그때 알았다. 내 머리로 앞 유리창을 깰 수 있다는 것도. 엔진을 비롯한 차의 모든 기계 장치들이 운전석 쪽으로 밀려 들어와 있었다. 한 달, 기억하기로 한 달 걸려 누비라는 다시 태어났다. 그러니 차도 고생 참 많았다.

이런저런 사건 사고와 추억으로 미운 정 고운 정 다 든 차를 고철값 몇 푼 더 받으려고 카센터마다 알아보고 다니는 게 영 마음에 내키지 않았다. 트렁크 열린 누비라를 몰고 와 벚나무 아래 세워두고 바라보자니, 마치 감기 기운으로 약봉지나 타러 갔다가 암 말기 선고를 받은 기분이었다. 그러면서 또 '몸이 저 지경이면서도 주인을 잘 지켜주었구나.' 하는 마음에 새삼 고마웠다.

다음날, 나는 한 통의 팩스를 전해 받았다. 차량 말소 증명서였다. 그렇게 누비라는 많은 추억을 싣고 망각의 강을 건너갔다. 누비라는 지금쯤 레테의 강가를 따라 아주 먼 길을 달려가고 있으리라. 그날 나는 추억의 필름 아래 이런 글귀를 하나 적어넣었다.

20X 5430(1999~2013)
지구 다섯 바퀴를 돌고 벚꽃 아래 잠들다.

왜 보고만
있는 건가요?

　　　　　　　배경은 중국의 어느 한적한 시골길이
다. 한 청년이 멀리에서 다가오는 버스를 세운다. "고마워요. 두
시간을 넘게 기다렸는데⋯⋯." 청년을 태운 버스는 다시 시골
길을 달린다. 얼마쯤 뒤에 버스는 두 남자를 태우게 되는데, 이
들은 버스에 오르자마자 품에 감췄던 칼을 꺼내어 승객들을 대
상으로 강도 짓을 한다. 금품을 강탈한 강도들은 버스에서 내
리는가 싶더니 기사를 버스 밖으로 끌어내리기 시작했다. 젊은
여성 기사는 힘껏 저항했지만 소용이 없었다. "누가 좀 도와주

세요!" 버스 기사는 애절하게 외쳤지만 승객 중 누구도 나서지 않았다.

그때, 앞서 버스에 올랐던 청년이 말했다. "왜 다 보고만 있는 건가요?" 승객들은 서로 눈치만 볼 뿐이었다. 청년은 기사를 구하려고 버스 밖으로 나갔지만, 칼을 든 강도 둘을 상대하기에는 벅찼다. 청년은 강도가 휘두른 칼에 부상을 입었고, 수풀로 끌려간 기사는 결국 성폭행을 당했다. 승객들은 버스 창에 몰려가 그 장면을 구경할 뿐이었다. 강도들이 탐욕을 채우고 떠난 뒤, 가까스로 몸을 추슬러 버스에 오른 기사는 승객들을 잠시 바라봤다. 아무 일도 없었다는 듯 버스 안은 쥐 죽은 듯 고요했다. 승객들은 모두 제자리를 지키고 앉아 있을 뿐이었다.

기사에게 말을 건넨 사람은 청년 하나뿐이었다. "괜찮아요?" 다리에 상처를 입은 청년이 버스 문 앞에 서서 오르려 하자 기사는 어쩐 일인지 그를 태우려 하지 않았다. "타지 마!" 그러고는 청년의 가방을 창밖으로 던져버리고 떠났다. 버스가 떠난 길을 따라 걷던 청년은 낭떠러지 아래에 구겨져 있는 44번 버스를 목격하게 된다. 그랬다. 버스 기사는 유일하게 자신을 도우려 했던 청년을 살리고 승객들과 함께 마지막 길을 떠난 것이었다.

〈BUS 44〉는 대만 출신의 데이얀 엉_{Dayyan Eng} 감독이 만든 단편 영화로, 1999년 8월 중국의 한 지방 신문에 전해진 사건을 다루고 있다. 실제로 그 사건이 일어난 버스에는 40여 명에 가까운 승객이 타고 있었고, 승객 대부분이 남자였다고 전해진다. 가해자와 피해자, 방관자와 청년이 한 공간에 있었던 44번 버스에서 일어난 이 비극은 우리 사회가 가진 극단적 이기주의의 민낯이 고스란히 드러난 사건이다.

우리는 살면서 종종 불의를 목격하게 되지만 '꾹 참는다.' 우스갯소리로 하는 말이 거짓말은 아닌 것이다. 피해자가 가족이었어도 그랬을까. 가족과 마을 공동체라는 가장 기본적인 관계의 붕괴로 인해 이 시대를 살아가는 사회적 약자들은 더욱 보호받지 못하는 처지에 놓여 있다. 타인의 고통에 대해 연민을 느끼지 않고 이렇게까지 무감각하다면, 생각할 것도 없이 우리가 사는 이 세계가 바로 44번 버스임에 틀림없다.

버스 안 승객들을 돌아보던 청년의 얼굴이 클로즈업된다.
마치 나를 향해 던진 듯한 그 말 한마디,

"왜 보고만 있는 건가요?"

마음의 빚은
바래지
않는다

　　　　　골목으로 달아났지만 결국 붙잡혔다.
독재 군부 정권이 무고한 시민을 골목 끝까지 쫓아와 몽둥이질
했다. 온갖 욕설을 퍼부으면서 군홧발로 마구 짓뭉갰다. 책가
방으로 머리를 감쌌지만 그것으로 몸을 보호하기에는 역부족
이었다. 고등학생 정욱은 맞으면서 울고, 울면서 짓밟혔다. "고
등학생입니다. 고등학생입니다." 아무리 외쳐도 소용이 없었다.
그리고 정욱은 끌려갔다.

　억울했지만 하소연할 곳도 딱히 없던 터라 우리는 그 일에

대해 입을 다물었다. 교복 호주머니에 늘 손수건을 넣고 다니던 시절이었다. 눈물 콧물이 마를 날 없었지만 그 많은 사람들이 왜 길거리로 쏟아져 나오는지, 독재 타도와 호헌 철폐가 뭔지도 모르던 학창 시절. 당시 나에게 국가란 그저 죄 없는 내 친구를 두들겨 패는 양아치 같은 것이었다. 그 뒤로 많은 세월이 흘렀다.

영화 〈1987〉을 보고 나오는 발걸음이 무거웠다. 우리나라가 독재 정권에서 벗어나 민주화 과정을 이루는 동안 수많은 사람이 마음의 빚을 졌다고 고백한다. 그러나 내가 가지고 있는 빚은 민주화 과정에 힘을 보태지 못한 사람들이 갖는 그런 거창한 것은 아니다.

대학을 가야 하나, 취업을 해야 하나. 진로를 고민하던 고등학교 3학년 학생에게 1987년은 여느 해와 다를 바 없었다. 6월 항쟁이 한창이던 어느 하굣길이었다. 도로가 봉쇄된 탓에 간간이 지나다니던 버스마저 끊어져 걸어서 집으로 가던 길이었다. "독재 타도, 호헌 철폐!" 시위대 수만 명이 어깨를 걸고 서면 로터리를 향해 행진하고 있었고 로터리에는 이미 진압

부대가 대기하고 있었다. 나는 시위대와 진압군 사이에 걸쳐 있는 육교 위에 서서 그 장관(?)에 흠뻑 빠졌다.

바람이 시위대를 향해 불자 곧 최루탄이 발포되었다. 최루탄 연기가 도착하기도 전에 무언가 콧속을 매캐하게 파고드는가 싶더니 순식간에 불이 붙은 듯 얼굴이 타오르는 고통을 느꼈다. 몸을 잠시 웅크리고 휘청거렸을까. 매운 눈을 비비자 뜨거운 기름이라도 튄 듯 눈알이 뜨거워졌다. 시위 현장에 남아 있던 최루탄 가스와는 차원이 달랐다. 수십 발의 최루탄에서 터진 연기가 나를 덮쳤고, 나는 발버둥을 쳤다. 눈, 코, 입에서 동시에 분비물이 터져 나올 수 있다니! 이 육교가 이렇게 길었던가. 육교의 끝은 보이지 않았고 아무리 가도 끝이 나오지 않을 것 같은 순간, 바닥에 어렴풋한 형체가 보였다. 사람이었다. 쥐며느리처럼 몸을 말고 있던 단발머리. 일어날 힘도 없는 그 여학생을 뒤로한 채 나는 일어나서 달아났다. 그게 끝이었다. 내게 1987년은 그 장면뿐이었다.

누구에게나 죄책감이 있다. 지운다고 지워지는 것도 아니고 별 좋은 데 내놓는다고 해서 그 빛이 빛바래는 것도 아니다. 누가 나에게 어떤 죄책감을 갖고 있느냐고 물어온다면, 나는 이 장면을 먼저 떠올릴 것이다. 최루탄 연기에 쓰러져가는 여학생을 두고 달아나던 한 남학생의 필사적인 이기심을. 그때로 다시 돌아갈 수 있다면, 따위의 불가능한 설정은 아무런 위로가 되지 않았다. 나는 지금도 여전히 그 여학생을 돌아보며 달아났던 남학생일 뿐이다. 달리 무슨 방법이 있겠는가. 지금도 육교 위에, 내 양심 속에 쓰러져 있는 그 아이를 안고 사는 수밖에. 다섯 살 때, 내리막길에서 내가 굴린 화장품 병을 밟고 고관절이 부러져 남은 평생을 절름발이로 살다간 친할머니를 안고 사는 수밖에.

이제는 그들에게 속죄할 길도, 마음의 빚을 갚을 수도 없으니 그 빚을 다시 한번 되새기고 짊어질 따름이다. 죄책감은 뿌리가 깊고 단단해서 달아날 길이 없다. 이제 나는 그날의 죄책감을 애써 떨쳐버리려 하지 않는다. 친구처럼 손을 내밀어 잡고 남은 삶과 함께 걸어가려고 한다. 타인의 고통에 대해 깨어 있다면 다시 거듭날 수 있다. 그 일들은 나쁜 일이었지만, 나쁘지만은 않다. 죄책감은 학습을 통해 우리에게 다시 한번 기회를 주기 때문이다.

그럼에도
불구하고

        내 생애 첫 차량은 푸른 트럭이었다. 창원에 있는 차량 출고지에서 신차를 인수해 첫 시동을 걸던 날, 하늘은 더없이 맑았으며 트럭 엔진 소리는 경쾌하고 힘찼다. 이제 수박을 가득 실은 트럭을 몰고 부산의 골목들을 누비리라. 출고지를 빠져나온 트럭은 창원대로로 진입하기 위해 좌회전 신호를 기다리고 있었다. 1995년 당시 창원대로는 지금처럼 교통량이 많지 않았다. 왕복 8차선으로 시원하게 뚫린 직선로처럼 내 앞날도 훤하게 펼쳐지겠지. 트럭 앞에서 신호를 기다리던 두 대의 차량을 따라 나는 핸들을 부드럽게 왼쪽으로 돌렸다. 그때, 도로에서 찢어지는 굉음이 길게 들렸다. 운전석 창으로 보니 15톤 덤프가 나를 향해 밀려오고 있었다.

사고 순간은 세 단계로 나뉘어 보였다. 처음에는 덤프트럭 전체가 보였고, 두 번째는 트럭 전면부가 보였고, 그다음에는 범퍼만 보였다. 나타났다가 사라졌다가 나타날 때마다 성큼성큼 나를 향해 다가오는 그 장면은, 마치 영화 〈여고괴담〉에서 귀신이 등장할 때의 촬영 기법 같았다. '혼나다'는 말은 '혼이 나간다'는 뜻인데, 그때가 딱 그랬다. 나는 마치 조수석에 앉아 있는 것처럼 사고를 당하는 나 자신을 바라보고 있었다. 꿈꾸던 미래는 트럭과 함께 순식간에 부서졌다. 겨우 정신을 차리고 조수석에 있던 아버지를 부축해 트럭에서 빠져나왔다. 길가에 주저앉아 보니, 차체가 부서지며 튕겨나간 바퀴들이 반대편 차선 멀리에 고무신짝처럼 떨어져 있었다. 트럭은 운전석이 있는 헤드 뒤쪽부터 적재함까지 심하게 꺾여 있었다.

스물다섯 무렵의 내 바람은 트럭 한 대를 갖는 것이었다. 1994년 유월, 딱 1년만 고생하자는 생각으로 서울로 올라온 나는 답십리에 두 평도 안 되는 방을 얻었다. 그러고는 전농동 인력 시장에서 날품팔이 생활을 시작했다. 그해 칠월 김일성 사망 소식으로 온 나라가 뜨거웠지만, 나와는 상관없는 세상이었다. 땅을 파라면 파고 시멘트를 비비라면 비볐다. 질통도 지고 지하로 내려가고 벽돌을 지고 4층 계단을 오르내렸다. 포천 돌 공장이건, 하수도 배관 청소건 일을 할 수 있는 곳이라면 가리지 않았다. 현관이 없는 쪽방에 스티로폼을 깔고 담요 두 장으로 버틴 겨울은 끔찍했지만, 그렇게 1년 뒤에 트럭을 살 돈을 마련할 수 있었다. 그런데…….

처음에는 믿기지 않았다. 1분 전만 해도 푸르게 반짝거리던 저것이 내 트럭인가? 비현실적인 충격에 나와 아버지는 다친 몸을 돌볼 정신도 없는 상태였다. 사고 처리를 하고 집으로 돌아와서야 아버지는 가슴을 부여잡았다. 병원에서 늑골에 금이 갔다는 진단 결과를 받았다. 불행 중 다행이었다. 이미 터져버린 일을 어쩌겠는가. '어떻게 마련한 트럭인데' 하는 마음보다는 '그럼에도 불구하고'의 마음이었기에 버텨낼 수 있었던 시간들. 지금도 사고 순간이 눈에 선하다. 그날 내가 만약

엑셀러레이터 대신 브레이크를 밟았다면, 덤프트럭은 적재부가 아니라 운전석을 쳤을 것이다.

나는 어쩌면 알게 모르게 나에게 따랐던 '간발의 차이'라는 행운들과 '그럼에도 불구하고'라는 희망적인 마음가짐 덕분에 살아온 것이 아닐까. 언제까지 이 행운이 이어질지는 알 수 없지만, '그럼에도 불구하고' 감사할 일이 많은 세상이다. 그래서 트럭을 타고 골목길을 따라 지나가는 계란 장수 소리를 들으면 괜스레 입가에 옅은 미소가 생기는 것이다.

전설의
라면

그야말로 '먹방' 전성시대다. 유튜브
를 비롯한 각종 소셜 미디어에서는 '먹방계의 군웅'들이 자웅을
겨루고, 방송사에서는 계절 음식과 건강식, 전통 음식, 전국의
숨은 맛집 등을 연일 소개한다. 한 TV 프로그램을 통해 동네
가까운 곳에 있는 만두 가게를 알게 되었다. 아흔 살에 가까운
만두 장인이 60년 세월 동안 빚어온 산둥식 만두는 가히 황홀
했다. 내가 아는 한 '만두의 끝'이었다. 연세 탓인지 달인이 주
방을 떠나고부터는 그 맛이 아니었고, 자연스레 발길을 끊었다.

그 뒤로 유명하다는 산둥식 만두를 찾아 먹었으나 할아버지의 손맛을 따라올 집이 없었다.

힐링 푸드니, 소울 푸드니, 어머니 손맛이니 하는 음식을 살펴보면 기억과 연결되어 있다. 사라진 시간은 당시에 먹은 음식을 통해 몸에서 재생된다. 우리는 음식의 맛과 냄새를 음미하면서 지난 기억을 육체에 감각적으로 재현한다. 시장에서 산 남해 시금치를 데쳐서 먹으면 남해에서 살던 날들이 함께 입속으로 들어오고, 충무 김밥을 먹으면 통영에서의 추억이 살갑게 재현되는 것이다. 콧속으로 훅 파고드는 삭힌 홍어 냄새를 맡으면 나는 어느새 흑산도의 골목에 서 있는 것이다.

잊을 수 없는 음식이 있다는 말은 곧, 잊을 수 없는 장소와 사람이 있다는 말이기도 하다. 남해 돌문어를 넣고 끓인 라면 한 젓가락을 뜨는데 수십 년 전 어머니의 목소리가 생생하게 들려온다. "생일에 라면을 묵나. 꼬불꼬불한 거를." 아들의 앞날이 잘 펼쳐지기를 바라는 마음이었을 것이다. 어머니의 꾸지람을 들으면서 입안으로 밀어넣던 라면이 그리운 날이다. 아니, 어쩌면 어머니의 잔소리가 그리운지도 모른다.

어릴 때부터 유독 라면을 즐겨 먹었지만, 이제는 다시 맛보기 어려워진, 잊을 수 없는 라면의 추억이 있다. 1986년 밀양이었다. 여름 방학을 맞아 친구들과 낙동강 지류인 밀양의 긴 늪에서 캠핑을 하게 되었다. 강가에서 떨어진 곳에 텐트촌이 있었지만, 우리는 사람들의 발길이 뜸한 상류 쪽에 텐트를 쳤다. 뒤로는 대나무 숲이 있었고, 텐트를 친 자리에서 강까지는 완만한 경사를 가진 넓은 흙바닥이 있었다. 아버지한테 빌려온 석유 버너에 저녁을 지어 먹고 날이 저물면 텐트에 석유 등을 걸어놓고 노래를 불렀다.

친구와 함께 온 그의 여자 친구 덕분에 분위기는 화기애애했고, 우리들의 봉사 정신은 빛났다. 텐트 안팎은 늘 깨끗하게 유지되었고 여름날의 물놀이는 더욱 신이 났다. 친구와 다정한 그의 여자 친구를 보며, 헤어진 내 여자 친구가 떠올라 우울해지기도 했지만 그것도 하루였다. 여느 캠핑족들이 그러하듯이, 우리는 모닥불을 피워놓고 기타를 퉁퉁 울리며 노래를 했다. 새우깡에 소주잔을 부딪치던 그날 밤은 한 무리의 남자들이 등장해 도움을 요청하면서 뜻하지 않았던 방향으로 흘러갔다.

고압적인 분위기를 조성하던 그들은 다행히 동네 건달은 아니었다. 고등학교 선생이라고 자신들을 소개한 그들의 일(?)을 우리는 도울 수밖에 없었다. 바지를 둥둥 걷어 올리고 강으로 들어간 그들은 강물이 깊어진 소(沼)를 향해 투망을 던졌다. 그러고는 물고기들이 잡힌 투망을 강가에 내려놓았다. 우리가 할 일은 은어와 잡어를 분류하는 작업이었다. 몸이 가늘고 길며 빛깔은 약간 어두운 회색이지만 배 쪽으로 갈수록 밝아지는 물고기인 은어와 잡어를 분류한 뒤 투망을 정리하면, 선생 놈들은 투망을 어깨에 걸고 다시 강으로 들어갔다. 은어는 1급수 맑은 물에만 서식하는 물고기로 몸에서 수박 향이 난다는 것을 그때 처음 알았다.

　원래 은어 낚시는 은어를 미끼로 쓴다. 은어는 제 공간에 들어온 다른 은어를 내쫓는 습성이 있는데, 이를 이용해 낚싯줄에 단 여러 낚싯바늘로 채어 잡는 방식이다. 먼 훗날, 나는 이때의 기억을 떠올리며 은어와 일요일이 우리에게 선사하는 휴식에 대해 표현한 적 있다.

　일요일 아침 아홉시에는 도로 수십 킬로미터가 맑은 여울로 바

꿰면 좋겠다 바지 둥둥 걷고 들어가 은어 낚시를 하면 좋겠다 낚아챈 은어를 어영부영 다 놓치면 좋겠다[7]

노동 시간은 생각보다 오래갔다. 우리는 연신 하품을 했지만, 누구도 불평을 하지 못했다. 한여름 밤의 느닷없는 노예 체험은 새벽 4시경에야 끝이 났다. 라면을 먹자는 누군가의 말에 따라 우리는 일사불란하게 코펠과 버너를 준비하고 라면 물을 끓였다. 한 선생이 은어 몇 마리를 통째로 코펠에 집어넣었다. 지칠 대로 지친 우리는 몽롱한 상태로 라면이 끓기를 기다렸다. 대나무 숲과 강 사이 비친 하늘에 보름달이 휘영청 밝은 새벽이었다. 그 달 아래 서서 한 선생이 말했다.

"은어 라면이다. 국물 한번 먹어 봐."

라면 국물을 한 숟가락 떠서 입속으로 가져간 순간, 아! 분명히 팔팔 끓는 국물이었는데 이렇게 시원하다니! 스프 맛은 온데간데없었다. 입안에 퍼지는 깊고 달큼한 이 향은 또 어디서 온 것인지. 배도 어지간히 고팠거니와, 친구들과 둘러앉아

떠들썩하게 건져먹던 은어 라면은 어떤 필설로도 묘사할 수 없는 맛이었다. 초등학교 시절, 어머니 몰래 끓였다가 냄비째로 연탄불 위에 쏟았던, 먹어보지 못한 그 라면과 자웅을 겨룰 만한 유일한 라면이었다.

조리 방식이나 첨가되는 식재료에 의해 개인의 취향이 살아 있기에, 라면은 인스턴트 식품에서 양식으로 역진화한 먹을거리라는 이문재 시인의 글을 읽고 고개를 끄덕인 적이 있다. 가끔 사람들에게 혹시 은어 라면을 아는지 물어본다. 사람들의 반응은 한결같다. 금시초문인 그 전설의 라면 맛에 대해 상상이 안 된다는 표정이다. 꿈인 듯 지나온 그해 여름의 은어 라면을 미각만으로 온전히 느낄 수는 없다. 그것은 강을 비추는 달빛과, 긴 늪의 물소리와, 대나무 숲을 지나온 푸른 바람과, 우리 젊은 날의 노래 그리고 기다림과 그리움이 어우러진 오감의 음식이었다.

바람이 분다,
가출해야겠다

가출하리라! 고등학교 3학년의 어느 가을밤 나는 결심했다. 가출을 단행하게 된 이유는 가정 문제나 학업 문제도, 이성 문제도 아니었다. 그냥 '이유 없는 반항'이었다. 포마드로 올백을 한 깊은 우수의 눈빛을 가진 반항의 아이콘 제임스 딘은 아니었지만, 어느 노래 가사처럼 "내 속에 내가 너무도 많아"서 쉴 곳이 필요했을까?

어쨌든 그날 밤 나는 국어Ⅱ, 수학의 정석, 물리, 지구과학, 성문 영어 따위가 꽂혀 있는 책장에서 색다른 책 하나를 꺼내

들었다. 다보탑과 바다의 붉은 일출, 울긋불긋 물든 가을 산 등 우리나라 명소 사진으로 조잡하고 어지럽게 표지를 만든 우리나라 관광 가이드였다. 한 달 용돈 5천 원인 고등학생이 넉넉하게 돈을 가지고 있을 리도 없으니, 우선 텐트를 치고 지낼 수 있는 곳을 행선지로 정했다.

다음 날 아침 9시쯤이었다. 아버지가 야근을 마치고 돌아오기 전에 집을 나갈 요량으로 가출 장비를 챙기고 있었다. 배낭에 넣을 모포를 개고 있을 때, 생각지도 못한 일이 생겼다. 어머니가 예상보다 일찌감치 아침 외출을 마치고 들어온 것이다. 방문이 덜컹 열리고 내 심장도 덜컹 내려앉았다. 벌써 학교에 갔어야 할 아이가 코펠, 석유 버너, 손전등, 수건, 김승희 시집 따위를 거실에 늘어놓고 있으니, 어머니는 무척 놀라고 의아한 표정을 지으며 말했다.

"학교 안 갔나?"

"아…… 학교에서 여행 간다."

"수학여행? 갔다 왔잖아?"

"그거 말고 또 간다…….'

"자고 오나?"

"저녁에 올 끼다."

"담요는 와 챙기노?"

"아…… 맞네."

나는 당황해서 기어드는 목소리를 애써 감추며 모포를 배낭에서 빼야만 했다. 그날 밤 포항 구룡포 바닷가는 정말 추웠다. 텐트 안에서 방수 천막을 덮어쓰고 있었지만, 뼛속까지 철썩거리는 11월의 바닷바람을 피할 도리가 없었다. 파라솔 표시가 있는 지도 속의 낭만과 자유의 바다가 아니었다. 지도 밖의 바닷가에서 추위와 사투를 벌이던 중 묘안이 떠올랐다. 마을 구멍가게로 달려가 초를 사 왔다. 방수 천막을 덮어쓰고 앉아 촛불을 켜자 마침내 온기가 몸을 감싸는 그곳은 마치 달걀 속의 세계 같았다. 그렇게 쪼그려 앉아 사르르 잠이 들었다.

불현듯 눈을 떠보니 녹아내린 천막이 청바지 허벅지 쪽과 양말에 노랗고 빨간 불똥으로 뚝뚝 떨어져 불타고 있었다. 촛불이 방수 천막에 옮겨붙은 것이다. 아, 집도 절도 변변한 텐트도 없어진 신세라니! 내가 난생처음 만든 달걀의 세계는 아

버지의 집처럼 단단하지도, 오래가지도 않았다. 나는 추위를 견디느라 밤새 바닷가와 해변 마을 골목을 왕복해야 했다. 1987년 11월 어느 밤, 불구멍이 숭숭 난 청바지에 양말 한쪽만 신고 앉아 바라보던 동해의 일출은 눈물 나게 아름다웠다. 동틀 무렵, 나는 하나의 세계를 깨고 알에서 나온 어린 생명이었다.

꼬부랑꼬부랑 먼 인생길을 돌아 어느 해 봄에 그 바닷가로 다시 간 적이 있다. 초를 샀던 구멍가게가 그대로 있었다. 가게 주인에게 여쭈어보니, 수십 년째 그 자리를 지켰다고 한다. 열여덟 꼬맹이에게 초를 팔았던 아주머니는 꼬부랑 할머니가 되어 있었다. 예전처럼 하얀 초 한 통을 샀다. 나는 또 이 촛불로 어떤 밤을 밝히며 살아가게 될까.

기다림에
빈방이 생기면

'매도 먼저 맞는 것이 낫다'는 속담이
있다. 학창 시절 단체로 몽둥이찜질을 맞던 순간으로 잠시 돌아
가 보자. 호랑이 선생님은 월례 고사 시험지 뭉치를 교탁에 던
지듯 내려놓는다. 아이들의 심장은 벌써 콩닥콩닥 뛰고 있다.
선생님은 빗자루 몽둥이를 쥐고 칠판 앞에서 포효한다. 아이들
은 어떤 각오를 마친 듯 어두운 얼굴로 줄을 선다. 이른바 '타작
시간'. 이때 아이들 머릿속은 복잡하다. 먼저 맞는 편이 나을까,
나중에 맞는 편이 나을까? 내 학창 시절인 1980년대만 해도 한

반 정원이 60명은 넘었으니, 한 사람당 세 대씩 맞는다면 체벌을 가하는 사람으로서는 때리다가 지칠 수도 있다. 그러나 이런 계산속에 뒷줄로 간 아이들은 곧 헛된 기대를 버리게 된다.

이유는 두 가지다. 첫째는, 나중이라고 해서 체벌의 강도가 약해지는 경우가 드물다는 점이다. 체벌을 가하는 선생님은 처음엔 기운차게 때리다가 중간쯤 가면 스윙에 가속도가 붙는다. 이때는 몽둥이와 선생님이 한 몸이 된 물아일체의 상태다. 문제는 뒤로 갈수록 체력이 떨어져 어금니를 악물고 '깡으로' 휘두른다는 점이다. 그러니 나중에 맞는 매도 역시 '살아 있다'는 말이다.

둘째는, 기다림의 고통이 크고 잔인하다는 점이다. 아이들이 엉덩이를 빼고 뒹굴고 하는 사이, 교실에는 싸늘한 공포가 깔린다. 매 맞는 아이들의 일그러진 표정은 차례를 기다리는 아이에게 고통에 대한 상상력을 심어준다. 이 기다림에 상상력이 가세하기 시작하면 심장은 걷잡을 수 없이 널을 뛰기 시작한다. 그렇게 빨개진 볼기를 문지르며 자기 자리로 돌아가고 나서야 기다림은 끝이 난다.

그러나 영원히 끝나지 않는 기다림도 있다. 기다림이라는 행위는 대부분 희망이라는 연료로 연소하게 되는데 그 과정에서 누적되는 피로감을 피할 수 없다. 기다림이 깊고 간절할수록 감정 에너지의 소모가 크다.

사뮈엘 베케트의 《고도를 기다리며》에서 블라디미르와 에스트라곤을 찾아온 소년이 말한다. "고도 씨가 오늘 밤엔 못 오고 내일은 꼭 오겠다고 전하랬어요." 두 사람이 기다린 '고도'는 내일이 와도 끝내 오지 않는다. 두 사람은 내일도 고도 씨가 오지 않는다면 차라리 목을 매달자는 이야기를 주고받은 뒤 다음날 만나기로 약속하고 헤어지고자 한다. 그러나 두 사람은 그 자리에 꼼짝하지 않는다. 그들이 목숨을 걸며 기다렸던 고도는 언제쯤 만날 수 있을까?

기다림의 내용과 형식은 다양하다. 어떤 기다림은 은밀하고 밀접하게 삶에 결속되어 있어 사람들은 그것이 존재하는지조차 모를 때가 있다. 또 어떤 기다림은 몸과 마음의 상태를 극한으로 몰아가 삶을 송두리째 앗아가기도 한다. 떠나간 사람을 기다리다가 선 채로 바위가 되었다는 망부석이 그렇고, 헤아릴 수 없이 많은 노란 리본이 묶여 있는 팽목항이 그렇다. 자신의 생명과 생존까지 모두 내려놓은 기다림의 현장이라니.

기다림은 모든 생명체의 시공간에서 전방위로 일어나고 있다. 그중에서도 기다림의 가장 큰 숙주는 바로 인간이다. 원시 인류에서부터 현 인류까지 온 시대, 모든 세계를 통틀어 기다림을 맞이하지 않은 인생은 단 하나도 없다. 여자와 아이들은 동굴이나 움막에서 사냥하러 나간 이들을 기다리고, 떠난 자들은 나무나 바위에 몸을 숨기고 사냥감이 다가오기를 기다렸다. 인류는 불을 피운 뒤 음식이 익기를 기다리고, 추운 겨울밤을 견디며 따뜻한 봄날을 기다렸다. 또 씨앗을 뿌리고 메마른 대지를 적시는 단비를 기다리며 기우제를 지냈다. 그리고 곡식이 여무는 계절을 기다렸다. 편지를 부치고 돌아서면서부터 답장을 기다리고, 사랑하는 사람과의 첫 데이트를 기다렸다.

임산부는 아이가 태어날 날을 기다린다. 태어난 아이는 이전의 생명과 인류가 그랬듯이, 수없이 많은 기다림의 순간을 겪고 살을 비비며 기다림이 사라지는 순간까지 살아간다. 삶의 공간은 곧 기다림의 공간이며, 삶의 시간도 곧 기다림의 시간이다. 크기와 길이, 강도가 저마다 다른 기다림은 그렇게 우리 생명의 최초에서 최후까지 관장하고 있다. 그러니 기다림이란, 존재를 부식시키는 것이 아니라 존재를 존재케 하는 원소이다. 기다림은 우리 삶의 병목 현상이나 생채기가 아니고, 장애도 아니다. 지구의 모든 생명체는 기다림으로써 진화해왔고, 그 행위로 존재했다.

감나무 기둥에서 맥문동 군락까지 이어진 제법 큼지막한 거미집을 발견했다. 산책하던 발걸음을 멈추고 거미집을 본다. 집주인의 연두색 몸통에는 화려한 문신들이 박혀 있다. 여덟 개의 다리를 거미줄에 넓게 걸치고 중앙에 미동도 없이 먹잇감을 기다린다. 거미집의 표면에는 먼지나 부스러기들이 걸려 있을 뿐이다. 이 거미집의 주소 역시 기다림이다. 저 기다림을 견디지 못하고 나간다면 거미는 굶어 죽을 것이다. 거미에게 있어 기다림은 삶의 터전이자 전장이며, 제 목숨을 건 생명줄임이 틀림없다. 그래서인가. 그곳에는 오래된 피 냄새가 묻어나기도 한다.

거미는 지난한 기다림의 시간을 겪은 뒤에야 흡족할 만한 전리품을 챙길 테지만, 그렇다고 해서 그것으로 기다림이 종결되는 것은 아니다. 거미는 헐거워지고 듬성듬성해진 기다림

이라는 집을 개보수하거나 완전히 뜯어버리고 새집을 지어야
한다. 그러고는 다시 기다림의 전면에 나서서 중앙을 지켜내
야 한다. 여기에 임하는 거미의 자세는 당당하다. 임전무퇴의
기다림.

내가 해마다 기다리는 것이 있는데, 바로 장마다. 장마는
내가 학수고대하는 빗소리의 축제 기간이다. 그런데 비가 오
지 않는 마른장마만 지루하게 이어질 때가 있다. 한반도 북쪽
에 자리 잡은 오호츠크해 기단과 남쪽에 있는 북태평양 고기
압이 만나 전선을 이루며 서로 '밀당'하는 동안 한반도는 비의
낮과 밤을 보내며 흥건해지는 것인데, 이 북태평양 고기압 세
력이 유난히 약해 내가 사는 중부 지방까지 장마 전선을 밀어
올리지 못한 탓이다. 장마 기간에 나는 눈과 귀를 통해 한 해
동안 시 농사에 필요한 강수량을 채우게 되는데, 그러지 못할
때도 있다. 어쩌겠는가. 시 농사를 망치지 않게 부지런히 물동
이라도 이고 텃밭에 나갈밖에. 이듬해 장마를 목 빼고 기다릴
밖에.

홍제천변을 따라 한강으로 발걸음을 옮긴다. 물소리는 머
지않아 큰 강을 만나 깊어질 것이다. 이 물길을 한강은 기다려

안고, 다시 바다는 한강을 기다려 안고 지구를 여행할 것이다. 거미에게도, 인간에게도, 지구에게도 기다림은 활성의 시간이다. 움직이지 않지만 늘 운동하고 있는 시간. 모든 생명이 무$_{無}$에서 출발해 다시 무$_{無}$로 이동하는 동안 필연적으로 짓게 되는 기다림이라는 그물을 생각한다. 우리가 기다리는 '고도'란 무엇인가. 내게 주어진 이 시공간을 무엇으로 채울 것인가. 그것이 시든, 구원이든, 사랑이든, 죽음이든 우리는 끊임없이 무엇인가를 기다리며 살아갈 수밖에 없는 존재이다.

멀리 한강이 보이는 길에서 다짐한다. 기다림이 오면 물러서지 않으리라. 두려워 머뭇거리지 않으리라. 내 삶이 잠깐 머물다 비워둔 그 수많은 기다림의 방들을 다 방문해 보리라. 빈방이 생기면 거기 들어가 오랫동안 나오지 않으리라.

부산
예찬

어머니는 부산 꽃 소식을 전하는 나의 아름다운 기상 예보관이다. 우산을 챙기라거나 겉옷을 준비하라는 등, 멀리 떨어져 사는 아들을 날씨와 계절에 따라 챙기신다. 올봄에도 꽃 소식을 툭 던지셨다.

"여 목련은 지난주에 벌써로 다 짓따!"

나무 위에 피는 연꽃으로 불리는 목련은 부산에서 서울까지 오는 데 보름쯤 걸린다. 봄꽃이 북상하는 속도를 어림잡아 보면, 봄의 시속은 채 1킬로미터가 안 되는 셈이다. 내가 사는 서울의 골목에도 곧 목련이 도착할 것이다. 꽁꽁 언 손으로 코끝을 막고 어깨를 움츠리던 긴 겨울이 지나고, 봄바람이 집마다 꽃 편지를 슬쩍 꽂아두는 삼월. 겨울을 밀어내는 고향의 봄바람에 어깨를 펴본다. 폴 발레리는 시에서 "바람이 분다, 살아야겠다"라고 썼지만, 타향에서 나는 이렇게 쓴다. "부산이 분다, 살아야겠다."

부산! 영화 〈친구〉 이후로 사람들이 보이는 부산에 대한 호감과 애정이 확연히 높아지고 깊어졌다. 영화의 무대로도 부산은 '핫'하다. 〈해운대〉가 그렇고 〈국제시장〉이 그렇다. 〈부산행〉도 많은 사랑을 받았다. 영화 〈부산행〉에서는 정체불명의 바이러스에 감염돼 좀비로 변한 자들이 핏발 선 눈으로 이빨을 드러내며 사람들을 닥치는 대로 물어뜯는다. 이성이 완전히 파괴되고 본능, 곧 식욕만이 남은 좀비로부터 살아남은 자들의 목적지는 유일하게 남은 안전지대인 부산이다.

〈부산행〉에서 구원의 땅으로 부산을 설정했는데, 아마 많

은 이들이 한국 전쟁 때 피난민을 싣고 남쪽으로 향하던 '부산행 피난 열차'를 떠올렸을 것이다. 부산은 피난의 땅이었고, 실향민들에게 삶의 터전이었다. 굶주림의 땅이면서 새 희망의 베이스캠프였다. 〈국제시장〉에서 실향민 '덕수'(황정민 분)가 보여준 삶은 돌멩이 하나를 꼭 쥐고 거인과 마주 선 다윗과 다르지 않았다. 산 자들이 죽은 자들에 맞서 싸우는 장면들은 영화에서만 일어나는 일이 아니다. 생명은 언제나 제 목전에 있는 죽음이라는 거대한 골리앗과 끝없이 맞선 상태로 존재한다.

내가 다닌 고등학교의 등굣길에 있던 국제시장은 자갈치시장과 함께 부산을 대표하는 재래시장이다. 세계 각국에서 들어온 다양하고 신기한 물건들이 산더미로 쌓여 있는 거대한 보물섬 같은 시장을 구경하다 보면, 시장 건너편 하늘에 우뚝 서 있는 용두산공원 부산타워가 보인다. 오랫동안 부산을 상징하는 높이 120미터의 건축물로, 이곳에서 아래를 내려다보면 꽃 시계 앞에 과자 부스러기를 쪼는 수백 마리의 비둘기들, '자갈치 아지매'들이 부둣가 노상에 앉아 빨간 고무 대야에 담긴 싱싱한 횟감들을 건져 올리며 "이리 오이소, 사이소!"를 외치는 모습, 넘실거리는 검푸른 파도 위 영도다리를 건너는 낡은 버스들 등 부산의 참 풍경을 한눈에 만날 수가 있었다.

그 공원 아랫길에 자리 잡은 부산의 명물인 보수동 헌책방 골목은 또 얼마나 정다웠던가! 1980년대 헌책방 골목은 지금과는 달랐다. 울퉁불퉁하고 꼬불꼬불한 골목길 양편으로 다닥다닥, 정겹게 어깨를 붙이고 있던 허름한 책방들. 세월을 맞아 낡고 더러워진 간판들과 접거나 펴놓은 차양 막 아래 아무렇게나 쌓여 있던 책들. 책방에 들어서자마자 콧속으로 밀고 들어오는 책 냄새는 얼마나 강렬했던가. 누리끼리하게 빛바랜 책들이 곧 쓰러질 듯 위태한 모습으로 바닥에서 천장까지 웅장한 책의 탑을 이루던 곳.

새 학기에 헌책방 골목은 학생들로 더욱 붐볐는데, 바로 이곳에서 '불법'으로 용돈을 마련할 수 있었기 때문이다. 집에서 참고서 살 돈을 받아와서 깨끗한 헌 참고서를 사는 것이다. 그렇게 '삥땅'을 친 책값은 일용할 빵이 되고, 롤러 스케이트장 입장료가 되고, 영화 관람료가 되었다. 〈영웅본색〉을 본 사내들은 머리에 무스를 바르고, 입에 성냥개비를 물고 거리를 활보했다. 사내들은 모두 주윤발이었으나, 그 누구도 주윤발이 아니었다.

아, 부산! 학교에 결석하고 가방 대신 낚싯대를 들고 갯바위에서 돔 낚시를 하던 혈청소 바닷가는 지금도 쓸쓸하고 푸른지. 새우깡 몇 봉지를 놓고 친구들과 기타를 쿵짝쿵짝 두드리던 해운대 모래밭의 추억은 비단 나만의 것은 아닐 터. 살아가다 문득 고향에서 봄이 올라오고 그리움이 패총처럼 쌓이면, 부산 바다의 이름을 하나하나 불러본다. 기장, 송정, 해운대, 다대포, 송도, 태종대⋯⋯. 콧속으로 훅 들이치는 바다 냄새, 아! 부산이 분다, 살아야겠다.

근심을
내려놓을 때면
생각나는 사람

당나라 때 시인 백거이白居易는 시에
서 '눈이 내릴 때, 달이 밝을 때, 꽃이 필 때 그대를 가장 그리
워한다雪月花時最憶君'고 했다. 백거이의 시에서처럼 낭만적이고
향기롭거나, 그립고 멋들어진 상황은 아니지만 화장실에서 근
심을 내려놓고 있자면 생각나는 사람이 있다.

새 학기가 시작하는 봄날. 나는 발가락이 꽁꽁 얼어붙은
채로 운동장에 서 있었다. 바야흐로 나는 중학교 1학년이 되

었다. 키가 작았던 나는 우리 학급 첫 줄에 서서 두근거리는 마음으로 새로운 담임 선생님을 기다리고 있었다. 지금은 어떤 방식으로 선생님과 학생들이 첫 만남을 갖는지 알 수 없지만, 예전에는 학교 운동장에서 전체 조회를 하는 시간이 있었다. 그 자리에서 1년 동안 함께할 담임 선생님을 처음 만나게 된다. 내 앞에 선 선생님은 아담한 체구에 눈매가 곱고 시원한 여자 선생님이었다. 담임을 처음 본 순간 생각했다. '어이쿠, 1년 동안 놀아날 수 있겠구나. 그래, 내 팔자 핀 거야!' 그런데 웬걸.

나는 만날 맞았다. 아니 우리 반 전체가 만날 맞았다. 그때 우리는 체벌을 '타작'이라고 불렀는데, 선생님은 정말 하루도 타작 시간을 건너뛰지 않았다. 월요일부터 토요일까지 맞았다. 지금 생각하기로 나의 담임 선생님은 교사로 그해 처음 부임한 것이 아니었을까 생각한다. 그녀가 휘두르는 사랑의 타작은 주로 저녁 종례 때 시작되었다.

우리는 봄이 채 지나가기도 전에 알아서 의자를 들고 책상 위로 올라갔다. 명분은 주로 학급 성적과 개인 성적의 등락에 따른 것이었고, 그밖에 준비물 준비 여부가 있었다. 가끔 학교

전체에서 일괄적으로 행해지는 특별 행사들이 원인일 때도 있었다. 예를 들자면, 육성회비, 국방 성금, 불우 이웃 돕기, 채변, 환경 미화, 체육 대회 등이었는데 이러한 행사들이 끊이지를 않았으니 우리 손발바닥은 하루라도 성할 날이 없었다. 담임 선생님은 열과 성을 다해서 우리를 가르치셨고, 우리는 고스란히 그의 열정을 몸으로 체험하며 1년을 지냈다.

하루는 채변 봉투를 내는 날이었다. 그때는 채변 검사를 해서 회충이 있는 아이들에게 약을 나누어주었다. 아이들은 엄지와 집게손가락으로 채변 봉투를 들고 나가 교탁 위에 내려놓았다. 똥을 받아오지 않은 나와 다른 아이들은 따로 교단 앞에 고개를 떨어뜨리고 선생님의 집행(?)을 기다렸다. 사람마다 배설 주기가 다른데 채변 봉투를 준 그다음 날까지 똥을 '준비'해 오라니! 이건 학교 측의 명백한 오판이므로 필시 적당히 둘러대면 위기를 벗어나리라. 친구들은 붉어진 손바닥을 비비며 자기 자리로 돌아가고 있었다. 내 차례가 다가올수록 심장이 두방망이질을 쳤다. 잃어버렸다고 할까, 변소에 불이 났다고 할까? 옳지, 오래전부터 변비를 앓았다고 하자. 그런데 생각과 말이 다르게 나왔다.

　"샘, 나는 똥 안 누는데요."

　그날 참 많이 맞았다. 그리고 스물 몇 해가 지났다. 그날의 교훈 덕분일까. 나는 적어도 거짓말을 하지 않으려고 애쓰는 어른이 되었고, 선생님은 정년퇴직을 앞두고 계셨다. 마음만 굴뚝처럼 세우다가 어느 날 선생님께 전화를 드렸다. "1학년 4반, 박지웅?" 중학교를 졸업한 지 스무 해가 넘었건만 선생님은 당신의 제자를 단박에 알아채셨다. 그뿐만이 아니라 나의 반 번호까지 정확하게 기억하고 계셨다. 언제나 매의 무게와 똑같은 정을 주시던 선생님. 아이들과 함께 웃고 아이들과 함께 울던 담임 선생님. 그러니 화장실에 앉을 때면 문득 선생님이 떠오르며 1학년 4반으로 돌아가고도 싶은 것이다.

사람들은
당신의 등을
기억한다

따뜻한 아랫목에 자꾸 등을 대고만 싶은 계절, 겨울이 오면 일요일 아침에 아버지와 함께 대중목욕탕을 찾곤 했다. 동네 어른들이 서로 등을 밀어주던 풍경이 낯설지 않은 시절이었다. 내 몸이지만 내가 더듬을 수 없는 곳. 내 몸이지만 내가 보살필 수 없는 곳, 등. 나는 때밀이로 아버지의 등이 빨개지도록 밀어주곤 했다.

아버지가 떠난 뒤, 이제는 누구도 내 등을 밀어주지 않는다. 어른이 되고서야 누군가에게 등을 내어주는 일이 대단한 믿음 없이는 불가능함을 알게 되었다. 또 나는 얼마나 많은 이에게서 등을 돌렸던가. 배신의 얼굴이자, 치유의 샘이 흐르는 곳. 사람이 사람처럼 살아가려면 등을 잘 써야 한다. 사람들은 당신의 등을 기억한다. 차가웠는지, 따뜻했는지.

가장 불쌍한
적

대학을 그만둘 셈이었다. 고향 부산으로 돌아가 겨울 방학을 보내며 마음을 굳히던 날, 한 통의 전화가 걸려왔다. 낯선 여자 목소리였다. 낯선 전화는 달갑지 않다. 거의 빚 독촉 전화였기 때문이다. 퉁명한 목소리로 전화를 받았다.

상대는 자신을 문화일보 기자라고 소개했다. 불편한 목소리는 이내 거두었지만, 그러려니 했다. 신춘문예 본심에 오른 작품에 대해 중복 투고 여부를 확인하기도 한다는 말을 들은

터였다. 아니나 다를까. 기자는 신춘문예 응모작을 중복 투고
하지 않았는지 물어왔다. '그냥 본심에는 올랐구나.' 하는 생각
이 들었다. 그런데 웬걸, 내 대답을 들은 기자의 목소리가 갑
자기 밝아졌다. "아! 출품한 시 〈즐거운 제사〉가 당선작으로
선정되었어요. 축하합니다."

순간 내 곁에 있는 모든 사물이 눈앞에서 물러났다. 책상
과 컴퓨터, 벽, 가게에 진열되어 있던 모든 운동 제품, 빚 독촉
과 이자 연체 안내와 혹독한 겨울이 순식간에 한없이 물러나
고 있었다. 10초였을까, 10분이 흘렀을까. 사물들이 제자리로
돌아오자 나는 부리나케 집으로 달려갔다.

〈즐거운 제사〉에 등장하는 죽은 아버지가 호스를 들고 작
은 마당을 씻고 있었다. 나는 아버지를 끌어안았다. 어릴 때
비스킷을 사 온 아버지를 안아본 뒤로는 처음이었다. 어른이
되어 안아본 아버지의 몸은 낯설고 어색했다. 짧은 순간이었
지만 두께감이 느껴지지 않았다. 병색이 완연했다.

평생 공무원으로 살아온 아버지는 보수적이고 불기운이

강한 분이었다. 아버지는 어머니의 종교 활동을 마뜩잖게 여겼다. 여섯 식구가 생활하기에 빠듯한 월급, 그중 일부가 교회로 들어가는 것을 알고 있었기 때문이었다. 당시 어머니는 집에 포교소를 차리고 종교 활동을 했는데 그로 인한 갈등이 적지 않았다. 그날도 집안이 시끄러웠다. 단단히 성질이 난 아버지는 제구祭具들을 마당에 내동댕이치기 시작했다. 조잡한 합판으로 만들어진 제단이 금세 부서져 마당 곳곳에 던져졌다.

밥상도 뒤집혔다. 김치며 간장 종지, 묵은지, 갈치조림, 수저들과 쌀밥이 벽까지 튀었다. 방바닥에서 지뢰가 폭발한 것처럼. 어머니의 신앙과 아버지의 신념 사이에서 나는 힘이 들었다. 그러나 아버지는 평소에 자상하고 마음이 여린 분이었다. 다니던 중학교가 산 너머에 있었는데 3년 동안 꼬박 자전거로 산 입구까지 나를 데려다주었다. 평소 아버지를 적대적으로 대하지는 않았지만, 그가 보인 가부장적이고 권위적인 모습은 상처였다.

희비극적인 장면도 있다. 어느 저녁에 나와 남동생은 심한 장난을 친 벌로 손이 묶여 있었다. 우리는 합심해서 결박을 풀고 다시 장난을 쳤다. 참지 못한 아버지는 방구석에 있던 요강을 들고 나에게 다가왔다. 설마 요강을 던지는 것은 아니겠지. 내 생각은 적중했다. 아버지는 불같은 성격이었지만 분별없이 포악한 분은 아니었다. 대신 그는 오줌이 가득 든 요강을 들고 와서 내 머리에 씌웠다. 나는 식구들이 모은 오줌을 덮어쓰고 벽 구석에 서 있었다. 아버지가 갑자기 웃음을 터뜨리자 식구들 모두 웃음을 참지 않았다. 맞는 편보다는 그게 나았다. 요강을 쓰고 나는 웃었다. 머리카락에 줄줄 흐른 오줌이 볼을 타고 입으로 들어왔다. 막내의 입에서 튀어나온 편충이 밥상 위에 떨어지기도 하던 그 시절의 그로테스크한 장면들을 잊을 수 없다.

새해 첫날, 신춘문예 당선작이 실린 신문을 아버지께 드리고 외출했다가 돌아왔을 때, 아버지는 여전히 두꺼운 안경알에 돋보기를 대고 신문을 읽고 계셨다. 당뇨 합병증으로 시력을 거의 잃은 뒤여서 글자를 읽는 것이 아니라 전전긍긍하며 찾는 것 같았다. 아들의 시에 담긴 당신의 제사 풍경을 어떻게 받아들이셨을까.

많은 부자 관계에서처럼 아버지는 줄곧 나의 가장 큰 적이었다. 내 인생의 첫 적수이자 가장 안쓰러운 적장. 다시 신춘 문예 계절이 돌아왔을 때, 아버지는 떠났다. 내가 그토록 미워하던 적은 내 시를 출발시키고 내 곁을 떠났다. '아버지'라는 권력과 지배에서 해방되었지만, 내 삶의 중요한 정복자였던 아버지와 그의 제국을 벗어나는 데 시간이 꽤 걸렸다. 아버지를 안았던 그 순간이 느껴진다. 아버지는 그때 나를 용서하셨을까. 아버지를 연료로 하여 출항한 나의 배는 지금 어디쯤 가고 있는지. 나는 아버지에게 딱 한 번 사랑한다고 말했다. 아버지가 돌아가시고 한 시간 뒤에 죽은 귀에 대고. 아버지는 그 말을 들었을까?

종이호랑이

　오래 누워 자꾸 얇아지더니 아비는 종이호랑이가 되었다. 찢으면 찢기고 접으면 접히는 종잇조각이 되었다. 콧속으로 호스를 밀어넣을 때 물고기처럼 퍼덕거리던 당신, 홍대 지하철 통로에 걸린 호랑이 민화처럼 하루 종일 입을 벌리고 있었다. 긁어내지 않으면 미칠 것 같은 당신의 입이 걸려 있는, 지하철역 통로에서 나는 종이가 된 당신의 입을 만져보았다. 오늘은 또 발이 죽었다 한다. 당신이 당신을 하나씩 보내는 동안, 나는 지하 골방에서 접었다 폈다 당신을 추억하였다. 나는 멀리 서울에 있었다.

나를 키운 것은
팔 할이
울음이었다

어느 시인이 내게 말했다.

언젠가는 너 자신을 만날 것이다.
그러면 반드시 울 것이다.

　직장을 그만두고 남해로 내려온 것은 어쩌면 울음을 찾으
러 온 것이었을까. 남해 초음리 논바닥에 배를 대고 우는 개구
리는 밤이 깊으면 울음이 더욱 커졌다. 산과 하늘, 그리고 마

을의 모든 집은 그 울음에 갇혀버리게 된다. 다정마을 개천에서 생긴 일이다. 거위 두 마리가 개천의 작은 보를 사이에 두고 떨어져 울고 있었다. 앞집은 그 소리에 이틀 동안 잠을 설쳤다고 한다. 며칠 전에 내린 큰비에 떠내려온 거위 두 마리가 떨어지게 되었고 둘은 서로를 목놓아 부르기만 할 뿐, 보 때문에 만나지도 못하고 그저 애만 태울 뿐이었다. 개천 둑이 꽤 높은 편이어서 사다리를 내리지 않으면 구조할 수 없는 상황이었다.

그렇게 하루가 또 갔다. 거위 두 마리가 긴 목을 세우고 애태울 때마다 개천 앞집 개 깐순이가 영락없이 짖어댔다. 제 어미를 따라 영미도, 옆집 개 달달이도 덩달아 목청을 높였다. 엎친 데 덮친 격으로 또 다른 소리가 더해졌다. 큰비가 그친 날, 개천 앞집은 어미 염소를 잃은 새끼 염소를 며칠 맡기로 했는데 새끼 염소가 밤새 어미를 부르며 울어대는 것이었다.

개천에서는 거위가, 마당에서는 개들과 새끼 염소가, 또 논바닥과 풀숲에서는 개구리와 귀뚜라미, 쓰르라미가 한꺼번에 울어대는 바람에 다정리 사람들은 정신이 쏙 빠질 지경이었다. 참다못한 마을 사람들은 거위 주인을 수소문해 찾아가라고 했지만, 거위 주인은 큰비에 무너진 축사를 복구하고 난 며칠 뒤에야 거위를 트럭에 싣고 돌아갔다. 거위가 떠난 개천은 비로소 제 소리를 찾았다. 물소리 사이로 가끔 별똥별이 지는 남해의 밤은 평화로웠다.

울음은 언어 이전의 언어다. 울음은 만국 공통어이자 모든 생명의 공통어이다. 울음은 태초의 언어이며 최후의 언어이다. 말로는 다 표현할 길이 없을 때, 우리는 바야흐로 울음이라는 최후의 카드를 꺼낸다. 울음은 가장 순수하고 간절한 소통 신호이다. 울어야 산다. 거짓 울음 말고 진짜로 울어야 산다. 울어야 할 때마다 참으면 우리 속은 결국 썩는다. 웃음보따리를 챙기는 것처럼 울음보따리도 잘 챙겨보자. 울음이 변질되면 세상은 망한다. 눈물이 안 통하는 세상도 망한다. 그러고 보면 바람이 아니었다. 나를 키운 것은 팔 할이 울음이었다.

저녁이라는
꽃

지난 해 스티로폼 박스에서 가열차게
자라던 까마중. 겨울에 말라 죽은 까마중을 뿌리째 뽑고 흙을
뒤집어엎어 몇 개 화분에 나누어 담았다. 고추 모종이나 한둘
심어 볼까 하던 봄날에 벌레 같은 새싹이 올라왔다. 까마중이었
다. 징글맞게 크게 자라 발코니와 계단에 씨앗을 이백 개도 넘
게 떨어뜨리던 그놈. 그 사이에 다른 싹이 보였다. 패랭이였다.
보이지 않는 곳에 안간힘이 있었을 것이다. 몇 줌 되지 않는 흙
이 씨앗을 보관한 공도 크다. 두 개의 식물이 공생하는 화분. 지

난 주말 패랭이는 붉은 꽃 열 개, 흰 꽃 세 개를 피웠다. 까마중도 건강하다. 흙이라는 페이지에 물과 바람과 빛이 올린 게시물들을 읽는다. 시나 삶이나, 황금알을 낳는 거위가 따로 있겠나. 금궤가 따로 있겠나.

그리고 보면 노을이 지는 저녁도 한 떨기 꽃이다. 그 사랑스러운 저녁을 가만히 보고 있으면, 대낮에는 눈에 띄지 않던 것들이 본색을 드러낸다. 훤할 때는 얌전한 것들이 활기를 띠기 시작한다. 가로등 불빛과 부엌 창이 하나둘 밝아지고 집으로 돌아가는 버스 안은 다소 느긋해진다. 노을이라는 아름다운 심장을 올려다보며 뻐근한 몸을 한번 펴본다. 누군가는 저녁이라는 꽃을 들고 사랑하는 사람에게 가기도 하겠다.

별이 붐비는 남해에서 만난 저녁들은 모두 좋았다. 어둑해진 산길에서 홍수처럼 쏟아지던 풀벌레 소리와 논바닥을 저미는 개구리 울음소리는 그만 주저앉고 싶을 만큼 힘찼다. 저녁은 하루내 지친 눈을 편안하게 문질러준다. 보이지만 보이지 않는 곳, 보이지 않지만 보이는 저녁이라는 품. 쉬어야 한다. 어미의 품을 헤치고 들어가는 아기들처럼 폭 안겨들어야 한다. 아침이 아니라 저녁이 새순이다. 매일 새로 피어나는 것들이 나라는 페이지를 빼곡히 채운다. 자연을 옮겨적은 책으로 살 수 있어 기쁜 저녁이다.

마당 깊은 집과
라일락

'마당 깊은 집'이 있었다. 외할머니가 대청마루에 앉아 곰방대로 하루 여든 대의 담배를 태우시던 곳. 어머니가 처마에서 받은 빗물로 빨래를 하고 이웃과 몇백 포기의 김장을 담그던 곳. 집 뒤뜰에는 크고 작은 수십 개의 장독이 있었는데, 가끔 소금 심부름을 할라치면 소금 독을 찾기가 쉽지 않았다. 나는 간장독이나 김칫독, 젓갈 독을 들쑤신 다음에야 플라스틱 바가지에 소금을 퍼갈 수 있었다. 큰 빈 독은 어린 나에게 놀이터였고 신나는 나라의 입구였다.

나는 또 뒤뜰 감나무를 타고 자주 지붕으로 올라갔다. 어느 해 늦은 봄, 그 기와지붕에 올라앉아 마당 한가운데에 선 라일락을 본 적이 있다. 그 때 생각했다. 나무와 결혼할 수 있다면, 나는 라일락과 하겠노라고. 옛집 지붕에서 마주 본 라일락은 면사포를 쓴 오월의 신부였다.

그곳을 떠난 지 스무 해 가까운 세월이 지나, 어머니는 다시 '마당 깊은' 집으로 들어갔다. 그 집은 동래구청 앞에 몇 남지 않은 한옥이다. 고백건대, 도시에서 나고 자란 나는 생태적 미숙아다. 그런 나에게 동래 옛집은 분명, 한 줌 흙이다. 옛 생각에 잠겨 부산으로 향하는 내내 행복했다. 자정이 훨씬 넘어 들어서는 옛집, 대문은 반쯤 열려 있었고 부엌방에 불이 켜져 있었다. 어머니는 마치 한 번도 떠난 적 없는 사람처럼 살고 있었다. 부엌방에는 제법 큰 다락방이 딸려 있는데, 그 곳에서 나는 문청 시절을 보냈다. 고양이와 잠들고, 전혜린을 읽었다. 담배를 뻑뻑 피워 대며 글을 쓰고, 사랑을 했다.

큰방에 들어서니 경대鏡臺 위에 아버지가 계신다. 바깥세상을 떠도는 사이에 우리는 아버지를 잃었다. 고양이를 잃고,

사랑을 놓았다. 구석구석 돌아보니 집도 꽤 늙고 변했다. 대문 옆에는 공동 화장실이 생겼고, 대문은 등꽃 대신 녹슨 쇠창살을 머리에 쓰고 있다. 라일락이 있던 자리는 할머니 한 분이 사는 단칸방이 되었다. 수줍던 내 오월의 신부는 할머니가 되어 있었다.

살아가다 문득, 도시 바닥에 암매장된 '흙'을 본다. 도시의 나무들은 흙에 뿌리를 내렸다기보다는 그 위에 꽂혀 있다. 우리가 봉쇄한 땅에서 나무들은 살아간다. 도시 속에 마련된 녹지는 마치 인디언 보호 구역을 연상케 한다. 아마도 저 나무는 나의 다른 이름이고, 저 인디언 구역은 우리 문명의 유배지일 것이다. 나에게 진정 '흙'이었던 것들이 있다면, 동래 옛집과 라일락, 사람, 가족이다. 또 있다. 옛집 근처에서 이모가 하던 흙다방과 그 동네에서 제일 예쁜 레지들. 그 흙들은 지금 어디로 갔을까.

바꾸어 말하면 라일락에게 있어, 우리는 실종 상태이다. 사람이 먼저 흙의 성분을 버리고 차가운 물질로 변질됐다. 우리가 변절했다. 나무가 방이 된 것을 탓하는 것이 아니다. 빌딩 안에서 나무를 기르는, 인간이 세계의 중심이 된 이 사태를 생각하는 것이다. 나 또한 거들었던 일이다. 그것은 자연과 사람의 공존이 아니라 일방적인 사육이다. 언제부터인가 나는 물질문명과 공범이 되어 있었다. 그것이 나의 내상이다. 내 시의 일부는 내가 암묵적으로 동의하고 유기한 것들에 대한 일종의 반성문이며, 여러 장의 각서이다.

동래 옛집을 떠나 서울로 돌아온다. 서울은 나에게 있어 문명의 대명사처럼 쓰인다. 이 거대 도시에서 살아가면서 내가 가진 생태적 삶이라고는 흙 한 줌뿐이다. 문명의 눈들을 찾아내 거기 뿌릴까. 아니다. 그냥 각서에 싸서 지니고 살아야겠다.

그리하여 나는 문명이 쓰고 버린 것에 주목한다. 문명의 고아들과, 속도가 긁고 간 상처와, 깨어진 계절에. 거대 도시의 톱니바퀴에 으깨진 한 사람으로서 고발, 응전한 것이 내 시편들이라 할 수 있다. 도시의 생활 쓰레기가 된 버림받은 것, 잡으면 녹는 것, 으깨어진 것들은 오히려 힘이 좋다. 그것이 이 시대의 '불편한 진실'이기 때문이다.

나는 바란다. 내 시들이 내가 잃어버린 것과, 앞으로 다가올 미래와 소통하기를. 미래를 향해 띄우는 이 서툰 질문을 통해 더 나은 삶으로 나아가기를. 해로운 바이러스가 아니라 흙을 회복시키는 뿌리혹박테리아 같은 발효균의 삶을 살기를. 그리고 또 바란다. 어느 먼 훗날 기와지붕에 앉아 흰 분홍빛 면사포를 쓴, 나만의 오월의 신부를 다시 만날 수 있기를.

고양이와
꽃

        북아현동 보령약국 앞에 마을버스가
섭니다. 나는 그곳에서 내립니다. 그제 밤이었습니다. 보령약국
옆 가게는 무슨 부동산인데 문 앞의 작은 화분에 빨간 꽃이 한
무더기 피어 있습니다. 그 화분 앞에 새끼 고양이가 누워 있네
요. 검은색이 등 전체를 덮고, 하얀색이 얼룩얼룩 붙은 고양이
였습니다. 그런데 그 고양이는 그냥 누워 있는 것이 아니었습니
다. 뒷다리 하나, 앞다리 하나가 반대로 꺾인 채 바닥에 붙어 있
는 것이었어요. 사고가 난 게지요.

조심스럽게 앞으로 돌아가서 상태를 살폈습니다. 반쯤 눈을 뜬 채였어요. 그 지경으로 살아 있는 그것이 가엽고, 또 한편으론 잘못 손대다가 마지막 독을 품으며 달려들까 두렵기도 하였습니다. 두세 발자국 떨어진 상점 계단에 앉아 지켜볼밖에요. 달리 할 일도 없어 담배를 하나 빼 물었습니다. 그러는 동안 마을버스가 몇 번 지나갔습니다. 보령약국 앞에서 내린 사람들 대부분은 그것이 그렇게 있는지도 모르더군요. "아이!" 기분 상한 소리를 뱉는 아가씨는 있더군요. 사람들은 앞만 보고 살아가고 있었습니다. 자신의 아래에서 무슨 일이 일어나고 있는지에는 관심이 없습니다.

그렇게 나는 앉아 있고, 죽어가는 고양이는 사람들과 다른 세계에 엎어져 있었습니다. 고양이는 가끔 아래턱을 움직였습니다. 숨을 쉰다기보다는 일종의 경련이었습니다. 검지로 그것의 미간을 잠깐 쓸며, 다음 세상에는 좋은 곳에서 나라, 좋은 것으로 나라 했습니다. 잠깐 무엇으로 나야 좋고 어디에 나야 좋은 건지 생각했지만 그건 뭐 답 없는 것이라 이내 생각을 거뒀습니다. 마을버스에서 내린 주인집 아주머니가 아니었다면 나는 언제 그 자리를 떠야 할지 몰랐을 겁니다.

"지 팔잔데 할 수 없지 뭐……."

아주머니가 한 말에 고개 끄덕이며 또 속으로 나를 설득시
키면서 집으로 난 오르막길을 올랐습니다. 집 뒤에 있는 안산
이 자꾸 생각났습니다. 거기에 묻어주면 좋겠다는 생각을 했
지만 이미 자정이 가까웠고 이것저것 집 정리를 하다가 나는
깜빡 그것을 잊어버렸습니다. 아니, 사실은 잊고 싶었던 것입
니다. 한 달 전쯤에 입양한 새끼 고양이가 부리는 재롱을 보면
서도, '죽어가던 것은 이제쯤 죽었을까?' 하는 생각이 끝없이
맴돌았습니다. 결국 나는 보령약국 앞으로 다시 가보았습니다.

아랫집 아주머니의 말을 들어보니 죽어가던 고양이에게
어미가 있었다고 합니다. 그 엄연한 사실이 제게는 위안이 되
었습니다. 오르막길을 다시 오르며 나는 내가 가지고 있는 따
뜻한 기억처럼, 그 새끼 고양이에게도 따뜻한 기억이 있었을
거라 믿었습니다.

나비매듭

길 한편에 치워진 고양이

꽃을 보고 누워 있다

한 번도 꽃에서 눈을 떼지 않는다

꽃이 고개를 돌린다

쓰레기나 뒤지더니 쓰레기처럼 죽어가는

놈의 따뜻한 기억은 대부분 길에서 주운 것이다

길에서 피었다 사라지는 것들

꽃도 머지않아 이 길에 뼈를 묻을 것이다

북아현동에 첫 추위가 찾아왔다

검은 비닐 챙겨 골목길을 내려간다

신문지로 고양이를 싼다

우그러지며 수의가 우는 소리를 낸다

검은 비닐에 넣고 나비매듭을 한다

고양이와 꽃과 나는, 쓰레기차를 기다리고 있다

지렁이는
새보다
아름답게 운다

　　　　새소리 같은데 어디서 들려오는지는
분명하지 않다. 산 숲에서 나는 듯도 하지만 딱히 그런 것도 아
니다. 가끔 새벽녘 창가에서 그 소리를 들은 적 있다. 소리는 옥
상으로 올라가 하늘을 보면 새 한 마리 보이지 않는다. 산줄기
를 따라 희미하게 이어지다 허공을 아련하게 지나간다. 그 소리
가 꿈결 같아서 소리를 들었다기보다는 소리에 물들었다고 표
현하는 편이 더 가깝다.
　　가만히 귀 기울이면 딱히 음고音高랄 게 없다. 속으로 천천

히 '도, 레, 미, 파, 솔, 라, 시, 도'를 불러보시길. 상승하지도 않고 하강하지도 않는 그 음높이는, 아마 '솔'쯤을 지나가지 싶다. 그러다가 문득 소리는 끊어지고 어느새 날은 밝아온다. 풀보다 낮은 곳에서, 세상 가장 낮은 곳에서 지렁이는 새보다 아름다운 소리를 내며 운다.

얼마 전 북아현동에서 파주로 사는 곳을 옮겼다. 능수버들길과 명수우물길과 능안길이 북아현동 재개발 1·2구역으로 바뀌고, 개발 조합에서 붙인 이주 안내문과 그 돈 받고 내 집 못 내준다는 현수막이 걸린 동네 길을 지나던 지난 몇 해 동안 참으로 심란했다.

동네 어귀에 있던 상점들이 하나둘씩 문을 닫았고, 겨울이 지나자 두 군데 있던 동네 목욕탕도 폐업을 알리는 안내문을 붙였다. 그렇게 건물 한 동이 비워질 때마다 개발사 측에서는 건물을 가림막으로 둘러쌌다. 안경점의 이전 안내문을 읽다가 자리를 뜬다. 불 꺼진 횟집 앞을 지나 문이 굳게 잠긴 철학관을 거쳐 집으로 가는 길이란 삭막하기 짝이 없다.

주민에서 이주민이 되어버린 사람들은 주말 아침마다 트럭을 불러 세간을 옮겼다. 옆집 바둑이와 마지막 산책을 하고 골목 계단 위에 서 있는 라일락나무에 눈길을 준 뒤 나는 그곳을 떠났다. 정부의 무분별한 난개발과 삽질에 핏대를 세울 힘도 마음도 이젠 없다. 다만 북아현동 후기 시대를 살았던 한 사람으로 내가 본 것을 쓸 뿐이다.

　골목길을 이리저리 다니면서 북아현동 마지막 풍경을 찍고 가는 사람들도 많았다. 그들이 골목의 삶을 프레임에 잘 담는지는 모르겠으나, 내 눈에는 그냥 관광객으로 보일 뿐이었다. 한 줄 시처럼 우리 동네 하늘을 지나가던 지렁이 울음소리를 가만히 떠올리면, 가장 낮은 곳에 살던 이웃들이 생각난다. 지렁이는 새보다 아름답게 운다. 생각해보면, 나 또한 지렁이처럼 살았다. 밟으면 꿈틀하고 흙 속으로 들어가는 사람들처럼.

혹시,
제비 본 적
있으세요?

봄은 보급품이자 지원군이다. 유난히 추위를 잘 타는 나에게 남쪽에서부터 올라오는 봄꽃들의 진군은 '겨울'이라는 전방에 전해지는 반가운 소식이다. 봄날이면 곧잘 사람들에게 묻곤 한다.

"혹시, 최근에 제비 본 적 있으세요?"

돌아오는 대답은 매번 똑같다. 봄마다 수소문을 해보지만,

서울 하늘에서 제비를 본 사람은 없었다. 어린 시절, 처마 밑에 해마다 달리던 제비 집을 이제는 볼 수가 없다. 그렇게 제비의 안부를 묻는 동안, 봄은 고양이처럼 조용하고 재빠르게 내 발밑을 지나간다. 나는 늘 봄이 지나간 다음에야 봄의 뒷모습을 알아챌 뿐이다. 가끔은 이런 생각도 한다. 봄이 나의 우군이긴 하지만, 저 겨울이 없다면 그때 나는 봄을 잃겠구나.

봄날이 성냥불처럼 짧기에, 언제부터인지 봄의 실체를 의심하곤 한다. 봄날에 매복한 꽃샘추위 탓인지, 겨울옷을 여전히 걸친 채로 걸으면서 속으로 읊조린다. '아, 봄은 언제나 오는 걸까.' '봄은 왜 온전하고 완벽한 상태로 내 곁에 나타나지 않는 걸까.' 그런 푸념을 하며 하루하루를 보내는 동안, 어느새 봄은 이 도시를 빠져나가 버린다.

온 듯 만 듯 가는 봄이 아쉽기만 한 것은 아니다. 해마다 나와 맞붙는 봄의 악동 탓이다. 꽃가루 알레르기. 꽃가루가 많이 날아다니는 오월에는 재채기로 업무가 마비될 지경이다. 신문 한 면 훑는 동안에도 휴지 뜯기에 바쁜 봄날 아침이면 어김없이 재채기와의 전쟁을 치러야 한다. 엎친 데 덮친 격으로

결막염에라도 걸리면, 사람 꼴이 좀 처절하다. 하여 나는 이장희 시인의 〈봄은 고양이로다〉를 '봄은 공포로다'라고 패러디해본다. 재채기를 해대는 피곤한 봄날, 충혈된 눈으로 하늘을 본다. 손만 대면 꽃망울이 터지고 제비가 날렵한 날갯짓으로 즐거운 비행을 하는, 어린 시절 봄날의 추억이 눈에 어린다. 봄이 가기 전에 고향에 한 번 다녀와야겠다. 그곳에서 나는 또 사람들에게 묻겠지.

"혹시, 여기서 제비 본 적 있으세요?"

가을엔
편지를 쓰겠다

"오빠야, 편지 왔네."

그날도 나는 다락방에 앉아 기타를 끌어안고 끙끙대고 있었다. 기타 교실에서 기초만 배운 뒤, 더듬더듬 코드를 짚으며 부르던 노래가 고은의 시 〈가을 편지〉에 곡을 붙인 것임을 나중에야 알았다. 여동생이 내민 편지 몇 통을 건네받은 그날 이후, 대문 편지함이 빽빽하도록 편지가 오기 시작했다. 적은 날에는 하루 두세 통, 많은 날은 일고여덟 통이나 되는 편지들이 날아들었다. 편지 봉투도, 편지지도, 발신지도 다양했다.

당시 나는 매달 가요 책을 구입했다. 그 책 뒤에 엽서로 된 설문지가 있었는데, 그곳에는 '나의 애창곡' '다음 호에 실었으면 하는 가요'와 같은 질문들이 있었다. 그리고 또 이런 질문이 있었다. '펜팔을 원하십니까?' 나는 망설이지 않고 체크했던 것이다. (아, 생각난다. 영어 펜팔 교본을 들고 나는 무려 피비 케이츠에게 펜팔을 신청하기도 했다.) 그렇게 시작한 펜팔은 내 나름대로 엄선한 여고생들과 꽤 길게 이어졌다.

'Dear 지웅' '안녕하세요, 지웅 오빠' '응' '미지의 소년에게'로 시작하는 편지들이 편지함에 꽂혀 있었다. 나는 즐거운 비명을 질렀다. 여고생, 여중생으로부터 날아드는 편지 세례는 한 달가량 쏟아졌고, 그 뒤로도 두 달 정도 이어졌다. 빗물에 푹 젖은 채로 편지함에 허리를 꺾고 있던 분홍 편지를 마지막으로 편지 세례는 끝이 났다.

펜팔을 주고받기 위해 내가 정한 기준은 세 가지였다. 첫째, 글씨가 예뻐야 한다. 둘째, 문장이 좋아야 한다. 셋째, 마음이 고와야 한다. 그렇게 해서 남은 최후의 7인과 본격적으로

'펜팔전戰'을 시작했다. 상대는 일곱이고 나는 혈혈단신이었다. 삼백여 통의 편지 가운데 최상의 7인을 가리기까지 많은 답장을 써댔다. 참으로 처절하게 편지와의 전쟁을 치렀다. 쓰고, 쓰고 또 썼다. 다락방 책상에 앉아 펜촉에 잉크를 찍어가며 써내는 것은 그런대로 할 만했다.

문제는 첫인사였다. 무려 일곱이나 되는 친구들에게 매번 색다른 첫인사를 그럴싸하게 써대는 것은 고역이었다. 같은 인사말에 이름만 바꾸어 부쳐버린 편지들을 생각하노라면 지금도 마음이 편치 않다. 경남 함양에 사는 친구는 여름 방학 때 만나기도 했는데, 헤어질 때 우리는 냇가에서 주운 하트 모양의 손톱만 한 조약돌을 교환하기도 했다. 일곱 중 서넛은 대학생이 되어 만나자는 내용을 주고받으며 정리되었고, 가장 길었던 대구 여학생과의 펜팔도 대학생과 재수생으로 신분이 엇갈리면서 흐지부지되고 말았다. 몇 년 동안 이어지던 내 젊은 날의 '펜팔전'은 그렇게 끝이 났다.

요즘 집으로 날아오는 편지라고는 세금 고지서와 교통 위반 통지서가 대부분이다. 그래도 꼬박꼬박 편지함을 확인하는 것은 누군가가 보내주는 고마운 시집과 문학 잡지 들이 있기 때문이다. 가끔 글씨 한 자 없는 편지를 받기도 한다. 밑반찬과 채소, 과일 들이 몇 겹 비닐에 꼼꼼하게 싸여 있다. 부산에서 어머니가 보내 준, 글씨 한 자 없는 세상에서 가장 빼곡한 편지다.

"계단 일곱 개 지나서 라일락나무 보이죠? 그 나무 옆집이에요." 골목 어딘가를 헤매는 택배 아저씨에게 길을 알려줄 때 내가 제시하는 이정표다. 그게 그분한테 무슨 큰 도움이 될까마는 굳이 라일락을 들먹인다. 라일락나무에 대한 이런 나의 애착은 '펜팔전'을 치르던 옛집에서부터 비롯한 것일지도 모른다. 라일락 꽃향기 짙은 마당에서 가슴 설레며 뜯어보던 답장들……. 그 나무는 어느 해 가을인가 잎을 떨어뜨리고 난 뒤, 이듬해에 싹을 틔우지 않았다. 어린 나는 라일락의 최후에 무심했다. 그날의 편지들과 함께 사라져버린 라일락은 유년 시절이 지금의 나에게 띄우는 오래된 편지이기도 하겠다. 답장을 써야겠다.

타향 서울에서 보내는 일곱 번째 가을. 추분이 지난 주말 아침, 택배 상자를 정리하고 집을 나선다. 꼬리가 떨어져라 흔들며 따라오는 옆집 바둑이를 물리치고 골목을 내려간다. 이웃 아주머니가 가을볕이 따뜻하게 드는 곳에 무청을 꺼내 말리고 있다. 인사 한마디 던지다시피 날리고 계단을 내려간다. 골목을 급히 내려가는 발소리에 놀란 길고양이가 다른 골목으로 몸을 피한다. 골목 풍경이 빠르게 지나간다. 약속 시간에 맞추려면 서둘러야 한다. 모처럼 근처에 사는 친구와 숲길을 걷기로 했다. 약속한 은행나무로 가니 뒷모습을 보이고 기다리고 있다. 짧은 가을 산책을 마치고 집으로 돌아오는 길, 나는 혼잣말을 한다.

"우리…… 펜팔할까?"

생뚱맞게 무슨 소리냐는 표정을 짓는 친구의 뒤로 높푸른 하늘이 배경처럼 펼쳐져 있다. 올 가을에는 펜촉과 잉크를 마련해야겠다.

누군가의
울음이
나의 서식지였음을

어머니. 흐렸습니다. 빗방울이 한두
점 유리창에 묻더니 이내 옥탑의 청동 지붕이 요란해졌습니다.
구름과 땅 사이에 떠 있는 내 작은 방이 먼 곳의 발언들을 듣고
있었습니다. 나는 원고지에 구름의 분량만큼 무엇이든 받아쓰
기 시작했습니다. 손가락과 마음이 빗줄기들의 획순을 배우고
있었습니다. 구름이라는 타자와 내가 연결되는 순간이었습니
다. 이 세상에 구름으로 불리는 수많은 존재들과 내가 공동체를
이루는 밤이었습니다. 지붕 위를 뛰어다니는 빗발들이 내 시의

초고임을 알기에, 그런 밤은 흐뭇합니다. 빗방울로 가득 찬 귀들이 패총같이 쌓일 때 깜빡 잠들었습니다.

어머니. 구름의 대군이 지나간 하늘, 폭풍우가 지나간 새벽녘에 깨어 노트북을 열었습니다. 시를 쓸 때, 늘 켜두고 듣는 소리가 있습니다. 향유고래, 혹등고래, 범고래, 긴수염고래들의 울음소리가 이어폰을 따라 가슴에 차오르면, 나는 거대한 포말에 휩싸입니다. 그들의 언어에 이끌려 검은 바다로 내려갑니다. 빛 한 점 닿지 않는 그곳에서 나는 고래와 함께 걷곤 합니다. 모든 고래들은 구름의 전생을 가지고 있는지도 모르겠습니다. 누군가의 울음이 나의 서식지였음을 새삼 알겠습니다.

어머니. 시를 짓고 그 속에 들어가 하룻밤을 유숙합니다. 아침이 오면 새로운 세계를 찾아 그곳을 떠납니다. 시는 그렇게 수많은 나의 생가였습니다. 나는 어떤 날은 토굴에서 태어나고, 또 어떤 날은 천막에서 태어나고, 또 어느 날은 무덤에서 태어났습니다. 그늘의 집도 있었고, 실패의 집도 있었고, 나쁜 집도 있었고, 희망찬 집도 있었습니다. 그러나 그것이 무엇이었든 간에 시가 아니었으면 나는 더 외로웠을 겁니다.

뜨겁습니다. 백지에 하나하나 내려놓는 글자들이 뜨겁습니다. 생살에 수백 바늘을 꿰매는 듯, 실이 속살을 쓸며 지나가는 듯 뜨겁습니다. 낯선 이름, 생소한 문장이 지나가는 자리마다 욱신거립니다. 바깥세상에 한땀 한땀 꽃을 수놓는 봄비가 있습니다. 제 이름을 내 살에 꿰매고 있습니다. 뜨끔하고 아름다운 그 이름을 들이자 얼굴이 붉어집니다. 겨울 내내 백야의 시린 외곽을 공전하던 별들이 좁은 골목을 비추는 가로등 아래 줄기차게 내립니다. 그리고 빛납니다. 어머니. 저의 오랜 친구인 울음을 먹고 산다는 건 퍽 괴이하면서도 멈출 수 없는 일입니다. 저는 언제쯤 서식지를 옮길 수 있게 될까요.

미주

1. 졸시 〈그대는 가슴속에 있는 방들을 다 열어 보았는가〉 중 일부.

2. 시인 정병근의 시 제목.

3. 졸시 〈별방리 오로라〉 중 일부.

4. 故 신기섭 시인의 시, 〈원에게〉 중 일부.

　−《분홍색 흐느낌》, 문학동네, 2006 수록

5. 故 신기섭 시인의 시, 〈꽃상여〉 중 일부.

　−《분홍색 흐느낌》, 문학동네, 2006 수록

6. 일본의 소설가 마루야마 겐지의 소설 제목.

7. 졸시 〈일요일 아침 아홉 시에는〉 중 일부.

이름이 없는 너를
부를 수 없는 나는

이 도서의 국립중앙도서관 출판시도서목록(CIP)은 e-CIP홈페이지(http://www.nl.go.kr/ecip)와 국가
자료공동목록시스템(http://www.nl.go.kr/kolisnet)에서 이용하실 수 있습니다.
(CIP제어번호: CIP2012005478)

이름이 없는 너를
부를 수 없는 나는

나에게서 가장 멀리 뒤돌아선 곳으로 떠나는 여행

| 김태형 산문집 |

마음의숲

"하지만 그건 너무 외로운 거야
나에게서 가장 멀리 뒤돌아선 곳을
걷는다는 것은"

은빛 사막에서
어떤 뒷모습을 만나시거든

달에 내 그림자가 드리운다고 쓰고서 지운다. 내 뒤로 사라지고 없는 바위 언덕에 대해 한 문장을 쓰고는 이내 지운다. 곁따른 편서풍에 그 높이는 새파랗다고 쓰고 난 후에 밤새 놓쳐 버린 기억을 나는 또 지운다.

그 누구라도 그저 스쳐 지나갈 뿐인 바람소리가 가랑잎처럼 목젖에 달라붙어 있을 뿐, 채 마치지 못한 문장을 어김없이 나는 지운다. 덤불인 듯 사방으로 쓸려 다니다 뒤엉킨 것들이 늑대가 사라진 절벽에서 대신 내 손을 잡는다고 쓰고서.

어쩌면 나는 사라져 버린 사람이 되었을지도 모른다. 알타이 산맥을 따라 거센 모래바람이 우는 소리가 들렸을 때, 그 어둠 속으로 따라 들어갔다면 나는 내 뒷모습을 남기지 않을 수도 있었을 것이다. 폐사지의 푸른 새벽 강가에서 내 그림자를 잃고 무엇엔가 홀린 듯이 검은 강물을 건너갔다면 분명 나는 다시는 돌아올 수 없는 사람이 되었을 것이다.

그렇게 아무것도 기록하지 말았어야 했다. 그 어떤 풍경도 기억하지 말았어야 했다. 맑은 햇빛처럼 눈먼 자가 되어 반생을 은빛 사막을 떠돌다가 영원처럼 홀연히 사라져야 했다. 그러나 모래바람과 황무지의 검은 돌 위에 새겨야 할 것들을 그대로 다시 들고서 나는 돌아오고야 말았다.

사막에서 돌아온 후 나는 빛에 바랜 것보다 더 빨리 그늘 안쪽에서 칠이 벗겨지고 있는 철제 대문처럼 굳게 닫혀 있었다. 삐걱거리는 소음마저 삼켜 버린 닫힌 문을 애써 열고 안으로 들어가더라도 그곳에는 아무것도 없었다. 외떨어지고 가파른 곳에서 밤마다 찢어진 비닐자락처럼 모래바람이 울었다. 그래서 다시 사막으로 떠나야만 했다. 나는 섣불리 망각의 수사를 완성하려고 했다.

왜 사막이 그곳에 있는 것인지, 어찌하여 우리는 끝끝내 이별할 수밖에 없는지, 별똥별은 왜 자진하듯 한순간 떨어지고야 마는지, 노래는 무슨 이유로 검은 허공에 새파랗게 떨리는 목소리가 되어 흘러나오는 것인지, 바람은 어디에서 영혼의 안식을 얻고, 방랑자는 대체 무슨 죄를 지었던 것인지. 나는 알고 싶었다. 아름다움은 왜 그토록 슬픈 것이었는지. 어찌하여 내 눈빛은 공허할 수밖에 없는 것인지. 나는 구하고 싶었다. 지켜보고 싶었다. 가만히 그 앞에서 침묵으로 돌아가고 싶었다.

사막은 모호한 곳이었다. 랭보의 표현처럼 이곳에 들어서는 일은 '형이상학적 여행'이었다. 사막은 이미 그 허구가 실현된 공간이었으며, 과거와 현재와 앞으로 다가올 모든 시간들로 충만했다. 아마도 내 문장은 그 허구 속에 나를 감추기 위해 가까스로 다음 문장을 서둘러 시작하고 있었을 것이다. 끊임없이 다시 이어져야 할 문장들을 하나하나 가둬 두는 일은 곤혹스러웠다.

"만약 당신의 사진이 만족스럽지 않다면, 당신은 충분히 가까이 다가가지 않은 것이다."

사진작가 로버트 카파의 말이다. 그가 남긴 마지막 사진은 베트남 전쟁 당시 전장을 향해 걸어가던 프랑스 군인의 뒷모습이었다. 그리고 그는 사진기를 왼손에 든 채 지뢰를 밟았다. 그는 너무도 가까이 갔던 것일까. 그는 자신의 뒷모습을 남기지 않았다.

사막에서 아름다움에 병든 자는 제 이름마저 지우고 그 자리에서 그대로 영원이 되기를 간절히 바랄 것이다. 그늘 한 점 없는 정오의 사막 한가운데 오로지 제 그림자 속에 서 있는 한 고독한 인간에게서 더 이상 뒷모습을 찾을 수 없게 된다면, 그와 함께 사라져도 괜찮을 것이다.

차례

・
・
・

제1장

{ 고 독 한
인   간 }

구름
숭배자

초원에 여러 갈래의 길이 곡선을 이루며 뻗어 있었다. 완만한 경사를 이룬 언덕을 넘자 하늘이 더욱 넓어졌다. 저 멀리 길을 따라 낮은 산을 돌아가면 무엇이 있을지 나는 알수 없었다. 그 소실점에 사막이 있으리라는 것뿐. 다른 길에서 나타난 랜드 크루저 한 대가 먼지를 날리며 앞서 지나갔다. 서쪽에서 낮은 구름들이 서서히 몰려와 어떤 예감처럼 길 위에 그늘을 드리우고 있었다.

고도가 높고 우기에 접어든 때라 구름은 한결 낮게 내려와 있었다. 어느덧 나는 저 구름 아래 여러 갈래의 길 가운데 서 있는 여행자가 되어 있었다. 서서히 몰려온 구름이 내가 지나간 길을 감추고 나면, 그 자리에 다투어 야생화가 피어날 것이다.

몇 년 전 구름을 따라간 적이 있었다. 입간판도 없는 곳에서 길을 놓치고 한참을 가다가 다시 돌아서 길을 찾아들

었을 때는 시간을 상당히 허비한 후였다. 그래도 찌는 더위가 산그늘에 한풀 꺾인 탓에 해가 저무는 줄도 모르고 산 위에 구름이 고요히 올라앉은 곳으로 들어갔다. 구름 가까이 가려고 잠시 산등성이까지 올랐다가 비탈길을 내려오자 금세 어둠이 몰려오기 시작했다.

구름이 머무는 곳이라는 이름은 내가 가야 할 길을 지시하고 있었다. 그 구름에 오랫동안 매달려 왔다. 나는 구름 숭배자였다. 규정하는 순간 한순간에 사라져 버리는 것이 나의 구름이었으니, 언제나 구름은 대답할 수 없는 영역에 있었다. 나는 어떤 질문만이 가능한 곳으로 걸어 들어가기를 주저하지 않았다. 절대성이 아닌 오로지 모호함 속에서만 찬란한 그런 곳으로 가려고 했다.

구름이 머무는 곳에 관한 이야기들조차 허구로서의 운명을 거스르지는 못한다. 그러나 허구에는 인간의 근원이 담겨 있다. 그즈음 세상에 대한 나의 분노와 욕망도 구름이 모이는 곳의 신화 속에서 완성되기에 이르렀다. 그러나 산비탈을 내려선 나를 향해 한 덩이 구름이 사납게 달려들고 있었다. 나는 구름에 쫓겨 세상 속으로 다시 내쳐졌다.

한 마리 개였다. 분명 그것은 흰 털을 가진 덩치 큰 한 마리 개였을 뿐이었다. 그러나 지금까지도 나는 한 덩이 구름이 내가 머물던 세상 속으로 나를 꾸짖어 다시 되돌려 보냈다는 생각을 지울 수가 없다. 그것은 마치 계시와도 같았다. 어둡고도 찬란한 세상의 길들을 아직 나는 더 흘러 다녀야 할 운명이었다. 비록 구름의 성전에서 쫓겨났지만, 그럼으로써 내가 이 세상에 존재하는 이유 하나를 찾게 되었다.

구름과 비의 도시에서 한동안 머문 적이 있었다. 무거운 몸을 이끌고 고산지대까지 올라온 영혼들이 비를 내려 한결 가벼운 몸으로 구름정원에 머물고 있었다. 내 젖은 머리카락을 가난한 이발사는 능숙하게 잘라 주었다. 노란 코끼리구름이 내 끈 떨어진 샌들을 기워 주며 어디서 왔느냐고 물었다. 자신이 사람이라는 것을 태연스럽게 감추고 있는 개들이 좁은 거리를 어슬렁거리거나 길컨 한구석에 꼬리를 말고 잠들어 있는 그곳에서 그러나 나는 외로웠다. 나는 여전히 한 덩이 구름이 되지 못했다.

나는 다시 구름 속으로 들어가고 있었다. 우기의 한철을 다급하게 피었다가 사라질 키 작은 꽃들이 뒤미처 따라온 이에게 다른 길을 펼쳐 보여 줄 것이다. 나는 구름 속에 가려져 보이지 않는 멀고 먼 사막을 향해 가고 있었다. 이때가 아니면 먹장구름들의 이야기를 들을 수가 없다. 낮게 지평선 가까이 내려와 모래바람 속에 숨은 구름을 나는 다시는 만날 수 없을 것이다.

이름을
말하면
안 되는 것들

역사광逆射光이었다. 지평선을 가린 산들이 끝없이 펼쳐져 있었지만, 유독 저 멀리 보이는 산 하나가 빛났다. 그 이름을 물으니 이름이 없다고 한다. 이 광활한 곳에 모든 것들이 다 이름을 갖고 불리지는 않겠지 싶어 그런 줄로만 알았다. 이름을 하나 지어서 불러야겠다고 생각했다. 흰바위산.

그런데 이렇게 아름다운 산에 이름이 없다는 것이 어딘가 좀 이상해서 정말 이름이 없는 산이냐고 다시 물었다. 역시나 이름이 없는 게 아니었다. 신성한 산이라 함부로 이름을 불러서는 안 되기 때문에 누군가 질문을 하면 그냥 이름이 없다고 말할 수밖에 없다는 것이었다.

이름을 말해서는 안 된다. 신성함 앞에서 함부로 그 이름을 불러서는 안 된다. 감히 다가설 수 없는 세계에 들어서려는 것은 무모한 짓일지 모른다. 나무와 바위와 풀들이 깨어날 것이다. 바람이 지나가다가 귓등에 걸려 절벽으로 떨

어져 내릴 것이다. 햇빛이 멈춰 버릴 것이다. 함부로 영혼을 간섭하는 이에게 돌아오는 것은 두려움뿐일지 모른다. 인간의 목소리가 허락되지 않는 것은 이곳이 다른 세계이기 때문이었다.

이름을 부르는 순간, 그것은 그 이름으로서만 존재하는 그 무엇이 될 것이다. 온 세상에 맺어 있는 것들이 단지 내 눈앞에 초라하게 사그라지고 있는 한 줌의 먼지가 될 것이다. 이름이 있지만, 이름을 불러서는 안 된다. 내가 부르려는 그 이름은 이미 특정한 것을 포괄하는 것이 아니었다. 그러므로 그것은 이름 부를 수 있는 것이 아니라 그 모든 것이었다.

지금 내게 소중한 것이 있다면, 고귀하게 간직해야 할 그 무엇이 있다면 가슴속으로만 불러야 하는 것일까. 이름을 부르는 순간, 내 앞에 그 실체가 나타난다면 얼마나 좋을까. 하지만 나에게는 이름을 부를 수 없는 것이 있다. 가슴속에서만 담아 두어야 하는 것이 있다.

만약 내가 이름을 불러야 한다면 그것은 이 세상의 모든 것이 되어야 한다. 내가 부를 수 있는 단 하나의 이름은 없다. 그래서 나는 외로웠다. 아니, 두려웠다. 이름 부르려 할

수록 도저히 그렇게 할 수 없다는 것만을 깨달을 뿐이었다.

흰바위산 앞에 황금 들판이 펼쳐져 있었다. 낙타만이 먹을 수 있는 데리스가 마른 잎을 반짝이고 있었다. 한 떼의 가축과 어린 목동이 말을 타고서 지나가고 나면 바람소리만 남았다. 침묵뿐이었다. 겨울에 먹이가 부족할 때 양과 염소가 마지못해 먹기 위해 눈 위에 솟아난 이 길쭉하고 마른 잎을 찾아온다고 했다. 한겨울에도 흰 눈밭 위에 솟아난 황금의 잎사귀들은 여전히 바람소리만으로 침묵하고 있을 것이다.

어워,
고대의 존재론

　언덕은 다른 세계와 만날 때 경계를 이룬다. 언덕 너머로 초원과 햇빛과 바람과 구름의 길이 이어져 있었다. 그러나 이쪽도 저쪽도 어느 곳으로든 구분 없이 넓고 아득히만 멀어질 때 언덕은 홀로 솟아오른다.

　언덕 위에 커다란 돌무더기가 쌓여 있었다. '어워^{Ovoo}'라고 부르는 돌무더기 한가운데에 버드나무를 세우고 푸른색의 천 하닥^{Hadag}을 묶어 놓았다. 하늘과 땅의 정령이 머무는 곳이었다. 어워는 다른 세계와의 경계 지점이지만 지나가는 이들이 남긴 기원과 이미 지나간 이들의 이정표가 있는 곳이었다. 언덕은 하늘과 땅이 만나는 신성한 장소였다.

　미르치아 엘리아데에 의하면 "어떤 초월적인 실재에 참여하고 있는 한에서만 자기동일성과 실재성을 획득한다."〈영원회귀의 신화〉 원초적인 것, 이미 이루어져 완결된 행위들을 지금 다시 영원토록 반복해야만 삶의 의미를 얻게 된다. 이

고대의 존재론은 의미와 가치가 스스로 존재하는 것이 아니라 외부에서 부여되는 것이라고 믿었다. 그 외부에서 우리가 태어났던 것이다.

그렇듯이 나 역시도 스스로 존재하지 않는다. 이 자체로는 아무것도 아니다. 그러니까 "많은 돌들 중에서 어떤 돌 하나가 신성해지는 것은—그럼으로써 즉각 존재로 충만하게 되는 것은— 그 돌이 신성의 현현顯現이거나 마나Mana, 초자연적인 힘를 지니고 있기 때문이다." 무심코 돌을 하나 들었을 때, 기억은 완강하게도 내가 알지 못했던 실재와 마주하고 있었다. 그것은 초자연적인 생명의 본질일 것이다. 그렇게 작은 돌을 하나 옮겨다 놓으며 나는 영원과 마주하게 된다.

바쁜 이들은 자동차 경적을 울리는 것으로 대신하지만, 대체로 사람들은 이 어워를 시계 방향으로 세 번 돌고서 길을 지나간다. 북반구에서 지구의 자전은 왼쪽 방향이다. 이 순방향으로 도는 것은 자연의 이치를 거스르지 않는다. 인공호수 둘레를 오른쪽으로 거꾸로 도는 파워워킹과 반대 방향이다. 시간의 흐름을 거스르고 왜곡하려는 것이 문명이듯이 늙고 병들고 소멸하는 그 생명의 원리를 부정하는 인간의 욕망이 거꾸로 도는 방향을 만들었다. 하지만 어워를 지나가는 모든 이들은 시간이 흘러가는 방향을 거스르지 않는다.

난석亂石들 사이에 말머리 뼈, 빈 보드카 병, 색 바랜 지전, 목발 등이 함께 쌓여 있었다. 말을 타고 밤새 먼 길을 내달리다가 돌아오던 지난날의 기억이 햇빛 속에 가득했다. 한밤의 흥겨운 취정醉情도 간절한 기원도 사랑도 슬픔도 모두 고요히 놓여 있었다. 푸른 하닥은 하늘이 떠밀려 가지 않도록 세찬 바람을 붙들고 있었다.

이곳에서 가파른 것은 햇빛뿐이었다. 누군가 죽은 말의 뼈를 등에 얹고서 이 바람 한 점 없는 햇빛 속을 걸어왔을 것이다. 다시는 밤의 그 푸른 바람을 타고 내달리지 못하겠지만, 다 헤진 말꼬리 몇 가닥이 바람소리를 붙들고 있었다. 그렇게 바람은 고요해지고, 그 가파른 자리를 높은 햇빛이 대신하고 있었다.

바람이 고요해진 자리에 낮은 풀이 돋아날 것이다. 버드나무를 세우고 하늘을 상징하는 푸른 하닥을 걸어 두었으니 하늘도 바람 부는 곳으로 떠밀려 가지는 않을 것이다. 퉁구스어도 투르크어도 모두 작은 돌을 하나씩 들어 바람을 눌러놓고 있었다. 그러고 보니 나는 아무것도 가져간 게 없었다. 버려야 할 것도, 용서할 것도, 그 어느 것도, 어쩌면 영원이어야 했을 내 목소리마저도, 이제는 내게 남아 있는 게 하나도 없었던 것일까. 대신 돌을 하나 들어 옮겨 놓았다. 해가 뜨고 지는 만큼만 갈 수 있으니 이제부터는 그리움처럼 침묵해야만 된다고 먼 구름만 바라보고 있었다.

나는 하늘과 땅의 민족이 살고 있는 신성한 곳으로 가고 있었다. 그곳은 옹고드Ongod의 세계였다. 모태와 기원을 의미하는 '옹고Ongo'에 복수형 접미사 '-d'가 붙은 말이 옹고드였다. 이 근원의 땅에서 태초의 모든 것들이 내 삶의 의미로 솟아오르기를 바라고 있었다. 한 줌의 붉은 먼지와 햇빛과 흘러가는 구름처럼 급기야 처음으로 돌아갈 수 있는 곳. 그러나 오로지 나에게로 다시 되돌아올 수 있는 곳. 나는 그런 길을 따라가고 싶었다.

그런데 햇살에 푸른 정맥이 돋아난 하늘 아래 어워를 세 번 다 돌고서도 내 귀에는 여전히 바람소리만 들려왔다. 누가 부르는 소리였을까. 이 언덕을 넘지 못한 채 되돌아서더라도 결코 이전의 세계로 갈 수는 없었다. 죽은 말이 높은 바람을 불러도 이곳에서는 구름조차 멀고 아득했다.

두 눈이 멀지 않고는
결코 사막에
들어갈 수 없다

둥근 바위들이 겹겹이 쌓여 있는 신비로운 땅이 있다. 바가 가즈린 촐로Baga Gazrin Chuluu. 이곳의 말로 '땅 위의 작은 돌'이라는 뜻이다. 그러나 결코 바위는 작지 않았다. 이곳과 달리 '큰 돌이 있는 땅'이 또 있다고 하니 광활하다는 표현은 단지 넓이만을 의미하는 것은 아니었다. 사막에 들어가려면 이곳을 지나가야 한다.

폐허가 된 사원 뒤쪽으로 푸른 하닥을 걸친 나무들이 높이 자라 있었다. 오래전 이곳에 집을 지으려 했지만 성스러운 땅에서 나무들이 솟아올라 건물을 무너뜨리고야 말았다. 그 나무들이 푸른 하닥을 걸치고 이곳을 지키고 있었다. 사막에 들어서기 위해서는 반드시 이 나무들에게 제 옷자락에 묻은 바람 한 자락씩 꺼내어 걸쳐 놓고 가야 한다.

그리고 이 낮은 골짜기를 나와 언덕 위의 샘물을 찾아가야 한다. 근처 낮은 언덕 위에 손바닥 반도 못 될 정도의 작

은 돌로 바위 구멍을 막아 놓은 곳이 있었다. 이 커다란 바위 언덕 아래로 마르지 않는 물줄기가 있었던 것일까. 어떻게 높은 바위 안쪽까지 샘물이 고여 있는지 신비로웠다.

가느다란 나뭇가지에 묶어 놓은 구부러진 수저가 겨우 들어갈 수 있을 정도로 작은 바위 구멍 속에 샘물이 고여 있었다. 이 물로 눈을 씻으면 시력이 좋아진다고 한다. 이곳 사람들의 시력이야 공중을 선회하는 푸른 허공의 매와 같다지만 누구에게나 세월은 흘러가는 법이다. 하지만 이곳 사람이 아니면 이 샘물은 눈을 멀게 한다. 사막의 아름다움을 함부로 보아서는 안 되기 때문이다. 눈이 멀지 않고는 그 누구도 사막을 건너가지 못하기 때문이다.

눈이 맑고 밝은 이곳 사람들은 지평선을 건너다볼 수 있지만, 샘물로 눈을 씻지 않은 외지인은 제 눈앞의 황량한 아름다움을 견뎌 내지 못하고 광인이 되어 다시는 두 눈을 뜨지 못한 채 사막을 떠돌게 될 것이다. 차라리 이 샘물로 두 눈이 멀고 나면 사막을 지나는 동안 그 황량한 아름다움을 비로소 볼 수 있게 된다. 다만 사막을 다 지나갈 무렵 지평선을 향해 무릎 꿇고 뜨거운 눈물을 흘려야만 다시 두 눈이 맑게 떠진다는 것을 잊어서는 안 된다.

가장 의미 있는 삶이 어떤 것인지 스스로 선택할 수 있는 자는 행복하다. 영혼의 땅은 모두가 다 갈 수 없기에 아름답겠지만, 이곳에 남아 현실의 어둠을 고통스럽게 바라보는 시선을 가진 자가 있기에 그곳은 더욱 아름다울 것이다.

황량하고 지극히 메말라 형체를 잃은 것들은 아름답다. 그 황무지는 혼돈의 상태로 돌아가는 중이다. 성스러운 시간은 그 어떤 영원을 항상 현재화한다. 현실을 등진 채 이상만을 꿈꾸는 자의 시선은 늘 자기가 딛고 선 대지 위의 그림자를 보지 못한다.

나는 광야를 떠도는 미치광이가 되고 싶지는 않았다. 한 수저의 샘물로 두 눈을 씻고, 새파랗게 눈먼 사내가 되어 나는 사막으로 들어가고 있었다. 한 고독한 사내가 비로소 은빛 사막을 향해 걸어가고 있었다. 해가 지고 있었다.

저물녘,
다른 감각

거꾸로 매달아 놓은 페트병에 물 한 바가지를 부어 넣었다. 빠지지 않을 정도로 조금씩 마개를 돌리면 물이 흘러내렸다. 저녁이 오는 시간보다 빨랐다. 물 한 줌 겨우 받아서 귓속까지 모래와 먼지와 남은 한 자락 햇빛마저 씻어 냈다.

손바닥에 받은 한 줌의 물이 딱 그만큼의 얼굴을 씻어 내고도 바닥에 흘러 그 무게로 지구 반대편까지 스며들어서 늦은 저녁을 데려왔다. 내가 몰랐던 어떤 얼굴을 데려왔다. 모든 게 용서되는 시간이었다. 물론 그 안식은 그 누군가가 아닌 바로 나 자신을 용서할 수 있는 시간 속에서 얻을 수 있는 것이었다.

바람이 쌓아 올린 모래산의 무게로 지하수는 차고 넘쳐 고이겠지만, 물결은 그저 바람에 곧 사라질 무늬 하나를 올려 줄 뿐이지만, 모래를 가라앉힌 물 한 줌 받아서 누군가에게는 이렇게 깊은 저녁이 오기도 한다.

어둠 속으로 곧 사라지려는 어스름의 붉은 시간은 이상하게도 맑고 투명했다. 한낮의 분명했던 사실들이 뒤쪽으로 사라지면서 만들어 내는 흐린 시야는 일부러 초점을 맞추지 않은 것처럼 그 어느 것도 응시하지 않았다. 수건을 목에 걸고, 바짓단을 걷어 올린 채 맑게 씻은 낯선 얼굴로 게르^{Ger. 몽골인들의 이동식 천막집}의 지붕 위에 내려앉고 있는 석양을 건너다보는 것은 한 덩어리의 어둠이었다.

이미 석양의 화려한 몰락조차 한참을 지나온 듯 그 아름다움을 건너다볼 수 있을까. 한 줌 손바닥에 받아 든 물빛이 여전히 내 눈동자에 고여 있었다. 맑거나 환한 그런 빛이 아니라 오히려 어두워 잘 들여다보이지 않는 빛이었다. 낡거나 오래되어 어둡고 탁한 어스름의 석양빛이 내 얼굴에 가득했다.

어둠 속에서 곧 사라져 보이지도 않을 투명한 빛이 몸속으로 스며들어 오고 있었다. 어스름 속에 내가 스며들지 않고, 내 속으로 어스름이 들어앉았다. 하지만 이 빛의 투명함은 들여다볼 수가 없었다. 어스름은 바라보거나 들여다볼 수 있는 것이 아니었다. 마치 온 사방에 고요히 밀려드는 어둠처럼 어느 한곳을 자세히 바라다볼 수 없듯이 이 출렁이는 빛은 어디선가 들려오는 발걸음 소리처럼 가까스로 인식될 뿐이었다.

전혀 다른 감각이 깨어나고 있었다. 누군가 내게로 걸어오는 그 발걸음 소리가 온 사방에서 들려왔다. 그러나 이내 그 발걸음 소리는 사라지고 없었다. 그 소리의 한 가닥을 애써 따라간 것은 절망스런 탄식일 것이다. 또 다른 감각의 세계로 들어간다는 것은 마치 죽음의 시간을 받아들이는 것처럼 두려울 수밖에 없었다. 어스름이 몸속에 들기 전에, 그 어스름 속으로 한순간 사라지기 전에 나는 그 무엇이라도 붙들고 싶었을 것이다.

병이 깊었다. 스스로 떠다밀어 가는 길이 있어 뒤미처 따라나선 것은 어스름일 뿐이었다. 병이 그처럼 깊었던 줄 모르고 물컹한 눈빛을 어둠 속에 다 내어주고서야 저무는 곳이었다. 들썽하니 또 한 발걸음이 어둑어둑 멈칫거리다가 그제야 다시 한 일생쯤 발덧을 앓아 절룩이며 걸어온 것처럼 그렇게 스스로 내던져 더욱 캄캄한 어둠이었다. 석양이 느릿느릿 내려앉고 있었다. 어둑살로 또 한 발걸음을 맞아들이면서 겨우 가 닿은 곳, 홀로 앓아 몸속에 죄다 세월을 풀어 놓고는 어둠 속으로 훌쩍 넘어서는 붉은 꽃이 지고 있었다.

연두색
나의 텐트

텐트에 달아 둔 랜턴이 저만치 어둔 벌판에서 홀로 불을 밝히고 있었다. 저 불빛 아래 나는 내 그림자로만 앉아 있게 될 것이라고 생각했다. 피곤한 몸을 바닥에 누이고 나면 지평선에서부터 걸어오는 먼 발자국 소리마저 다 내게로 오는 듯이 들릴 것이었다. 이내 지나치는 소리를, 별자리도 없이 드러누운 내 그림자를, 바람마저 자박자박 걸어오는 듯한 낯선 밤을, 나는, 마주하고 있을 것이었다.

다른 지평선에서 이 불빛이 보인다면 낮게 내려앉은 별자리 하나를 누군가 멀리까지 이어 주고 있을지도 모른다. 아름다운 것은 모두 나 때문이듯 별자리가 되지 못한 것들을 나 역시 애써 이어 주고 있었다. 턱을 바짝 치켜들며 별은 뜨고, 사막에서 사막이 될 수 없다는 것을 깨닫기 전까지는 밤하늘을 넘어서려고 별은 또 제 높이로만 가파르게 떠오르고 떠올랐다. 돌과 시든 부추꽃과 먼지 묻은 풀들이

듬성듬성 돌아 있는 황무지 위에 텐트를 치고 들어가 누웠다. 먼저 들어와 있는 날벌레들을 어찌할지 잠시 생각에 잠겼다가 바닥을 쓸고 누웠다. 별은 결코 쏟아져 내리지는 않았다. 불빛을 따라온 밤벌레들이 타닥타닥 툭툭 텐트에 부딪치는 소리만이 요란했다.

희미한 랜턴 불을 끈 자 방충망 위로 어느 옛 부족이 지나갔는지 새로 생긴 별들이 밤하늘에 가득했다. 흉노족이 지나가고 화적 떼가 온 세상을 불 지르며 지나가고 어떤 생각 하나가 뒤늦게 또 지나가고 있었다. 마른 먼지 가득한 별의 발걸음들이 지나가고 있었다. 밤새 그렇게들 지나가고 있었지만 나만 홀로 밤을 지나가지 못하고 있었다.

갈 수만 있다면, 어디 암청색 높은 산맥 아래 고요한 그늘이 있다면……. 나는 생각했다. 모든 피로를 잊고서 한시름 놓아주며 편안히 잠들고 싶었다. 아무도 없는 곳으로 그런 곳으로 언덕을 넘어가려 했지만 그곳으로부터 한 걸음도 벗어나지 못하고 있었다. 길을 멈추면 그곳에 먼지처럼 햇살처럼 내려앉아 작은 풀꽃인 듯 길컨에 아무렇게나 피어날 수 있을 것 같았지만 나는 어딘가로 홀린 듯이 자꾸 건너가려고만 했다. 수런거리는 별빛이 내 몸을 바람 속에 옮겨 놓고 있었다. 바람 속에서 비로소 내 몸을 얻게 된 듯이 천천히 흔들리며 나는 잠들어 있었다. 그러자 귓가로 모래 언덕이 흘러내리는 소리와 햇빛을 타고 솟아오르는 시냇물 소리가 들려오기 시작했다. 가만히 그 온갖 소리들을 듣고 있었다. 멀고도 먼 지평선을 건너다보고 있었다.

그곳에 호수가 있었다. 나는 호수의 한가운데 서 있었다. 은빛 물결이 내 몸을 감싸 주었다. 물결이 귓가로 차오르면서 지상의 온갖 소리들이 일시에 내 몸속으로 빨려 들어오는 듯이 어둠 속으로 사라지고 있었다. 물결은 조용히 내 몸을 흔들었다. 드넓은 초원처럼 모든 것이 고요했다. 머리카락이 물기에 젖어 반짝였다.

젖은 머리에서 물방울이 똑똑 떨어지는 소리를 따라 눈을 떴다. 밤하늘에 별이 가득했다. 천 년이 흘러가 버리기를, 황무지의 그늘 한 점 없는 바람이기를 나는 기다렸을 것이다. 여전히 한 점 붉은 먼지로 돌아가지 못하고 불길한 침묵으로 남을 것이겠지만, 무엇을 기다리고 있었는지 무엇을 바라고 있었는지조차 잊을 테지만, 그러는 동안 별들이 게르를 지고 다른 초원으로 이동하는 것을 따라가지 못했다. 밤의 지평선이 사라지는 곳으로 나는 가지 못했다.

．
．
．

내일이면 더 맑은 별들을 볼 수 있겠지

이 모든 아무것도 아닌 것들을

어떤 금기

사라진다는 것, 그 매혹

길을 벗어나다

내 그림자를 따라가면

제2장

{ 다른 그 무 엇 이 아닌

　오 로 지

　　　　이　　곳일　뿐인 }

내일이면 더 맑은
별들을
볼 수 있겠지

우기다. 황무지에도 비는 내린다. 연간 강수량이야 굳이 따져 볼 필요도 없지만, 그래도 황무지에 듬성듬성 키 작은 풀이 자라 있었다. 흰 꽃을 피워 올린 야생부추 사이를 바짓단 스치며 걷다 보면 맑은 향이 풍겨 왔다. 햇빛은 도저히 맨눈으로 세상을 볼 수 없을 정도로 강렬했고 그 아래 마른땅은 햇빛을 더욱 앙상하게 빨아들이고 있었지만, 그 길에서 풍겨 오는 내 걸음의 향기는 비로소 햇빛마저 말갛게 적시는 듯했다. 그때 바람이 한 번 뺨을 스치고 갈 정도로만 비가 지나가면 사방에서 야생부추꽃의 향기가 가득 풍겨 왔다.

어제 잠시 언덕을 걸어서 넘을 때 마른땅에서 풍겨 오던 그 향기가 아직도 저녁나절 내 발목 뒤쪽에 남아 있었다. 한 줌의 물을 받아 얼굴을 씻고서 그 아래로 다시 흘러내리는 물로 겨우 발을 적시기는 했지만, 내 발바닥에 묻은 먼지와 땀에 눌어붙은 진흙은 그대로였다. 물티슈로 발을 닦

고 나니 향기는 사라지고 그제야 젖은 흙냄새만 남았다.

아직 사막은 멀었다. 어젯밤 늦은 저녁을 먹고 게르 밖으로 나와 별을 올려다보았다. 사막으로 가는 첫 번째 밤이었다. 먹구름이 가득했다. 그래도 바람이 구름을 스치고 지나간 뒤쪽으로 별이 떠오르고 있었다. 시력이 거의 매의 눈과 닮았다는 이곳의 여자에게 이 정도면 밝게 뜬 것이냐고 물었더니, 이런 별은 아무것도 아니라고 했다.

하늘은 흐리고 회백색 성운과 밤구름을 구별하기가 어려웠다. 실은 은하수를 본 기억이 나에게는 없었다. 어린 시절 다닥다닥 붙은 지붕과 전봇대와 장대에 높이 매달아 올린 안테나 위로 저녁 하늘에 떠오르던 북두칠성을 헤아리던 기억은 있지만, 성운을 본 기억은 없었다. 그러니 흐린 하늘에서 성운과 밤구름조차 구분 못하는 것은 당연했다.

내일이면 더 맑은 별들을 볼 수 있겠지 싶어 무거운 고개를 내리려던 참이었다.

"저기 봐! 별이 움직이고 있어."

그쪽 방향으로 다시 고개를 돌려 보니 정말 별이 움직이고 있었다. 별이 늪 속의 물벼룩처럼 검은 밤하늘을 꼼지락꼼지락 기어가고 있었다. 다른 별과 충돌까지 하고서 이내 사라지는 것이었다. 그렇다고 밤하늘에서 초신성 폭발이 일어나지는 않았다. 중성자별이나 블랙홀이 되어 사라지는 별의 죽음. 그것은 떠돌이별이었을까.

별자리가 없는 별. 자기 궤도가 없는 떠돌이별. 별의 이름만으로는 그렇게 보이지만, 또 실제로 그렇게 아무 곳에나 나타났다가 순식간에 사라지는 예외성을 갖고 있지만, 그러나 모든 별에는 다 궤도가 있다. 중심별의 인력에 끌려 타원의 궤도를 따라 돌고 있을 뿐이다.

아마도 그것은 인공위성이었을 것이다. 그러나 어떤 예외성을 찾았을 때, 이상하게도 나는 기뻤다. 붙박이지 않은 것, 얽매이지 않은 것, 규정할 수 없는 그 무엇을 나는 찾고 있었을 것이다.

"아무것도 아니네. 이보다 더 밝은 별을 본 적이 있는데……."

누군가 흐린 밤하늘에 뜬 별을 뒤돌아서면서 한순간 하찮은 것으로 만들어 버렸다. 이 세상에 아무것도 아닌 것이 있었던가. 물론 이곳에서는 그저 아무것도 아닌 것들만 존재할 뿐이지만, 그렇다고 이 별들을 향해 아무것도 아니라고 선언해 버리는 것은 다른 문제였다. 이곳의 여자가 '아무엇도 아니다'라고 한 말은 어제와 오늘과 내일의 연속성을 갖고 있었다. 내일이라도 어제보다 오늘보다 더 밝은 별을 볼 수 있으리라는 희망을 갖게 하지만, 자기가 가진 것을 더 빛나게 하기 위해 대상을 무화시키는 한마디에는 미래가 없는 오직 단절된 시간성만 있었다. 이곳에 뜬 별은 이곳에서만 바라볼 수 있는 별이다. 오로지 이곳에서만 뜨는 별이다.

떠돌이별이 사라지고 잠시 들떠 있던 시간도 흘러가 버렸다. 이곳의 어둠은 느릿느릿 뒤늦게 몰려오지만, 늦게 온 만큼 마치 벌주를 연거푸 마셔야 하는 것처럼 하루는 서둘러 지나가고 있었다. 내가 맡은 역할이야 조용히 어둠을 받아들이다가 그 끝에서 편안한 잠자리에 드는 것이었다. 다음 날은 차강 소와락Tsagaan Suvarga을 향해 250킬로미터를 가야 한다. 그러나 어디로 간다는 말은, 실은 귀에 잘 들리지도 않았다. 어디로 가든 무슨 상관이란 말인가. 떠돌이별처럼 이름도 영문도 모른 채 사라져 버린들 어떠하겠는가.

나는 사막에서 왔고, 사막으로 가는 중이다. 그리고 사막이 될 것이다. 다만 더 이상 순환하지 않기를 바랄 뿐이다. 나는 이 거대한 오류를 거듭하고 싶지는 않았다. 나는 사막에서 왔다. '사막'과 '길'은 내가 의도한 것이 아니었음에도 불구하고 오랫동안 나를 증명하는 것들이 되어 왔다.

그런데 우선 텐트가 걱정이었다. 우스운 일이었다. 저만치서 붉은 번개를 머금은 거대한 구름이 움직이고 있었다. 사막이 되려면 아직 더 살아야 하기 때문이었다. 석양이 다 지기 전에 간신히 희미한 빛에 의지해 쳐 두었던 텐트가 비와 바람과 천둥에 휩쓸려 가지나 않을까 걱정이 되기 시작했다.

이곳에서는 양과 염소와 심지어 게르마저도 사나운 돌풍에 휩쓸려 어딘지도 모르는 곳까지 날아간다고 하지 않던가. 바람에 휩쓸려 그 어딘가로 갈 수 있다는 것은 참으로 매혹적이지만, 어찌 그 사나운 바람 속에서 뛰어내릴 수 있겠는가. 그렇게 한참을 붉은 구름의 흐름을 바라보고 있었다. 다행히도 검은 슬래그가 부글부글 끓고 있는 용광로처럼 붉은 번개를 머금은 먹장구름이 저 멀리 서쪽으로 물러가고 있었다.

이 모든
아무것도 아닌
것들을

조금 열어 둔 텐트의 방충망을 넘어서 아침 햇빛이 내 뺨에 이르렀다. 아침부터 한쪽 뺨이 지평선을 건너온 햇빛에 타오르면서 잠에서 깨어났다. 무슨 일이 있었던가. 어젯밤 나는 기어이 내 그림자 아래 오래도록 앉아 있었다. 텐트 안에서 머리 위에 랜턴을 달고 그 희미한 빛 속에 오로지 내 그림자 속에 들어앉아 있었다.

게르 안에서 베개를 하나 가져와야지 생각하다가 그대로 텐트 안에 쓰러져 잠들었던 모양이었다. 뒷목과 오른쪽 어깨가 무거웠다. 하루의 그 모든 피로가 고스란히 남아 있는 것 같았다. 불쾌한 밤을 지나왔다. 어제는 잊어버리자. 처음 텐트를 쳐 봐서 그런지 혹시나 늦을지도 몰라 서둘러 텐트를 접기 시작했다. 늘 그렇듯이 아침밥은 거르기로 했다. 주변이나 둘러볼 생각이었다.

좀체 불쾌한 기분이 사라지지 않았다. 어젯밤 전혀 모르는 이의 무례한 처사가 못내 불편했다. 맨발을 꼼지락거리며 비스듬히 누워서 아무렇지도 않게 내뱉는 저속하고 천박한 말들. 저 편안하기까지 한 거드름이라니. 낯선 곳에서 누구나 자기도 모르게 들뜨게 되고, 그 낯선 감정을 감추거나 다스리기 위해 오히려 과장된 여유를 부리기도 한다. 딱 그 모습이었다. 마치 텃세라도 부리는 것처럼 다른 이를 아랑곳하지 않으면서 얻게 되는 그런 안식이랄까. 아마도 그 어리석은 자는 그런 게 필요했던 모양이었다. 그럴 수도 있겠다 싶어서 나는 굳이 따지려고 들지 않았다. 어디에나 그런 사람들은 있기 마련이니까.

아침 식사를 거르고 바위 위에나 앉아 있다가 오려고 밖으로 나갔다. 게르 근처 낮은 바위에 올라앉아 있었다.

그러니까 황무지란 아무것도 없는 곳이어야 한다
뜨거운 햇빛 아래 잠시 서 있는 것도
함께 같은 지평선을 오래오래 바라보는 것도
서로 딴생각에 사로잡혀 있을 뿐인 것도
아무것도 아무것도 없어야 한다

그러나 나는 구름을 바라보려고 했다

오늘은 별을 볼 수 있을지

그렇게 하늘을 헤아리려고 했다

얼마만큼 왔으며 또 내일은 어디까지 가야 하는지

이름이 무엇이고 그래서 이런 것이라는

온갖 것들에 휩싸여 있었다

아무것도 아닌 것들로만 가득했다

차 안에서 불편한 엉덩이를 탓하고

발 뻗을 자리를 구하고

잠시 너를 생각하고 누군가를 미워하고 잊으려 하다가

다시 사악한 영혼처럼 사로잡혀 있고

햇빛과 먼지와 지나가는 트럭과 낙타와 길을

냄새와 역겨움과 어떤 황폐함을

그리고 또 편안한 잠자리를

이 모든 아무것도 아닌 것들을

정작 나는 찾아가고 있었는지 모른다

그런 게 나였고 이 지긋지긋한 삶이었고

한 점 붉은 먼지로 돌아가

온 세상을 이루는 것이었을지도

그러니까 황무지에서는 아무것도 아닌 것이 되어야 한다

너른 바위에 앉아 있으니 무심코 몇몇 문장들이 떠오르기 시작했다. 어젯밤 별들의 이동 경로를 따라가지 못한 탓이기도 했다. 어쩌면 내가 만든 상징의 공간에 다시 내가 갇혀 버린 것인지도 모른다. 바위샘물로 눈먼 자가 되기를 스스로 선택했지만, 그것은 내가 만든 상징이었다. 상징은 그 창조자를 해치지 않을 것이다. 아니, 어떤 이는 자기의 상징을 실천하기 위해서만 존재하는지 모른다. 그렇게 나는 이곳의 공허를 받아쓰고 있었다.

어떤
금기

짐을 챙기러 게르 안에 들어서다가 또 머리를 부딪쳤다. 문지방을 밟지 않으려고 아래를 내려다보며 들어설 때 종종 머리를 부딪치곤 했다. 짓쩍은 일도 아닌데 괜히 태연한 척 게르 안의 어둠을 둘러보고 있었다. 이곳에서는 아직도 금기를 중시하고 있었다. 오랜 원시신앙에 의해 형성된 것들이 점차 일상에 자리를 잡으면서 지금까지 이어져 온 것들이었다. 문지방을 밟으면 복이 나간다는 꾸지람은 어릴 때 흔히 들어 왔다. 그런데 문지방과 인생의 복락이 대체 무슨 연관이 있는 것일까. 금기는 이처럼 내게는 그 연결고리를 찾을 수 없는 허무맹랑한 미신에 가까웠다.

그러나 미신쯤으로 치부했던 금기들은 오랜 인류의 지혜였다. 금기는 자연과 신성을 숭배하고 두려워하여 궁극에는 세계와의 조화를 누리고자 했던 오랜 삶의 방편이었다. 만약 인도에서 암소 숭배사상이 없었다면, 그 많은 인구가 충분히 먹을 수 있는 식량을 얻지 못했을 것이다. 인간이 먹어야 할 식량으로 소를 키워서 그 고기를 먹게 된다면 많은 이들이 굶주리게 되기 때문이다. 그러니 인도에서는 종교의 절대성을 통해 암소를 먹지 못하도록 했던 것이다. 금기는 많은 이들이 살아갈 수 있도록 만든 지혜였다.

금기는 지역마다 조금씩 다르게 나타났다. 살아가는 환경이 다르기 때문이다. 이곳의 금기도 마찬가지였다. 물가에서 빨래를 해서는 안 된다. 모닥불에 오줌을 누어서는 안 된다. 음식을 먹다가 체한 자는 게르 안으로 끌고 들어가 죽인다. 복락의 상징인 문지방을 밟은 자는 불행해질 것이다. 하물며 사령관의 문지방을 밟았다면 필히 전투에 패할 것이고 그렇게 많은 사람들이 그로 인해 죽게 될 것이니 그 자는 극형에 처해야 마땅하다. 이러한 금기들은 이곳의 환경과 깊은 관련이 있는 것들이었다.

먼 하늘에 벼락이 내리치면 이곳 사람들은 두려움에 사로잡힌다. 혹시나 물가에서 빨래를 하지 않았는지, 들판에서 함부로 머리카락을 빗어 내리지는 않았는지 자신의 행동을 되돌아보게 된다. 짐승과 사람이 먹어야 할 물이 더럽혀져서는 안 된다.

금발의 젊은 외국인 여행자가 아침에 게르 문 앞에서 머리를 빗고 있을 때, 지나가던 이가 발걸음을 멈추고 뭐라고 조용히 말을 건네고 있었다. 나중에 알고 보니 밖에서 머리를 빗어서는 안 된다고 했다. 땅에 떨어진 머리카락이 새들의 발목에 묶여 해를 끼칠 수도 있기 때문이었다.

금기는 목축 생활을 이어 나가기 위해서 자연을 있는 그대로 보존해야만 되는 오랜 삶의 지혜였다. 물이 더럽혀지고 새가 날지 않고 들판의 풀들이 모두 사라지고 나면 그곳에 마지막으로 인간마저 사라지게 될 것이다. 이곳에서는 그 무엇도 지배하고 파괴하지 않는다. 일생 동안 쓰다가 낭비하고 버리는 것이 아니라 있는 그대로 고스란히 후대에 물려주는 것이 이곳의 삶이었다.

사형에 처할 정도로 무섭게 단죄하는 금기가 있다. 남을 음해하는 것은 죽음으로 그 죄를 대신해야 할 정도로 금기시하는 것이었다. 이런 검은 말들은 대체로 심각한 수준까지 왜곡되어 흘러 다니기 마련이다. 들판에서는 그 어떤 소리도 숨길 수가 없다. 게르 안에서 하는 말들은 게르 밖의 어둠 속까지 새어 나간다. 이 세상의 온갖 소리가 모두 자기를 향해 다가오는 들판에서는 검은 귓속말을 감출 수가 없다. 나쁜 말들은 게르 안에 숨을 수가 없다.

집은 성소^{聖所}다. 그곳은 경계를 통해서만 존재할 수 있다. 문지방을 밟지 않는 것은 안식과 평화와 신성이 함께 머무는 성소를 지키기 위한 행위였다. 경계를 짓밟는다면 성소는 사라져 버릴 것이다. 그러니 그 성소에서는 어떠한 나쁜 말도 삼가야만 할 것이다. 만약 그렇지 않다면, 성소는 그 나쁜 말들을 어둠 속으로 들판으로 온 세상으로 흘려보내 단죄를 부를 것이다.

한 사회를 유지하기 위해서는 반드시 사람과 사람 사이의 신의가 필요했다. 그래서 사악한 말들은 금기시되었던 것이다. 쉽게 어둠 속으로 번져 나가는 말들은 스스로 다스려야만 한다. 그것은 사회의 존속뿐만 아니라 한 인간의 성품과도 깊은 관련이 있다.

만약 누군가 금기를 어겼다면, 그것은 모두 다 낯선 황무지 때문이다. 그동안 감춰 왔던 것들이 이 황무지에서 들켜 버린 것이다. 자기도 모르게 자기 안의 추한 욕망들이 한순간 바닥에 떨어져 깨져 버린 것이다. 지나온 길에 바위샘물로 눈을 씻은 자만이 이 성스러운 땅에서 오랜 인간의 목소리를 듣게 될 것이다.

사라진다는 것,
그 매혹

황무지를 걷는 것은 뭐랄까, 마치 내가 사라지는 느낌이라고 할까. 처음 보는 이들과 이 고립무원의 길을 함께 가는 것은 더없는 즐거움이겠지만, 그들이 불편해진다면 이보다 더 괴로운 일은 없을 것이다. 사사로운 일들이 점점 더 곤혹스러워지기 시작했다.

"그나마 좀 살 것 같네."

마침 먼저 길을 걸어가게 되었을 때 이제야 좀 안식을 얻게 된 듯했다. 저 멀리 낮은 산을 넘어갈 것이라고 했으니, 그 방향만 따라가면 될 일이었다. 조금 걷다 보니 두 갈래 길이 나왔다. 아무래도 방향을 가늠해 보면 오른쪽 길을 따라가는 게 맞을 것 같았다. 계속 길을 걷다 보니 방향으로부터 길이 멀어져 에둘러 가고 있었다. 어차피 길보다 방향을 따라가는 게 더 좋겠다 싶어 나도 모르게 자연스럽게 길을 벗어나기 시작했다.

듬성듬성 자란 억센 풀잎 사이로 곳곳에 구멍이 뚫려 있었다. 혹시 뱀이 들끓는 곳이 아닐까. 이 구멍에서 뱀이 모조리 다 기어 나온다면 이곳은 뱀들이 서로 뒤엉켜 풀이 자랄 틈조차 없을 것이다. 누구에게 물어보지는 않았지만, 뱀이 아니라 사막쥐가 사는 구멍 같았다. 한낮의 맹렬한 햇빛 속에서 한 덩어리 불쌍한 생명이 돌아다닐 리는 없었다.

사막에 사는 쥐가 다람쥐처럼 귀엽게 생긴 사진을 본 적이 있어서 그런지 곳곳에 쥐구멍이 나 있는 황무지를 걷는 데도 그렇게 신경 쓰이지 않았다. 아마도 이런저런 이야기를 나누며, 아예 길까지 벗어나 있어서 그랬는지도 모른다. 사라진다는 것, 그 얼마나 매혹적인가. 모든 굴레로부터 규율로부터 벗어난다는 것은 아름답다. 하지만 사라진다는 것은 결코 쉬운 일이 아니다. 아니, 그 누구도 자기를 지워 버리는 행위를 아무렇지 않게 할 수는 없다.

사라지는 것은 죽음과는 다르다. 자기 파괴가 아니다. 다른 삶을 선택하는 것이다. 그래도 다른 삶을 선택하는 것은 두려운 일이다. 삶의 기반이 아무것도 없는 곳에서는 삶 자체가 불가능하기 때문이다. 길을 벗어나면서 사라짐의 매혹에 잠시 사로잡힐 뿐이다. 그러니까 그 매혹은 언제든 돌

아갈 수 있는 전제를 필요로 한다. 나에게는 아직 저 멀리 산 정상이 보이고 있었다.

사라진다는 것은 매혹된 그 순간에만 존재한다. 매혹은 오직 그 순간에 삶을 변화시킨다. 건너가지 않아도 이미 다른 세계와 마주하고 있는 것이다. 누군가 당신인 듯 뒤에서 내 이름을 부른다면, 과연 나는 뒤돌아볼 것인가. 돌아오지 않는 것이 여행이라고 누군가 말했으리라. 나는 그런 말을 믿지 않는다. 다른 삶을 꿈꾸어 본 적이 없다. 다른 삶이란 저 너머에 있지 않다. 나는 이곳에 있다. 나는 매혹되는 자다. 이곳에서 꿈꾸는 자다. 다른 삶, 그런 삶을 나는 바라지 않았다. 내가 찾는 아름다움은 그런 슬픔 속에서만 가능한 것이었다.

길을
벗어나다

어젯밤 내 그림자 아래에 앉아 있었지만, 지금도 길을 걸으며 내 그림자 속으로만 걷고 있지만, 그래도 좀 숨을 쉬는 것 같았다.

"무리를 벗어나서 그래요."

어제 울란바토르를 벗어나 점심 무렵에 당도한 초원에서처럼 내게 잠시 안식이 찾아왔다. 그 초원에서 양과 염소와 말들이 물웅덩이를 중심으로 모여서 풀을 뜯고 있었다. 어디에도 그늘 한 점 없는 곳에서 말들이 서로 바짝 모여 서로의 그늘이 되고 있었다. 척박한 환경에서 살아남기 위해서는 이렇게 집단을 이루는 게 자연의 순리였다.

그런데 오히려 무리로부터 벗어나서 안식을 얻는 것은 무엇이란 말인가. 나는 어제 보았던 초원의 말들을 자꾸만 떠올리고 있었다. 언어라는 것은 사실 나누는 것이 아닌가. 비록 새로운 언어가 기존 사회의 규율을 가르치는 암묵적

인 폭력으로부터 벗어나기 위해 어느 고독한 이에게서 탄생하는 것이지만 자칫 그 언어는 소통 부재의 벽을 쌓기도 한다. 그러나 진정 새로운 언어는 저 초원의 말처럼 서로에게 기대는 것이다.

새로운 언어도, 그 해석 불가능의 파괴된 언어의 파편도 실은 누군가에게 기대고 있는 것이다. 잘못 쓴 언어가 소통을 방해할 뿐, 위대한 언어는 아무리 난해하다 하더라도 읽을 수가 있다. 그때 그 누구도 하지 못했던 새로운 말을 듣게 될 것이다.

나보다 못한 상대를 불쌍하고 가련하게 여긴다는 '연민'의 사전적 의미는 단편적이다. 연민은 자기애다. 상대와 자기를 동일시하면서 자기가 처하게 될지도 모르는 불쌍하고 가련한 미래의 상황을 벗어나기 위한 감정이다.

연민과 같은 인간의 본능은 자기의 생명을 보존하려는 강렬한 의지를 이타적으로 실현한다. 햇빛뿐인 초원에서 서로의 그늘이 된다기보다는 모두가 자기의 그늘 안에 서 있는 것이다. 그것은 더없이 아름답다. 자기의 그늘 안에 서 있는 것 자체가 다른 이에게 또 다른 그늘을 만들어낼 수만 있다면 얼마나 좋을까.

내 그림자를
따라가면

"요즘은 주체에 대한 얘기를 많이 하는 것 같아요."

영화 얘기를 듣고 있었는데, 여러 다양한 장르에서도 이렇게 주체의 문제를 다루고 있는 모양이었다. 그 영화를 본 적이 없으니 대체로 줄거리를 듣고 나름대로 주제를 분석하는 것도 재미있는 일이었다. 물론 전적으로 이야기를 들려주는 이의 단편적인 기억과 슬픔, 다시 배열된 줄거리에 의존해야 하지만. 그러다 보면 이야기를 들려주는 이의 시각이 고스란히 드러나기도 한다. 오히려 그런 게 더 흥미로웠다.

나도 최근에 본 영화가 떠올랐다. 저예산 영화로는 꽤나 잘 만든 작품이었다. 영화에 대한 정보도 없이 유즈넷에서 다운 받아서 본 B급 영화에 나도 모르게 매료된 적이 있었다.

영화는 자기의 정체성에 대한 질문을 던지고 있었다. 수명을 다한 복제인간이 동일한 복제인간으로 거듭 대체되는 이야기였다. 복제인간이 가진 기억은 모두 주입된 것이었

다. 내가 들판을 걸으며 가만히 귀를 기울였던 이야기처럼 의도적으로 망각하거나 왜곡된 기억도 마찬가지라는 생각이 들었다.

이런 이야기들의 결말은 결국 이야기를 들려주는 이와 그 이야기를 이어 가는 이에게 모두 동일하게 주어진다. 나는 누구인가. 그렇다면 너는 무엇인가. 어떤 의미를 찾아온 것은 사실이었다. 초월적인 실재, 저 근원의 세계를 받아들이고 싶었다. 그것을 '신성한 시간'이라고 부를 수 있을지는 몰라도 이미 주어진 원초적인 세계를 맞이하면서 나는 어떤 의미를 찾고 싶었다. 하지만 그 의미라는 것은 이미 결정된 그 무엇이었다. 어쩌면 지금 이곳에 살아 숨 쉬는 나와는 전혀 무관한 것인지도 모른다. 나는 어떤 의미를 버리기 시작했다. 내게 의미는 진실이 아니었다.

언젠가 조지프 캠벨의 말을 메모해 둔 적이 있다.

사람들은 우리 인간이 궁극적으로 찾고자 하는 것이 삶의 의미라고 말하지요. 그러나 나는 우리가 진실로 찾고 있는 것은 그것이 아니라고 생각해요. 나는 우리가 찾고 있는 것은 살

아 있음의 경험이라고 생각해요. 따라서 순수하게 육체적인 차
원에서의 우리 삶의 경험은 우리의 내적인 존재와 현실 안에서
공명합니다. 이럴 때 우리는 실제로 살아 있음의 황홀을 느끼
게 되는 것이지요.

— 조지프 캠벨, 〈신화의 힘〉 중에서

황무지를 걷는 것에 무슨 의미가 있겠는가. 아무것도 없
다. 다만 그곳을 걷고 있는 내가 있을 뿐이다. 그것이 내 정
체성이고 내 살아 있음의 증거일 것이다. 말하고, 걷고, 숨
쉬는 그 모든 것만으로는 살아 있다고 할 수 없다. 그 무엇
으로도 규정할 수 없는 주체가 되었을 때, 오직 그 순간에
만 나는 존재한다. 이때 나는 내 안의 어떤 존재를 느끼기
시작한다. 그렇게 나는 내 그림자 속으로 걸어가고 있었다.

언제 따라왔는지 푸르공 ^{거친 황무지에 적합한 리시아산 승합차} 두 대
가 저만치 길 위에 서 있었다. 거리를 가늠해 보니 꽤 멀었
다. 어느덧 나는 길에서 상당한 거리를 벗어나 있었다. 보
이지 않는 푸르공 한 대는 갈림길에서 왼쪽으로 잘못 간 사
람들을 찾으러 간 모양이었다.

．
．
．
낙타는 지평선을 건너가지 않는다
불쌍한 애인지
바다의 묘지
나에게 없는 그 황금의 시간
밤하늘을 마시다
나는 염소자리

제3장

{ 별

}

낙타는
지평선을
건너가지 않는다

　원래 낙타는 아름다운 뿔을 갖고 있었다. 어느 날 사슴이 축제에 가기 위해 낙타의 아름다운 뿔을 빌려 갔다. 멋진 뿔을 달고 한껏 뽐을 내던 사슴은 결국 돌아오지 않았다. 그래서 낙타는 사막을 벗어나지 못하고 그 자리에서 사슴이 돌아오기만을 기다리고 있다고 한다. 이 신화를 잊고서 낙타를 이야기할 수는 없다.

　낙타는 기다림의 동물이다. 사막을 벗어날 수 없는 운명은 그 기다림 때문이다. 낙타가 느린 걸음으로 지나가는 사막은 온통 기다림으로 충만한 공간이 된다. 혹독한 사막에서 두 개의 혹을 달고 생존해야만 하는, 이 목이 긴 짐승의 슬픔은 사막을 기다림의 공간으로 바꿔 놓는다.

　무엇을 기다리는지조차 이제는 잊었을 것이지만, 어느덧 기다림은 생존의 조건이 되었다. 기다려 본 사람은 안다. 그것이 얼마나 가혹한 것인지를. 그 무엇이라도 기다려

본 자는 세월이 무참하게도 흘러가 버리기를 간절히 바랐을 것이다. 그러나 낙타는 세월마저 넘어서 먼 지평선을 바라보고 있다. 낙타는 저 지평선을 건너가려고 하지 않는다. 아마도 그곳에 자신이 잃어버린 것이 있으리라고 믿지 않았을 것이다. 잃은 것은 바로 이 사막에 있다.

낙타는 도망치지 않는다. 탈주하지 않는다. 나는 잘못 알고 있었던 것이다. 내가 따라간 어느 낙타의 길은 오로지 또 다른 곳으로만 향하고 있었다. 그곳에는 잃어버린 그 무엇이 없다. 잃어버린 것은 지금 내 앞에 있을 뿐이다. 삶은 다른 곳에 있지 않다. 나는 망각을 서슴없이 선택해 왔다. 기다림이라는 그 긴 시간의 고리를 끊고서 다른 삶을 꿈꾸었는지도 모른다.

그러나 얼마나 거룩한가. 낙타가 먼 지평선을 바라보는 이 충만한 시간은. 한없이 지연되는 살아 있음은. 이 황량한 아름다움은. 낙타가 느릿느릿 걸어가다 문득 멈춘 자리에 먼 지평선이 다가오고 있었다.

불쌍한
에인지

베개를 베지 못하고 잠들어서 그런지 오른쪽 어깨가 몹시 아팠다. 아침에 바위에 앉아 있을 때도, 빈 들판을 걸을 때도 괜찮았지만 멀미 때문에 어깨의 통증이 온몸으로 번진 듯했다. 사막으로 들어가는 첫 번째 도시 만달고비Mandalgovi를 향해 가는 동안 내내 푸르공에서 역방향으로 앉아 있다가 멀미를 하기 시작했다.

푸르공은 운전석 뒤쪽으로 두 개의 의자가 서로 마주보는 구조로 되어 있었다. 한 의자에 세 사람이 앉으면 움직일 틈조차 없이 자리가 꽉 찼다. 모두 여섯 명이 타면 무릎을 펴고 움직이기에도 불편했다. 그야말로 꼼짝없이 자리에 붙박여 있어야 했다. 비좁은 자리는 그나마 견딜 만했지만, 역방향의 자리는 힘들었다. 급기야 멀미를 하고야 말았던 것이다.

만달고비에 도착해 일행들이 식당으로 점심을 먹으러 간

사이에 나는 차 안에 앉아서 머리를 의자 뒤로 깊숙이 젖힌 채 멀미를 견뎌 보려고 했다. 아침도 안 먹은 사람이 점심마저 거르고 있으니 걱정이 되었는지, 일행 중 한 사람이 나를 부르러 왔다. 괜찮다고 하고서 좀 움직이면 나을까 싶어 밖으로 나와 몇 걸음 걷다가 딱히 앉아 있을 그늘도 마땅하지 않아 지하 식당으로 들어가 억지로 국물을 조금 뜨다가 나왔다.

내가 타고 있던 차량에 가이드 한 명이 핸드폰을 들여다보며 가만히 앉아 있었다. 에인지였다. 점심도 거른 것 같았다. 고개를 숙인 채 핸드폰만 두 손에 꼭 쥐고 있었다. 알고 보니 다른 차량에서 구박을 당한 모양이었다. 다른 가이드 두 사람은 한국말이 유창한 데 비해 에인지는 매우 서툴렀다. 나름대로 열심히 해 보려고 이것저것 말도 걸어 보고 하려던 게 그만 화근이 되었다. 대답을 잘 알아듣지 못해서 자꾸 무슨 말인지 되묻다 보니 귀찮다는 핀잔을 들은 것 같았다.

에인지는 결국 내가 타고 있던 차로 쫓겨 온 것이었다. 그 모습이 안쓰러웠다. 멀미에 정신이 혼미한 내가 누구를 염려할 입장도 아니었다. 그래도 몇 마디 말을 걸어 보고 이것저것 이곳의 말들을 물어보며 둘이 차 안에 앉아 있었다. 그러다 보니 차가 다시 출발할 때쯤 멀미도 사라지고 없었다. 나는 정방향이었고, 에인지는 내가 앉았던 역방향 자리였다.

내가 날아가는 솔개를 가리키며 이름이 무엇이냐고 묻자 에인지는 "쁘르긋뜨"라고 두 번 대답해 주었다. 그 이름을 따라서 두 번 발음해 보았다.

"쁘루그으트."

"쁘르긋트."

나는 이름을 가르쳐 준 답례로 '아저씨'라는 말을 '오빠'로 교정해 주었다. 물론 그녀는 이 말을 처음 듣는 것은 아닐 텐데, 마치 햇볕이 맑은 창가에서 처음 배운 단어처럼 몇 번이나 발음해 보고 있었다.

바다의
묘지

    푸르공이 뒤쪽 언덕을 돌아 올라간 곳에서 거대한 묘지가 내려다보였다. 차강 소와락. 오래전 바다였다고 한다. 그래서 물고기 뼈가 발견되기도 한다고. 어디 이곳뿐이었으랴. 굳이 바다를 이야기하는 것은 이곳의 지형이 마치 땅이 물결치는 듯 바다를 연상시키기 때문일 것이다. 분홍으로 물들어 단층을 이룬 석회암 절벽에서 아래를 내려다보면 거대한 파랑이 일어 주황과 갈색과 맑은 햇빛으로 그대로 굳어 버린 듯한 장관이 펼쳐져 있었다. 나는 이곳을 '바다의 묘지'라고 불렀다.

    절벽 끝에 여행자 한 사람이 서 있었다. 그리고 그 뒤에 또 한 사람이 서 있었다. 두 사람은 서로 다른 곳을 바라보고 있었다. 나는 바다의 묘지를 내려다보는 것보다는 오래도록 그들을 건너다보고 있었다. 이곳은 뛰어내려야 할 절벽이 아니었다. 가파른 절벽 끝에 서 있어도 고소공포증을

느낄 수 없었다. 하늘만이 새파랗게 일렁였다. 천길 절벽 아래 분홍바다는 고요했다. 이 바다의 묘지 위에서는 결코 죽음을 향해 뛰어내리고 싶은 욕망이 느껴지지 않았다. 이미 그 죽음은 수만 년 동안의 침묵 속에서 고요할 뿐이었다.

바람이었는지, 눈물이었는지, 누군가 이곳에서 춤을 추고 있었다. 햇빛이었는지, 아니면 절벽에 선 어떤 발걸음이었는지, 파도 한 자락에 실려 온 물거품이었는지, 기억나지 않는 어느 오랜 꿈이었는지 모를 그런 몸짓이 오랫동안 바닥에 쓰러져 있었다.

나는 그 절벽 끝의 어워에 그림자 하나만을 두고 올 수는 없었다. 그렇지만 내가 할 수 있는 일이란 그저 그 옆에 함께 서 있는 것뿐이었다. 세상은 온통 빛바랜 하닥과 돌과 저 멀리 멈춰 버린 갈색 풍랑과 구름과 언뜻 보이는 푸른 하늘뿐이었다.

죽은 자를 부르는 그 어떤 악기도 나에게 없었지만, 나는 그 죽음을 다시 부르려 하고 있었다. 빈손뿐이었다. 귀신이 찾아오며 내는 으르렁거리는 소리를, 먼 천둥소리를, 내 비어 있는 두 손으로는 그 죽음을 불러낼 수가 없었다. 나에게는 오로지 두 귀뿐이었다. 바람소리만을 간신히 들

을 수 있는 내 두 귀만이 나의 악기였다. 바람을 다스리는 푸른 하닥처럼, 나는 바람소리를 듣고 있었다. 불러내고 있었다.

구름 사이로 하늘이 짙푸르게 드러나기 시작했다. 뛰어내려야 할 곳은 절벽 아래가 아니라 저 푸른 하늘이었다. 저 먼 남쪽 하늘에서 밤이면 은하수가 솟아오를 것이다. 그곳으로 가면 되는 일이었다. 밤새 지평선 앞에 서서 은하수를 기다리면 되는 일이었다. 서너 걸음마다 지는 별을 볼 수 있는, 한없이 너른 들판으로 내려가고 싶었다.

나에게 없는
그 황금의
시간

캠프에 붉은색의 커다란 차량이 세워져 있었다. 'Das Rollende Hotel'이라고 큼지막하게 쓰여 있는 여행자 버스였다. 뒤쪽으로 작은 창문이 3층으로 나 있는 것을 보니 침대칸인 듯했다. 롤렌데 호텔, 달리는 호텔이었다. 이 험로에 저런 버스가 달릴 수 있을까 싶었지만 오히려 커다란 바퀴는 작은 웅덩이도 아랑곳없이 지나갈 수 있을 만했다.

독일인들이 이동식 호텔 앞에 탁자를 펼치고 저녁 식사를 차리고 있었다. 테이블보를 펼치고 준비해 온 와인잔까지 가지런히 올려 두었다. 물론 식탁 앞에는 흰색 의자가 놓여 있었다. 플라스틱 의자였지만 마치 처음 보는 신기한 물건처럼 여겨졌다. 이 사막에 의자라니, 탁자와 테이블보와 와인잔이라니!

한결 여유로워 보였다. 그런 여유가 오히려 이곳에 일찍 도착할 수 있는 비결인지도 모른다고 생각했다. 이들은 하

루에 먼 거리를 이동하지 않고 조금씩 천천히 길을 달려왔을 것이다. 느릿느릿 하루 묵을 곳을 찾고, 또 멋진 식탁을 만들었을 것이다.

저 여행자 버스를 타려면 물론 값비싼 비용을 지불해야 한다. 유럽인들이나 가능한 일이다. 나는 저 호사가 다른 이의 노동력을 착취한 대가라고 굳이 말하고 싶지 않았다. 세계화와 신자유주의와 불공정 무역을 떠올리고 싶지 않았다. 단지 나는 내게 없는 저 여유로움이 부러울 뿐이었다. 비좁은 차량에 다닥다닥 앉아서 하루 종일 먼 거리를 달려가야 하는 불편하고 바쁜 일정 때문에 아무것도 생각할 수 없는 것이 아쉬울 뿐이었다.

단 둘만이 랜드 크루저를 타고서 초원과 사막을 달리지 않더라도 고급 여행자 버스를 타고 느짓느짓 풍광을 즐기며 쉬어 가지 않더라도 나는 조금은 느리게 가고 싶었다. 걸어서 가는 것도 좋았다. 그럴 수 없다면 하루에 짧은 거리만을 이동하고 충분히 쉬어 가는 일정도 괜찮다. 그만한 대가는 결국 시간이 치러야 한다.

나에게 없는 것은 바로 그 시간이었다. 해가 지기 전에 텐트를 쳐야 하고, 세면장 문 앞에서 기다리는 이를 위해

서둘러 몸을 씻어야 한다. 그사이에 석양을 잠깐 바라봐야 하고, 게르에 따뜻한 물을 가져다 달라고 부탁해야 하고, 저녁 식사에 늦기 전에 짐을 풀어 놓아야 한다.

밤하늘을
마시다

저녁 들판은 광활했다. 어디를 보아도 지평선뿐이었다. 하늘이 뻥 뚫린 곳에서 하룻밤을 지낸다는 것은 그 어느 것으로 채우지 않고 비워 둔 적막한 시간과도 같았다. 한 줌의 물로 겨우 얼굴만 씻지 않아도 되었다. 염소고기가 나온 저녁 식사는 만족스러웠고, 석양에 걸어 둔 텐트는 바람 한 점 없이 고요했다.

텐트 안에 누워서 눈을 감고 있으면, 이 세상 모든 발자국 소리가 말갛게 들려왔다. 그 모든 발걸음들이 오로지 나를 향해서만 다가오고 있었다. 어스름 속에서 언뜻 박쥐가 보이는 듯했고, 랜턴의 불빛을 따라서 온 들판의 날벌레들이 찾아왔다. 온갖 소리들이 들리기 시작했다.

별이 뜨는 소리도 누군가의 탄성 속에서 멀리 들려왔다. 별자리를 찾아서 들판으로 걸어가는 발소리도 들렸지만, 나는 내 별자리를 이어 주기 위해서 한동안 침묵하고 있었다. 이곳은 내 하룻밤의 집이며 사원이었다.

나는 작은 성소를 위해 주문 하나를 완성하려고 했다. 그 문장으로 어둔 밤처럼 모든 것이 충만해지는 것은 아니라 하더라도 나는 검은 휘장 하나를 둘러서 밤의 또 다른 세계를 불러내고 싶었다. 그리고 나에게 한없이 느린 시간을 선사하고 싶었다.

사막의 별 아래에서 검붉은 시간을 꺼냈다. 와인이었다. 잠시였지만 내게 느린 시간이 찾아왔다. 무슨 이야기였는지 사사로운 것일 뿐이었지만, 와인 한 병이 바닥을 드러냈다. 느린 시간을 너무나 빨리 소진해 버리고야 말았다.

그 맛을 누군가 묻는다면, 사막의 밤하늘을 다 마셔 버린 것 같다고 말할 것이다. 물론 그러기 위해서는 와인 두 병이 더 필요했을 것이다. 다음 날 종일 시체가 되어 별무덤에 묻혀 있는 것을 각오한다면 말이다. 다행히도 별을 따라가는 누군가의 발자국 소리가 들려왔을 때 와인병 바닥으로 사라졌던 밤하늘이 다시 은하수 뒤쪽으로 올라가고 있었다.

나는
염소자리

나는 검은 밤하늘을 올려다보았다. 칠흑의 어둠이 아니었다. 그렇다고 하루해가 길어서 지평선을 넘어간 태양이 여전히 밤하늘에 영향을 미치는 것도 아니었다. 인간의 눈으로 볼 수 있는 별은 6천여 개에 이른다. 이곳 북반구에서 볼 수 있는 별만도 3천 5백여 개라고 한다. 6등성까지 모두 밝게 떠오른 밤하늘은 그저 짙은 검은색만이 아니었다. 검은색이 어떻게 맑은 빛을 품고 깊어질 수 있는지 이곳의 밤하늘은 그대로 보여 주고 있었다.

다 저문 석양 앞에 겨우 무릎을 대고 앉아 있다
내가 갈 수 없는 저곳에서
저녁별이 떠오르기를 기다리고 있다
갈색 염소와 어느 사내의 눈빛을 닮은 양들이

작고 둥근 똥을 싸며 지평선을 건너오기 시작한다

한평생 기른 가축들을 끌고 누군가

밤하늘을 건너가려고 한다

내겐 기르던 개마저도 떠났다

종일 물 한 모금만으로도 배고프지 않았는데

밤새 저 순한 가축들을 따라서

초원의 풀들을 모조리 뜯어먹고 싶다

내 텅 빈 눈빛마저 뿌리째 뜯어먹고 싶다

짐승의 썩은 내장처럼

찢어져 나뒹구는 타이어 조각

어디에서 떨어졌는지 모르는 녹슨 쇠붙이와

돌조각과 모래와

천천히 제 무거운 몸을 끌며 지나가다

문득 검은 비를 내리는

구름이 있다

지평선에 반쯤 걸쳐 있는 흐린 별자리가 있다

나는 염소자리

느릿느릿 풀을 뜯고 지나간 자리에

이제 막 새로 생긴 검은 초원이 펼쳐져 있다

밤하늘 저편에는 이곳과 똑같은 세상이 있다고 한다. 별빛은 저편 세상의 목동들이 잠자리에 들기 위해 펼쳐 든 가죽 천의 닳은 구멍 사이로 모닥불이 비쳐 나오는 것이라고 한다. 그래서인지 밤은 낮과 달리 매우 추웠지만 별빛만은 따뜻했으리라. 아마도 저 먼 곳에서 피운 모닥불의 환한 빛이 아니었다면 밤새도록 추위에 떨며 별을 올려다보지는 못했을 것이다.

지평선에 은하수가 떠오르고 있었다. 낮에 보았던 한 떼의 양과 염소가 다른 지평선을 향해 밤새 건너가고 있는 듯이 보였다. 어느 외로운 목동이 자기가 키운 가축을 모두 데리고 밤하늘을 지나가고 있었다. 은하수는 어느 사내가 한평생 기른 염소와 양들을 끌고 무릎까지 풀이 자라오른 넓은 초원을 찾아가는 길이었다. 내 주문은 완성되지 않았지만, 그 이야기는 남았다.

"다른 초원에는 풀이 많을 거야. 그곳으로 가면, 너한테로 가면."

저 사내가 부러웠다. 더 이상 지킬 게 없어 기르던 개마저 떠난 탕자처럼 나는 은하수를 올려다보고 있었다.

"그래, 다른 초원에는 별이 많겠지."

·
·
·

사막도시를 지나서

땅의 묘지

투바인 여자들이 모여서 노래 부른다

해발고도 1,900미터의 적막

언덕 위의 빈 들판

격자무늬 구름의 집, 게르

별은 왜 뜨는가

제4장

{ 아름다움에
병든 자 }

사막도시를
지나서

 사막에서 물을 찾으려면 낙타가 지나간 길을 따라가야
한다. 하지만 거센 바람은 모래사막 위에 난 희미한 발자국
마저 이내 지워 버린다. 더 이상 발자국을 따라갈 수가 없
다. 그래서 유목민들은 주변에 남은 낙타 똥을 보고 물을
찾는다. 나는 유목민이 아니라 그저 이곳을 지나가는 자였
다. 생수는 이틀에 한 번쯤 지나치게 되는 폐허 같은 마을
상점에도 가득했다. 나는 목이 마르지 않았다. 겨우 한모
금의 물을 마셨을 뿐, 사막에 들어서면서 붉은 모래 먼지에
목구멍 속 깊이 메말랐어도 목이 마르지 않았다. 나는 대신
은하수를 찾고 있었다. 양과 염소가 밤하늘을 지나가며 남
긴 싱싱한 똥을 찾고 있었다.

 그러나 자정 무렵 잠시 별이 뜨는 것도 모른 채 나는 술
에 취한 어리석은 자와 마주하고 있을 뿐이었다. 어제저녁
일부러 일행들로부터 벗어나 홀로 텐트를 치고 들어앉아

있었던 것이 미안해서 잠시 몇 잔의 술을 나누다가 나왔다. 밖이 소란스러워 다시 나오니 별빛 하나 없이 한 발짝 앞도 분간하기 어려운 어둠 속이었다. 누군가 랜턴도 없이 화장실을 찾아가다가 돌에 걸려 넘어진 것 같았다. 별이 뜨지 않은 밤이라 홀로 잠들기도 쉽지 않아서 그랬는지 나는 또 몇몇 일행들이 모인 게르로 들어갔다.

조금 뒤 내가 그 게르를 나왔을 때 나는 나조차도 감당하기 어려운 폐허를 뒤에 남겨 두고 왔다는 사실을 깨달았다. 한없이 일직선으로 걷다 보면 화가 풀릴 것이라는 어느 에스키모 부족의 오랜 지혜가 나를 어둠 속으로 이끌었다. 작은 랜턴을 하나 들고 무작정 걷기 시작했다. 내 그림자가 보이지 않을 때까지 걸어가야 했지만, 한쪽 손에 들린 랜턴의 희미한 불빛은 오로지 내 그림자만을 붙들고 있느라 힘겨워 보였다.

조그만 건전지 세 개가 들어 있는 랜턴을 끄고 그 자리에 앉았다. 더 이상 앞으로 나아갈 수 없는 것은 저 어둠 속에 무엇이 있는지 알 수 없기 때문이었다. 어느 사악한 괴물이 피를 흘리며 울부짖는 소리가 먼 지평선을 타고 둥글게 온 세상을 잠식해 오는 것처럼 그 두려움은 내 걸음의 가파른 골짜기 가득 번지고 있었다. "개인이야말로 유일한 현실이다" 〈인간과 상징〉라고 한 이는 칼 구스타프 융이었다. 내 격정과 분노는 내 그림자가 사라진 곳에서 유일한 나의 현실을 가리키고 있었다.

여전히 발가락이나 까딱거리듯 함부로 지껄여 대는 사악한 말들을 더 이상 듣고 있을 수가 없었다. 그 검은 말들을 집어치워라! 그것은 아무것도 아닌 인간에게 그저 아무것도 아닌 인간으로 남게 하는 것과 다르지 않았다. 그러니까 나는 아무것도 아닌 것에 화를 냈던 것이다. 아무것도 아닌 인간에게.

내가 걸어간 어둠 속은 통째로 벗겨져 사막에 버려진 검은 염소의 가죽보다도 작았다. 나는 그곳에서 개도 짖지 않을 빈 웃음소리만을 헛헛하게 내고 있었다. 몸뚱이를 잃고 가죽만 남은 죽은 염소처럼. 기어이 별은 뜨지 않았다.

땅의
묘지

고도가 높은 땅 위에 흰 구름이 가까이 내려와 있고, 가끔 한 줌의 빗방울을 내려놓는 조막만한 구름이 멀찍이 지나갔다. 구름 너머 역광마저 푸르게 잡아당기고 있는 드넓은 하늘과 그 아래 먼지 묻은 풀과 돌과 그리고 가축이 지나간 자리에 남은 마른 배설물이 가득했다.

그러나 황무지를 지나치며 볼 수 있는 것은 한가로이 풀을 뜯는 양과 염소의 무리, 주인 없이 돌아다니는 낙타, 말을 타고 가는 어린 목동만은 아니었다. 찢어진 폐타이어, 죽은 동물의 뼈, 버려진 신발, 어디서 떨어져 나왔는지 알 수 없는 고철 덩어리, 빈 술병 등이 황무지 길가에 널려 있었다.

점점 야생부추와 허브 향이 가득한 초원은 사라지고 듬성듬성 사막식물 하르간이 마른바람에 굴러다니는 건초 더미처럼 자라 있었다. 하르간이 깊이 뿌리를 내리고 주변의

물기를 모조리 빨아들인 땅은 더욱 메말라서 다른 식물이 살 수가 없었다. 황무지로 더 깊이 들어갈수록 하르간이 자란 땅은 봉긋하게 솟아 있었다. 사막식물의 뿌리가 깊이 내린 곳은 바람에 쓸려 가지 않고 남아서 땅의 무덤을 이루었다. 이곳은 땅이 죽은 곳이었다.

그렇다고 해도 이 죽음의 땅은 모든 것이 끝난 곳이 아니었다. 낙타 한 마리가 억세고 가시가 많은 하르간의 잎을 가지째 뜯어먹고 있었다. 어금니로 잎과 가지를 씹는 소리가 제법 경쾌했다. 주변의 물기를 모조리 빨아들여서 그런지 하르간을 씹는 낙타의 입속이 침과 수분으로 가득했다.

풀이 자라지 않는 거친 땅이라는 이름은 혹독하다. 그렇지만 이 암석사막에서 마주하게 되는 죽음은 오히려 끈질기게 살아 숨 쉬는 생명체와 같았다. 앞서 가는 푸르공이 연막탄처럼 황사먼지를 휘날리며 지나온 길을 지우고 있을 때도, 지워지지 않는 어젯밤의 사나운 꿈이 자꾸만 뒤미처 따라올 때도, 나는 은빛의 알타이산맥을 건너다보고 있었다.

투바인 여자들이
모여서
노래 부른다

알타이산맥의 안쪽으로 말을 타고 들어가면 온갖 야생화가 피어 있고, 구름이 지나가지 않아도 깊은 그늘이 서늘하게 맑은 빛으로 드리워진 아름다운 계곡이 있다고 했다. 한여름인데도 계곡에 아직 녹지 않은 빙하가 푸르게 빛나고 있다고. 이곳에서 볼 수 있는 가장 아름다운 곳이라고.

대상을 소유할수록 나는 그것으로부터 더욱 멀어질 뿐이다. 소유한다는 것 자체마저 아름다움의 본질과 무관하다. 그러나 나는 모든 것을 바쳐서라도 그 아름다움을 갖고 싶었다. 가져서는 안 되는 것을, 가질 수 없는 것을 가지려고 했다. 설령 그것이 나를 파멸에 이르게 한다고 해도 나는 아름다움을 갖고 싶었다.

나는 이미 알고 있었는지 모른다. 바위샘물로 두 눈을 씻고 사막의 황량한 아름다움을 볼 수 있으리라는 믿음은 어쩌면 나 자신을 영원으로 환원하고 싶은 열망 때문이었을 것이다. 그래서 아름다움에 병든 자를 이해한다는 것은 불가능하다. 그는 이미 아름다움 그 자체로 자신을 환원해 버렸다. 그래서였을까. 혼자 남기로 했다. 다시 못 본다 한들 그 아름다움은 사라지지 않는다. 이름으로만 남은 계곡을 계속 그 이름으로만 남도록 하고 싶었다. 아침 일찍 길을 떠나기 위해 서둘러 짐을 챙기고, 뭐 놓고 가지나 않을까 구석구석 둘러보는 눈길 대신 나는 그저 하루만이라도 혼자가 되기로 했다. 느지막이 침대에서 일어나 점심을 먹고 먼 잿빛 산맥이 바다처럼 펼쳐진 곳을 바라보며 언덕 위를 걷고 싶었다.

어젯밤에 들려온 노랫소리 때문이었다. 작은 탁자에 둘러앉아서 게르의 문을 열어 놓고 투바인 여자들이 노래를 부르고 있었다. 어린아이를 저마다 무릎 위에 안고서 노래를 부르고 있었지만, 오히려 다른 이의 노래를 가만히 서로 듣고 있는 것 같이 그들은 귀가 맑은 고요 속에 오래도록 앉아 있었다.

그렇게 그이들은 저녁 노래를 불렀다. 석양은 언제나 느리게 저물고 별이 뜨기까지는 아직 이른 것이어서 서로 모여 앉아 부르는 그 노래는 저녁 내내 끊이지 않고 머뭇거리

는 일몰과 늦은 어둠을 따뜻하게 이어 주고 있었다.

그 노랫소리가 혼자 남은 게르 안에 다시 들리기 시작했다. 천창天窓 위를 스쳐 가는 바람소리였다. 어젯밤 내가 뒤에 남겨 두고 온 폐허 때문이었는지 더욱 그 노래가 다시 듣고 싶었다. 그 적막한 시간 속으로 다시 들어갈 수만 있다면.

고대의 언어는 침묵으로부터 탄생했다. 막스 피카르트는 그것을 '사건'이라고 했다. "모든 말들은 그 가장자리가 침묵에 둘러싸여 있다. 그렇게 됨으로써 말은 맨 먼저 자기 자신이 되며 그다음에 비로소 다음의 말 곁에 있게 된다."〈침묵의 세계〉 말은 저 홀로 막다른 절벽을 마주하고야 만다. 그때 침묵은 더 이상 이어질 수 없는 말을 어둠 속으로 이끈다. 급기야 침묵은 다른 말을 불러낸다. 침묵은 다른 말에 가까스로 다가서려고 한다. 그렇게 해서 다른 말들이 탄생한다. 그 자리에 비로소 나와 당신이 있는 것이다.

말갛게 늦별마저 다 뜰 때까지 잠자리에 들어야 할 하루의 마지막까지 어젯밤 그이들은 노래를 이어 부르고 있었다. 아버지의 이름을 성姓으로 받은 아이들을 안고서 저녁 어둠에 하루가 툭 끊겨져 버리지 않도록, 그 낮은 목소리로 이어 온

삶을, 귀를 기울여 서로 노래 부르고 있었다. 별들이 밤하늘
을 혼자서도 짊어지고 갈 수 있을 때까지는 그 오래된 노랫
말은 그치지 않고 있었다. 그 성스러운 노래를 들었다.

해발고도
1,900미터의
적막

　적막했다. 침대에 팔베개를 하고 누워서 천창으로 구름이 흐르는 것을 한참동안 올려다보았다. 알타이산맥의 끝자락에 지은 게르에 누워서 바람이 높이 지나가는 소리를 듣고 있었다. 해발고도 1,900미터의 산자락을 지나가는 바람은 제법 세찼다. 그래도 반쯤 열어 둔 문이 바람에 삐꺽거리는 소리가 마치 누군가 인기척을 내며 뭐하느냐고 들여다보는 것 같았다. 혼자 있는 것 같지 않았다. 한차례 세찬 바람에 끈이 풀린 문을 다시 잡아매면서 잠시 햇빛 맑은 문밖을 내다보다가 탁자에 돌아와 앉았다. 머리 위를 지나가는 바람 대신 문밖의 햇빛을 바라보고 있었다.

　아침에 받아 둔 보온병의 뜨거운 물로 커피 한 잔을 만들어 탁자에 다가앉아 있으니 어쩐지 좀 낯설었다. 핸드폰을 가져오기는 했지만 아예 로밍을 하지 않았기 때문에 그 어디서도 연락이 올 일은 없었다. 게다가 이곳은 아예 통신

마저 되지 않는 지역이니 그 누구든 나를 부르려면 내 게르의 문을 여는 수밖에 없었다. 다급하게 일거리를 건네고 사라지는 목소리도 광고 문자도 나의 게르까지는 들어올 수가 없었다. 함부로 내 시간을 점령하던 그 전화벨이 더 이상 울리지 않았다. 아무 때나 불쑥 나를 불러내던 그 강제된 시간이 이곳에는 없었다. 그런데 내가 할 수 있는 일이라는 게 이곳에는 아무것도 없다는 사실이 나를 낯설게 만들었다. 그동안 나는 아무것도 하지 않아도 되는 시간을 가져 보지 못했던 것이다.

문명으로부터 멀리 외떨어진 낯선 오지를 가는데도 여행 짐 하나 내 손으로 꾸리지 못했다. 단 며칠이나마 자리를 비우는 일이 여간해서 쉽지 않았다. 그 빈자리를 채우기 위해 가까스로 일을 마무리하고 나자 내게 주어진 것은 이미 출발하기에 늦은 시간뿐이었다. 공항으로 가는 리무진을 기다리다가 비행기가 연착되었다는 소식이 들려왔을 때 나는 겨우 마음을 놓을 수 있었다.

그 어떤 지시와 의무를 수행할 필요도 없는 상태에 놓여 있고 보니 가장 먼저 내 몸이 본능적으로 이 낯선 시간을 느끼기 시작했다. 몸은 지극하게도 수동적이었다. 외부 환

경의 변화에 적응하기 위해서 우리의 몸은 맹목적이며, 게다가 무목적적이기까지 했다. 그저 우연에 내맡길 뿐이었다. 이런 것들이 진화의 원리가 아니었던가. 살아남기 위한 저 생명의 원리들이 나는 어딘가 대단히 수동적으로만 느껴졌다. 어떤 일을 해야만 되는 그 일상의 질서가 위반된 순간을 내 몸은 낯설게 반응하고 있었다. 오로지 그 폭력에 길들여지려는 것만이 내 몸이 가진 유일한 근원이었다니!

탁자에 앉아서 노트북을 열고 빈 페이지를 불러내는 것은 이 낯선 시간에 적응하려는 자기보호본능처럼 느껴졌다. 8.9인치 모니터에 천창을 지나가는 구름과 바람과 문밖의 햇빛을 옮겨 오기 시작했다. 그리고 아무것도 없는 사막의 길을 다시 떠올리기 시작했다. 몇 개의 문장들이 이 낯선 적막에 적응하느라 단어와 단어 사이의 고리를 채 연결하지도 않고서 바람처럼 지나갔다.

도스토옙스키는 미하일에게 보낸 편지에서 5년 동안 간수의 지배를 받으며 단 한순간도 혼자 있은 적이 없었다고 했다. 혹독한 추위와 굶주림과 새파란 폭력보다도 더 견디기 힘든 것은 혼자가 될 수 없는 것이었다.

혼자 있다는 것은 마시고 먹는 것처럼 정상적인 생존의 필수 조건입니다. 이렇게 강제적인 공동생활을 하는 가운데 인간을 증오하게 되어 버립니다. 사람들과의 접촉은 독이나 전염병처럼 작용해서 이 4년 동안 무엇보다도 그것을 참는 일이 고통스러웠습니다. 죄가 있는 사람이든 없는 사람이든 내가 만나는 모든 사람들을 증오하고 그들이 태연스럽게 내 목숨을 훔쳐 가는 도둑처럼 보일 때도 있었습니다.

— E. H. 카, 〈도스또예프스끼 평전〉 중에서

혼자가 되었을 때 비로소 우리는 어떤 꿈을 꾸게 된다. 한 작가의 목숨은 위대한 꿈속에서만 숨을 쉴 수 있는 것이었다. 그러한 꿈을 꿀 수 없을 때 그 누구도 받아들일 수 없을 정도로 극도로 피폐해질 수밖에 없을 것이다.

인간은 외로움이라는 고통을 벗어나려고 했다. 신의 목소리를 들었고, 한때는 명예를 따라서 국가를 위해 목숨마저 바쳤다. 이제 인간의 불안은 과학기술에 의지해서 손쉽게 잊을 수 있는 것이 되었다. 혼자가 된다는 것은 소외라는 사회적 죽음과 동일한 것으로 인식되었다. 그래서 끊임없이 누군가와 다양한 소통을 하려고 한다. 그러나 그러한 소통은 오로지 자기만의 고통을 잊으려는 것이지 세계와 마주한 행위는 아니었다.

혼자가 되었을 때, 내가 마주한 것은 낯선 적막이었다. 그 적막이 나에게 구름과 바람과 문밖의 햇빛을 이어 주고 있었다. 그것은 거의 반사적으로 내 몸이 반응하는 현상이었다. 환각지幻覺肢! 그렇다. 잃어버린 그 무엇을 대체하는 이 놀라운 대체물! 어떤 동물이나 곤충에게 신체의 일부를 스스로 절단하는 것이 자기구원이듯이 내가 혼자가 되려는 것 또한 동일한 것이었다. 채 마치지 못하고 남은 문장들은 생리적이었다. 나는 현실을 잃어버렸다. 그 절단된 부분을 내 문장들은 여전히 내 몸으로서 인식하고 있었던 것이다.

언덕 위의
빈 들판

　구름과 바람과 햇빛과 내 눈으로 더 이상 건너다볼 수 없는 침묵의 긴 지평선 하나가 남았다. 나를 에워싼 풍광을 이름 부르려 할수록 '나'는 공허한 이미지가 되어 가고 있었다. 바람소리만 들려왔다. 언덕을 느릿이 걸으며 햇빛과 구름마저도 모두 바람소리가 되어 다가왔다. 양 떼가 언덕을 넘어가는 소리도, 덩치 큰 몽골개가 멀찍이 떨어져 따라가는 소리도 모두 그 바람 속에 묻어 있었다. 침묵은 이곳에서 온갖 소리가 되어 있었다.

　산자락 아래 너른 언덕을 조금 걷다가 맨바닥 아무 데나 앉았다. 아무리 걸어도 별반 달라질 게 없이 언덕은 광활했다. 눈에 보이는 저 끝까지 가 보겠다는 생각은 허망할 뿐이었다. 그렇게 지평선 하나를 건너간들 무슨 소용이겠는가. 건너고 건너서 지평선마저 벗어난 후에 나는 대체 무엇을 볼 수 있을 것인가. 그 누구도 가 보지 못한 지나온 거리의 수치로 나를 증명하려는 것은 어리석다. 이곳은 이미 내가 건널 수 없는 지평선으로 둘러싸여 있었다.

이곳은 침묵의 공간이었다. 끝끝내 끝을 보면서 넘어서고 이내 잊히게 되는 그런 곳이 아니었다. 나는 "무한을 소진할 수밖에 없는 것"모리스 블랑쇼, 〈도래할 책〉에 사로잡혀 있었다. 그것이 비로소 이곳에 존재하는 나 자신이었다.

걸어서는 결코 지평선을 건널 수가 없다. 늘 그곳은 나에게서 가장 먼 곳이다. 편서풍을 거슬러 구름을 따라왔어도 기다려 왔던 것들은 익숙해질 무렵 사라져 버릴 뿐이다. 오래오래 저무는 먼 데 붉은 지평선을 바라보고 있는 자는 나 혼자만은 아니었으나 같은 지평선을 바라본다는 것은 힘겨운 일이었다.

나는 지평선에 갇혀 있지 않았다. 내가 볼 수 있는 이 지상의 가장 먼 곳에 둥근 선이 이어져 있었다. 그 어디로든 소실점이겠지만, 그러나 아무것도 없는 저 먼 곳은 영원이었다. 어떤 공허가 가까스로 영원에 스며들고 있었다.

잠시 머뭇거리다가 나에게 건너온 것은 석양이라는 한마디 말이었다. 석양. 나에게서 가장 먼 곳을 본다는 것은 그 끝에서 내가 무엇과 맞닿아 있는지를 새삼 확인하는 일에

지나지 않았으나, 아득하다는 말은 이미 그곳에 내가 있다는 사실을 어렵지 않게 감추고 있었다.

어느 곳으로든 나는 지극히 멀었다. 지평선이 석양을 놓친 내 발밑으로 건너왔는지 마른 바람이 세차게 불어왔다. 이 언덕 위의 들판에 멀고 먼 하룻밤이 시작되고 있었다.

격자무늬
구름의 집,
게르

집은 성스러운 곳이다. 집은 그렇게 지어졌기 때문이다. 버드나무 격자로 벽을 두룬 게르에는 북극성의 빛이 머물고 있다. 그래서 별빛이 들어오도록 천창을 만들어 두었다. 둥근 천창을 떠받치고 있는 기둥 바가나Bagana를 통해 우주의 중심별 북극성이 내려온다.

양털로 펠트를 두른 게르의 구조는 유목제국 흉노에서 시작되었지만 그 기원은 기원전 3천 년 무렵까지 거슬러 올라간다. 사방으로 광활한 지평선에 둘러싸인 곳에서 바라본 하늘은 그지없이 둥글다. 게르는 이러한 하늘을 상징하는 둥근 원형으로 만들어졌다. 바이칼 호 유역에 살던 돌궐계 후예인 고차高車 부족의 옛 노래 중 "게르와 같은 둥근 하늘이 온 들판을 감쌌네"라는 부분에서도 알 수 있듯이 게르는 영원한 하늘을 숭배하는 사상이 반영된 구조로 이루어져 있다. 버드나무로 만든 삼각형과 격자의 연속무늬, 그리

고 게르의 둥근 토대는 영원과 하늘을 상징한다.

게르는 구름으로 만든 집이다. 하늘이 이 지상에 구현된 살아 있는 자의 집이다. 이동하는 가옥이며, 그 무엇으로든 환원될 수 있는 영적인 공간이다. "하낭 게레스 하단 게르트벽이 있는 집에서 바위의 집으로"는 이곳의 장례 풍습에 사용되는 말이다. 죽음의 세계인 북두칠성으로 가기 전까지 밝은 북극성이 천창을 통해 들어오는 곳에 인간의 삶이 있다. 그 삶이 머무는 집은 죽음 이후의 영원한 하늘을 지상에 구현한 것이다. 신성한 버드나무로 삼각형과 격자무늬를 만들어 벽을 세우면 이 지상에 무한이 실현되는 것이다. 북극성의 빛이 들어오도록 천창을 뚫은 게르에서는 죽음처럼 인간의 부박한 삶도 신성해진다. 게르가 있는 이곳은 삶과 죽음이 만나는 곳이다.

세계수世界樹인 바가나 기둥 사이로는 그 무엇도 주고받는 행위를 해서는 안 된다. 잘못하다가 기둥을 건드려 게르가 무너질 수 있기 때문이다. 또한 기둥 사이에 난로가 놓여 있으니 과거와 현재와 미래를 상징하는 신성한 불을 지켜야 하기 때문일 것이다. 그리고 그 이면에는 또 다른 지혜가 담겨져 있기도 했다. 말하자면 그것은 인간의 욕망을 드러내서는 안 되는 것과 같다. 인간의 욕망은 외부에서 오는 것이며 따라서 모방적이다. 르네 지라르는 그러한 모방적 경쟁관계가 필연적으로 폭력을 부르게 된다고 했다. 그것은 모두가 동일한 것을 원하기 때문이다. 주고받는 행위는 궁극적으로 폭력을 완화시키지만, 주고받는 행위의 이면에는 이미 폭력이 전제되어 있다. 이마저도 끊임없이 지연시키거나 감춤으로써 욕망이 드러나지 않게 해야 된다. 게르의 중심을 이루는 기둥 사이로 그 무엇도 주고받아서는 안 되는 오랜 풍습은 이런 세계관을 반영하고 있다.

이곳은 비로소 방랑자가 쉴 수 있는 곳이었다. 삶과 죽음의 경계 위에 서 있는 방랑자는 이곳에서 지친 몸을 누이고 다시 꿈을 꿀 수 있을 것이다. 누군가 방랑자에게 죄를 묻는다면 그가 금지된 것을 꿈꾸었기 때문이다. 그러나 그러한 방랑자의 죄마저도 게르 안에서는 단죄할 수가 없다. 방랑자가 품은 금지된 꿈은 파멸도 왜곡도 지배도 아닌 오직 아름다움 그 자체였기 때문이다.

이곳에서 그는 자신의 꿈을 완성할 수 있기를 간절하게 바라고 있을 것이다. 그렇게 한 사내가 구름에 커다란 돌을 하나 매달아 놓았다. 오늘 밤 그가 잠들 곳이다. 들나귀처

럼 아무 데나 뛰쳐나가서 발길질이나 해 대다가 마른 구덩이에 발이 빠진 지친 바람도 먼저 들어와 있었다. 늙은 양이 하루 종일 뜯어먹은 마른풀과 먼지와 돌조각에 찢긴 석양과 한순간 침묵으로 돌아간 눈빛으로 구름의 집은 적막했다.

다시 사납게 늑대바람이 몰아치고 죽은 짐승들이 울더라도 부디 그대로 잠들게 해 다오. 아예 어둠 속을 송두리째 삼켜 버린 것처럼 그렇게 무덤이 된 것처럼 한 사내가 꾸는 꿈은 외로운 것이다. 아름다운 것이다.

별은
왜 뜨는가

나는 석양을 바라보고 있었다. 어느 쪽으로든 귓등에 먼저 건너온 바람조차 피할 수 없지만, 등지고 서 있다가는 두 뺨에 석양이 다 몰려들 것이지만, 그래도 어둠으로 남으려고 뒤돌아보지 않으려 했지만, 흠칫 무엇인가 한 발짝 물러서는 그 어둠이 두려웠지만, 정작 밀쳐 내지 않는 그 야윈 뺨이 더 두려웠지만.

석양이 지고 한참 후에야 밤하늘에 드문드문 별이 떠올랐다. 동남쪽 하늘에 여름 별자리들이 먼저 떠오르고 있었다. 이윽고 밤이 깊어지자 천창 위로 별들이 흐르기 시작했다. 캄캄한 목구멍 밖으로 큰 날개를 펼친 흰 새 한 마리가 귀먹은 울음소리를 물고 가파른 밤하늘을 날아가고 있었다. 어느새 차가운 바람이 밤하늘 높이 얼어붙어 있다가 대신 떨어져 내리기도 했다.

두 뺨으로 별을 보고 있었다. 아무것도 더 이상 보이지 않을 때까지 그 먼 곳에서 서로 바라만 보고 있었다. 랜턴 하나만 켜 들고 어둠 속으로 걸어가서 그저 어둠으로만 돌아갈 수 있다면 그럴 수만 있다면, 모든 것을 용서할 수 있으리라 생각했다. 밤하늘의 구멍 난 가죽 덮개를 하나 걷어내고는 또 한 눈빛만을 불러내고 있었다.

녹물 흘리던 온 밤하늘의 별을 다 뽑아내어도 가슴에 다시 못을 쳐서 떠오르는 게 있었다. 사라져 버리지 않는 게 있었다. 문득문득 사무치는 게 있었다. 별은 그래서 너무나 익숙한 두려움처럼 떨고 있었던가. 그래서 등 돌려 앉은 언덕처럼 지평선의 어깨가 기울어만 있었던가. 그러나 내 사악한 영혼이 마른 비 한 방울 품지 않은 먹장구름을 불렀더라도 늦별은 아닌 듯 아닌 듯이 떠오르고만 있었다.

어젯밤 누군가 내게 별이 왜 뜨느냐고 물었다. 왜 별이 뜨는지 나는 말하고 싶었지만 나는 그 어떤 대답도 할 수가 없었다. 게르에 모인 사람들이 별을 보러 자리를 비우고 하나둘씩 남은 이들은 빈 술잔만 바라보다 흩어졌다. 저물녘에는 별이 뜨리라 기대도 못했는데, 은하수가 나를 높이 건너가고 있었다. 이 가득한 별들을 보여 주려고 초저녁부터 세차게 바람이 분 것은 아니지만, 다 썩은 목제가구에 박힌

쇠못에서 아직도 녹물이 흐르듯 나는 바람이 불었던 방향을 바라보고 있었다.

이 별 가운데 가장 아름다운 별은 어디에 있을까. 옆에 서 있던 낯선 청년이 대답했다. 그 별을 찾는 사람이 가장 아름다운 별이라고. 그때 나는 저 멀리 떠 있는 희미한 별빛이 아니라 한 사내를 보고 있었다. 나는 엉뚱한 것을 찾고 있었던 것이었다. 그렇게 나는 내가 잃어버린 것들을 다시 떠올리고 있었다. 그러기 위해서 별자리에도 없는 별이 뜨고 있었다.

다시 이곳에 돌아오게 된다면 이 별을 기억하기 때문일까. 멀리 있어 아름다웠지만 멀리 있어 모든 것을 잃기도 한다. 그러니 이 아름다운 별 아래를 다시는 지나가지 못할지도 모른다. 먼지구름이 흘러간 언덕 위에서 함께 사라졌던 짐승이 푸른 발바닥을 감추고 밤하늘에 웅크려 있었다. 그러나 10만 배로 쪼그라든 초신성처럼 영혼을 잃은 한 사내가 낮은 언덕에 홀로 앉아 있을 뿐이더라도, 어쩌면 나는 이 자리에 끝끝내 다시 돌아오게 될지도 모른다는 예감에 사로잡혀 있었다.

"아르크투루스예요."

별자리를 잘 아는 여선생이 나에게 별 하나를 찾아 주었다. 내 별을 찾고 있던 나에게 그녀는 손끝을 들어 별 하나를 가리키고 있었다. 그리고 밤하늘까지 레이저광선이 도달하는 별지시기를 얻어 들고 북극성을 찾는 방법을 알려 주겠다고 일행들과 함께 북쪽 하늘을 바라보고 있었다.

캠프 뒤쪽으로 솟아오른 구르반 샤이한Gurvan Saikhan산맥의 어둠 위에 맑은 빛을 띤 별 하나가 유독 반짝였다. 나는 그 이름을 몇 번 발음해 보았다. 잊지 않으려고, 몇 번을 더 그 이름을 불러 보았다. 이제 저 별은 내 영혼의 별이 되었다.

·
·
·
이방인

햇빛 나비

손바닥 반도 못 될 검은 돌 하나를 주워 들고

버려진 신발

비로소 석양이 되다

서너 걸음마다 별이 지는

죽은 짐승들이 밤새 울어 내 영혼을 깨우다

바람의 묘지

나그네여 더 이상 길을 가지 마라

제5장

{ 만약
모래 우는 소리를 따라
어둠 속 으로
들어 갔 다 면 }

이방인

   점심이 되자 아무 게르나 찾아가 불쑥 차를 세웠다. 처음 찾아 들어간 게르는 할머니가 대낮부터 마유주에 취해 있어서 손님을 맞이하기가 어려웠다. 조금 더 가다가 다른 게르에 들르자 주인이 염소젖으로 만든 아롤과 마유주를 내왔다. 아롤은 딱딱하고 매우 짜서 조금 맛만 보고 말았다.

   이곳에서는 남의 집에 불쑥 들어가 점심을 해 먹고 가겠다고 해도 마다하지 않았다. 주인이 머무는 게르까지 다 내어주고서도 불편해 하지 않았다. 게르를 비울 때도 따뜻한 차와 먹을거리를 장만해 놓고 나가는 것은 이곳의 오랜 풍습이었다. 지나가는 나그네가 허기를 면하고 가라는 배려다. 워낙 땅이 넓고 서로 멀리 떨어져 살고 있으니 위급한 상황이 닥칠 때 가장 가까운 어느 곳이라도 찾아 들어가 도움을 청해야만 한다. 이럴 때 누구도 도움을 베풀지 않는다면, 그 역시 예기치 않은 위기를 맞았을 때 어떤 도움도 받

을 수 없을 것이다.

낯선 이에게 음식과 잠자리를 흔쾌히 내어 줄 수 있는 마음은 이 너른 땅에서 살아가는 이라면 누구나 갖고 있는 것이었다. 자연 환경이 유목민들에게 아름다운 풍습을 가져다준 것은 축복이다. 끊임없이 이동해야만 되는 유목민은 살림살이를 간편하게 꾸릴 수밖에 없다. 이렇게 소유하지 않는 삶의 지혜를 가져다준 것도 자연의 영향 때문이다. 이들은 서로 멀리 떨어져 살면서도 이처럼 완벽한 공동체를 이루고 있었다.

그러나 나는 지나가는 나그네로 대접을 받고 있었지만 이 멈춘 것만 같은 시간이 너무나도 어색했다. 점심을 차리기 위해 짐을 꺼내고 조리 기구를 챙기고 쌀을 씻고 몇 사람이 분주하게 움직이는 동안 해는 높이 솟아올라 그늘 한 점 몸 가릴 곳이 없었다. 푸르공 그늘에 바짝 붙어 있거나 천막 안에 누워서 먼지 묻은 텔레비전 화면을 건너다볼 뿐이었다.

멀찍이 떨어진 화장실까지 천천히 걸어갔다가 괜히 돌멩이나 하나 걷어차거나 말똥 모아 놓은 허름한 울타리 안을 들여다보고 뒤편에 널어놓은 빨래가 떨어져 있는 것을 잠시 걱정해 줄 뿐이었다.

할머니와 손자의 사진을 찍어 주고도 시간은 좀체 지나 가지 않는 것 같았다. 이곳에는 내 시간이 없었다. 나는 그 저 지나가는 자일 뿐이었다. 그러니 계속 지나가야 하지만, 모든 게 다 멈춰 버리고야 말았다.

멈춰 버린 시간, 영원히 반복될 것만 같은 정지된 시간 속에 내가 있었다. 이 형벌을 벗어나기 위해서는 멈춰 버린 시간을 다시 흐르게 하는 수밖에 없었다. 이 막막한 사막에 서 대체 나는 어떻게 흐르는 시간을 찾을 수 있을까. 시간 은 초월적이다. 흐르는 시간은 동시적이며 우주의 그 모든 것과 맺어져 있다. 이렇게 나는 사막의 길 위에서 문득 새 로운 시간과 마주하기를 바라고 있었다.

아무것도 하기 싫었다. 아무것도 하지 않는 것마저 힘겨 웠다. 피로했는지 모른다. 너무 많은 것을 보고 스치고 그 대로 망각해 버리고 있었는지 모른다. 가도 가도 아무것도 없는 오직 땅과 하늘뿐이었다. 곳곳에 마른 웅덩이만 가득 한 거친 길을 내달려도 차창으로 날카롭게 내리꽂히는 것 은 햇빛뿐이었다. 검게 그을린 오른쪽 팔뚝은 조금씩 살갖 이 벗겨지고 있었다. 허물을 벗고 있었을까. 대체 내게서 무엇이 태어나고 있었던 것일까. 제발 그것은 아무것도 아니었기를 바랄 뿐이었다. 이제 막 당도한 한 줄기 햇빛도, 저 멀리 신기루에 떠 있는 새로 생긴 들판도, 그 무엇도 아니기를 바랄 뿐이었다.

햇빛
나비

좁은 푸르공 안에 다닥다닥 붙어 앉아 몇 시간을 꼼짝없이 달려야 하는 것이 여행자의 역할이라면, 나는 아무것도 하지 않는 게 아니라 대단히 열심히 내 역할에 임하고 있었다. 비좁은 자리가 불편해도 그나마 정오의 그 멈춰 버린 시간보다 한결 나았다.

벌판 위에 차를 세우고 쉬는 동안, 운전을 하던 카자흐 사내가 나비를 잡아 왔다. 위태롭게 쓸려만 가던 허공에서 나비 한 마리를 잡아 왔다. 한 팔에 검독수리를 데리고 들판을 내달리며 늑대 사냥을 하던 카자흐 사내가 황무지에 핀 야생화를 따라서 날아온 나비를 잡아 왔다.

이곳에는 늑대가 없다고 했다. 그는 햇빛을 타고 날아가던 나비를 대신 잡아 왔다. 먼지와 돌조각이 섞여 있는 바람 속에서 나비 날개는 너무나 연약했지만, 그 바람 속에서 나비는 햇빛 하나를 붙들고서 날아왔다.

손바닥에 들고 온 나비를 다시 날려 주었다. 나비는 이내 마른 바닥에 떨어져 종잇장처럼 바람에 질질 끌려가고 있었다. 짧은 우기의 한철을 따라서 날아온 나비는 다시 날아오르지 못하고 황무지 끝으로 사라졌다.

빛이었을까. 그 자리에 다가서니 햇빛이 두 날개를 펄럭이며 날아올랐다. 내 눈에 어른거리는 허공을 눈부신 빛으로 펄럭이는 한 마리 나비의 날갯짓이었다. 그러나 조각난 손거울로 그늘진 벽 위에 만들어 낸 빛처럼 한순간 슬픔의 그림자가 드리워졌다. 빛으로 하얗게 뒤덮은 그늘 속으로 바람이 한 줄기 지나갔다.

나비가 앉았다가 간 그녀의 손이 하얗게 빛으로 물들었다. 바람만이 지나간 그늘에 앉아 있는 그녀의 두 눈이 어디를 바라보고 있는지 나는 알 수 없었다. 하얗게 시워지는 그 시선이 어느 곳에 젖은 눈빛을 감추고 있다가 황급히 바람의 옆쪽으로 걸음을 비켜 섰는지, 나는 알 수가 없었다. 그녀가 방금 물러선 그 환한 내부를 무엇이라 부를 수 있을까. 그것은 노래였을까, 아니면 공기처럼 가볍게 떠다니는 흰빛이었을까. 어둠이었을까.

바람마저 지나간 자리에는 아무것도 없었다. 오로지 뒤

늦게 일어서서 우두커니 빈손을 바라볼 뿐이었다. 그늘에 홀로 서 있던 그녀는 무엇인가 이야기를 꺼낼 듯하다가 걸음을 돌렸을 것이다. 누군가 그녀에게 어떤 말이라도 건넨다면 창틀에 기어오른 나팔꽃이 밤비에 몽우리를 닫듯이 조용히 어깨를 돌렸을지 모른다.

지금 기다리는 사람은 혼자 있는 사람이다. 지금 기다리는 사람은 말이 없는 사람이다. 지금 여전히 기다리고 있는 사람은 바람소리로 자신의 이야기를 대신하는 사람이다. 그러나 지금 기다리는 사람은 외로운 사람이다.

다시 바람이 불고, 대지는 황량했다. 이 낯선 풍경들과 마주한 이는 섣부르게 그 풍경의 안쪽으로 성큼성큼 걸어 들어가지 않을 것이다. 다만 그 자리에 푸른 지평선이 몰려와 오래도록 머물다 갈 것이다. 그때 햇빛이 잠시 놓쳤던 끈 하나를 다시 팽팽하게 당기고 있었다.

손바닥 반도 못 될
검은 돌 하나를
주워 들고

남쪽 알타이의 끝자락을 따라 길고 긴 모래산이 이어져 있었다. 홍고린 엘스Hongoryn Els. 노란 모래라는 단순한 이름이지만, 180킬로미터나 끊이지 않고 이어져 있는 절경이었다. 모래산은 대낮의 높은 햇빛과 맑은 그늘로 찬란하게 빛났다.

이른 저녁에 도착하기까지 내내 이 아름다운 사구를 따라왔다. 하루 종일 달리고 달려도 좀체 그 끝을 만날 수 없을 것 같았다. 홍고린 엘스의 모래는 그 뒤에 드리워진 암녹색 산맥 때문에 더욱 노랗게 빛나고 있었다.

여행자 캠프를 몇 백 미터쯤 앞두고 차에서 내려 걷기 시작했다. 멀리서 보니 산맥의 그늘은 햇빛처럼 내려앉아 있었다. 산맥을 따라 멀찍이 떨어져 걷다 보니 내 손에 검은 돌 몇 개가 들려 있었다. 그 위에 뭐라도 되다 만 문장이나마 남기려고 했으리라.

사막 한가운데 누군가 지나가는 이가 주워서 앞서 간 이의 문장을 읽어 보게 될지도 모른다. 이끼가 그늘마저 빨아들인 저 알타이처럼은 아니어도 누군가 다시 바닥에 내려둔 돌 위에 햇빛이 스며들어 있기를 바랐다. 바람이 지우고 간 문장으로 누군가의 손바닥 위에 들린 돌 하나를 떠올려 보고 있었다.

이곳에는 무엇엔가 할퀸 듯이 검게 부서진 손톱만한 돌밖에 없었다. 돌을 고르느라 혼자 뒤떨어져 걷다 보니 저 먼 지평선을 바라보던 어느 옛 문사의 말이 틀리지 않았다는 것을 알게 되었다. 통곡하기에 참 좋은 곳이라는 그 말 한마디. 한순간 깊은 숨을 가슴 아래 내려놓을 때 비로소 나오게 되는 그 고요 말이다. 나에게 통곡이란 그런 것이었다. 그런 문장을 돌 위에 새기고 싶었다.

몇 날 며칠 밤새 새까맣게 죽어 있던 손톱을 뽑아내고도 무엇이라도 가슴을 쥐어 할퀴며 다 찢어발기듯 내던져 버려야 할 것이 있다면 이 빈 들판 앞에 서 있는 것만으로도 충분하리라. 그때 손바닥 반도 못 될 검은 돌 하나를 주워 들었다. 무엇이 이 작은 돌 속에 갇혔었는지 마른 햇빛이 반짝이고 있었다. 그런 문장 하나를 돌에 새기고 싶었다.

황금이라는 뜻이었지, 아마. 저 알타이는. 내가 내려놓으려 했던 문장은 그런 것이었다. 이제 막 구름으로 뒤덮인 산맥의 그늘처럼 고색의 이끼로 내려앉은 햇빛을 나는 건너다보고 있었다. 돌에 내려놓은 문장이 몇 천 년 동안 서서히 한 줌의 모래가 되어 갈 수만 있다면.

버려진
신발

　어느새 빠른 걸음이 내 몸에서 다 빠져나갔다. 그 걸음을 놓치고 나자 황무지에 널린 돌이나 주우려는 한 걸음이 나를 끌고 가고 있을 뿐이었다. 앞서 간 푸르공이 남긴 먼지만이 다시 마른 들판에 내려앉고 있었다. 저만치 죽은 짐승의 드러난 이빨처럼 버려져 있는 운동화 한 짝이 바닥을 뒤집어 쓰러져 있는 게 보였다. 누가 신던 신발이었을까.

　이제는 남은 한 짝을 그 뒤에서 모래가 신고 있었다. 몇 걸음도 채 가지 못했다. 누가 신다가 내버렸는지 모르지만, 이제는 모래 한 줌이 주인이었다. 가다 쓰러져 멈춘 자리, 그러나 영원히 닿을 수 없는 거리를 나는 우두커니 멈춰 서서 바라보고 있었다.

　나달나달해진 발목이 시렸다. 사막을 건너가고 나면 신발은 주인을 잃을 것이기에 한쪽 무릎을 꿇고 아예 주저앉아 버렸던 것일까. 이제 신발의 주인은 모래가 되었으니,

모래는 결코 사막을 벗어나지 않겠지. 길을 잃고 지쳐 쓰러져 어디로 가야 할지 방향마저 잃은 모래는 그대로 잠시 주저앉아 버렸을 것이다.

내가 신고 있는 신발은 언제쯤 주인을 잃게 될까. 나는 사막을 건너갈 것이다. 그리고 내 바닥이 닳고 끈마저 떨어진 신발은 이내 버려질 것이다. 누가, 아니 그 무엇이 내 신발의 주인이 될 것인가. 마른 모래조차 주인이 되지 못할 내 신발이 가련해지기 시작했다. 모래가 신고 있는 신발은 아름다웠다. 바람이 잠시 신어 보다 가고, 햇빛이 오래도록 발을 맞춰 보다 가고, 마지막으로 모래가 주인이 된 이 신발은 걸어야 할 일생의 길을 모두 다 걸어왔다.

어느 순간 내 걸음을 잃어버렸다. 트럭의 바퀴 자국이 지나간 사막의 길처럼 나는 어느 걸음을 놓치고야 말았다. 빠른 걸음이 다 사라지고 빈 몸만 남아 터벅터벅 바람에나 끌려가고 있을 때 나는 깨달았다. 내가 내 걸음을 놓쳤다는 것을.

내 걸음에 내가 올라앉은 걸음. 어느 굽은 길에서 문득 마주치게 된 그런 걸음. 한참을 걷다 보면 몸에서 느껴지는 내 걸음. 그러나 시냇물을 따라가는 걸음은 아니었다. 10리를 건너가던 그런 걸음도 물론 아니었다.

　나에게는 빗방울 걸음이 있었다. 왜 굳이 빗방울 걸음이라고 내 걸음과 마주치는지 그것은 잘 설명할 수가 없다. 노란 장화를 신은 철벅거리는 걸음. 고무줄 끊듯 출렁이는 걸음. 내 빗방울 걸음을 이야기하기에는 여전히 뭔가 부족하다. 저도 모르게 빗방울 걸음이라고, 이게 바로 그것이구나, 하고 문득 몸으로 느낄 수밖에 없는 그런 걸음. 멀리서 걸어오는 것만 봐도 알 수 있는 그런 걸음을 한때 나는 갖고 있었다.

　버려진 신발 앞에서 나는 내 걸음과 다시 마주쳤다. 내 신발에서는 아직도 젖은 진흙 냄새가 났다. 가야 할 길이 아직 멀었다.

비로소
석양이
되다

　게르 앞에 텐트를 치는데, 모래가 섞인 땅이라 철심이 단단하게 박히지 않았다. 바람도 없고 괜찮다 싶어서 나무의자를 하나 가져다 텐트 앞에 놓고 앉아서 낮에 적어 두었던 문장을 정리하고 있었다. 그때 바람이 불어오기 시작하더니 제법 모래까지 날아와 뺨에 부딪혔다. 아직 석양이 지려면 멀었고 하늘은 밝아서 노트북에 메모를 옮겨 정리하기에 딱 좋은 시간이었는데, 바람이 점점 심해지기 시작했다. 느슨하게 고정해 둔 텐트가 바람에 기울기 시작하는데도 나는 꼼짝 않고 계속 문장을 옮겨 쓰고 있었다. 마지막 몇 문장만 더 옮기면 되는데, 하면서 그 세찬 돌풍을 그대로 맞고 있었다.

　모래에 빗방울까지 섞여 불어오는 바람이 결국 마지막 한 문장을 남겨 두고 나를 일으켜 세웠다. 애써 텐트를 쳐 놓았는데, 비까지 내리다니! 텐트 안에 들여놓았던 짐을 황급히 꺼내서 게르 안으로 옮겼다. 사막에서 이런 세찬 바람은 처음이었다. 그러고 보니 저물녘이 다가오면 꼭 느닷없는 바람이 한차례씩 불어왔던 것 같다. 그러나 그 바람은 구름을 걷어 내고 확 트인 밤하늘을 펼쳐 보이곤 했다.

곧 바람이 지나가고 붉은 석양이 물들고 나면 알타이 저편으로 남쪽 하늘 가득 은하수가 솟아오를지 모르는 일이었다. 그러다 보니 석양은 생각보다 빨리 지고 있었다. 돌풍도 어느새 늑대처럼 사라져 버렸다. 바로 옆 게르에 묵게 된 일행 한 사람이 의자 위에 올라가 열어 놓은 게르 문을 두 손으로 잡은 채 멀리 석양을 바라보고 있었다. 나는 저무는 석양 대신 어스름 속에서 그녀의 얼굴에 물든 붉은 빛을 바라보았다.

석양을 그리 오래 바라보며 제 얼굴 가득 아름다움에 매혹된 사람을 보기는 오랜만이었다. 그녀는 꽃집 딸이라 했다. 그런데 꽃을 한 번도 사 본 적이 없다고 했다. 대체 꽃을 왜 사느냐고. 그러나 그녀의 농담에는 가시가 없었다. 그런 농담을 듣고 나니 이런 말이 떠올랐다.

"대체 꽃이 아니라면 무엇을 살 수 있다는 말인가."

이 문장을 쓴 낯선 외국 작가의 이름은 기억나지 않았다.

이런 위대한 문장은 그 누구의 소유가 아니다. 아름다움이 아니라면 대체 무엇을 산다는 말인가.

나는 꽃을 사지 못한 게 아니라 꽃을 살 수 없는 삶을 살 아왔는지 모른다. 그런데 과연 꽃은 살 수 있는 것인가. 당 신이라면, 석양이라면, 사랑이라면, 그것이 시라면, 어떤 거룩한 문장이라면……. 내게는 살 수 없는 것들이 더욱 간 절했다.

꽃집 딸은 꽃을 사지 않아도 된다. 석양을 바라보는 이는 석양을 살 필요가 없다. 꽃이 피기를 기다리면 된다. 아름 다운 석양을 따라가기만 하면 된다. 아름다움이란 그 무엇 을 지불하고서 살 수 있는 게 아니지 않은가. 그러고 보니 왜 꽃을 사느냐는 그녀의 말은 옳았다. 꽃은 사는 게 아니 라 '되는' 것이어야 한다.

서너 걸음마다
별이
지는

장님인 듯 더듬어 나가며 나는 이곳에 소실점을 만든다. 천창 위로 어둠의 광맥을 따라서 나는 어딘가로 빨려 들어간다. 사라진 길처럼 천창으로 내려오는 별들은 내 몸의 안쪽으로 그 쇠락의 시간들을 밀어 넣는다.

별들은 유리처럼 고요한 대양을 한순간 다 빨아들일 듯한 마른 나무뿌리를 타고서 내려오고 있었다. 때로는 말라 죽은 나무를 밑불로 피워 올린 불꽃 위에 밤의 어둔 발자국을 내딛으며 공중으로 굽어 오르기도 했다.

사라진 길 위에서 마른 물 냄새를 맡거나 다 쓰러져 가는 어둠을 껴안는 것은 내 걸음의 끝에 이루어지리라. 천 년은 족히 말라붙었을 실핏줄처럼 사막의 식물들이 내 발밑의 작은 불씨를 향해 한없이 느리게 뿌리를 뻗는 것처럼. 불꽃은 마른 물웅덩이에서 타오를 것이다. 검은 재가 쌓이고 쌓여 마른 기름이 배어 나오는 어둠의 안쪽에서 나는 어떤 침묵의 원소를 바라보고 있었다.

나이테처럼 소용돌이치는 빛의 근원, 아니 내 안에서 빛을 빨아들이는 둥근 결정들을 나는 보고 있었다. 밤하늘에서 수백 미터 지하갱도를 막 빠져나온 차가운 석탄 냄새가 났다. 서너 걸음마다 별똥별이 떨어졌다. 떨어진 별똥별 대신 작은 돌을 하나 주워 무엇인가 지그시 눌러놓아야 할 시간이었다.

사라지는 것을 향해 빌어야 할 것은

오로지 사라지는 것뿐이었던가

삼십만 년만 더 간다면

등 뒤에서 끌어당기는 사나운 중력을

견뎌낼 수만 있다면

영원한 고요의 바다를 지나갈 수만 있다면

그 무엇이든 별이 되었을 것이다

간혹 자기를 놓친 구름들이

먼지와 얼음조각들이

손목을 긋고 떨어져 나와

송두리째 자신을 불태워 자진해 버리기도 한다

한순간을 위해서였다면 별은

다른 하늘에서 떨어져 내렸을 것이다

서너 걸음마다 뒤미처 떠오르는 생각처럼

다 타고도 남은 것이 있다면

저 은빛으로 환한

오래고 오랜 밤하늘 때문이다

이런 것이다 나와 당신과 바람과 황무지와

끝도 없이 펼쳐진 이 광막한 어둠은

새로 생긴 실핏줄 하나가 눈망울 속을 지나가듯

저릿하게 저릿하게 살아 있다는 것은

지워지는 게 아니라 결코 지워지는 게 아니라

　왜 떨어지는 별을 향해 소원을 비는지 안다. 그보다 더 간절한 것은 없기 때문이다. 별은 이렇게 떨어진다. 그리 웠기 때문이다. 아직도 사랑하고 있기 때문이다. 별이 되 지 못한 나와 당신과 바람과 황무지와 끝도 없이 펼쳐진 어 둠마저 한순간 별이 되어 떨어진다. 모두가 저 별의 파편을 품고서 살아가는 것이다. 마지막으로 가슴에 무엇인가 떨어진 것이 있다면, 다 타고도 남은 그 무엇이 있다면 당신도 그리워하고 있는 것이다.

죽은 짐승들이
밤새 울어
내 영혼을 깨우다

새벽녘에 사나운 비바람이 지나갔다. 세차게 게르에 부딪히는 비와 바람과 모래 소리에 놀라서 깨어났지만 나는 혼몽에서 미처 빠져나오지 못하고 있었다. 게르로 몸만 먼저 피할까, 아니면 짐까지 챙겨서 들어갈까. 빗소리에 놀라서 깬 이유는 물론 요란스러운 소리 때문이기도 하겠지만 무엇보다도 내가 텐트에서 잠들고 있다는 착각 때문이었다. 잠에서 깨어나기 전에 무슨 동물들의 우는 소리를 들은 것도 같았다. 언뜻 깊은 밤에 게르 위로 죽은 짐승들이 우는 소리가 들린다는 말을 들은 것도 같았다. 혹시 죽은 동물의 영혼이 나를 깨운 것은 아니었을까.

잠결에 세찬 비바람이 닥쳐오기 전에 무슨 소리인가 들은 것도 같았다. 이곳에서는 동물들도 영혼을 갖고 있었다. 인간에게만 영혼이 있다는 생각은 보편적이지만 이곳은 달랐다. 인문학자 도정일은 인간의 '영혼'에 대한 독특한 사유를 갖고 있었다. 그에 의하면 영혼이란 유한한 존재인 인간이 자기기만^{Self-Deception}으로서의 방어기제로 만들어 낸 허구였다. "영혼은 시간의 한계를 벗어나려는 욕망의 산물이면서 그 욕망의 상상적 충족 방식"<대담>이었다.

그래서 영혼은 복제와 유전의 대상이 될 수 없지만, 영원성을 희구하는 성향은 인간의 유전자 속에 들어 있다. 시간의 유한성을 벗어나려는 인간 본성은 그렇게 유전되는 것이었다. 그 영혼은 인간의 고유한 행동 능력을 자유의지에 기초한 것으로 만들었다. 어느 정도 추론적이기는 하지만, 그러한 사유는 해박한 전거들을 거느리고 있다.

자유를 추구하는 성향이 "영혼이란 것의 생물학적 토대"가 된다면 인간의 자유의지는 가장 보편적인 가치일 것이다. 그러므로 동물들에게도 영혼이 있다. 영혼이 인간에게 자기기만적인 허구였다면, 그 허구는 자유를 추구하는 생명의 원리를 역설적으로 증명하고 있다. 모든 생명체는 이렇듯이 영혼을 갖고 있다.

내가 잠결에 들은 소리는 내 자유로운 영혼를 깨우는 소리였을 것이다. 어둠 속에 깨어나 세찬 비바람을 예고하는 정령의 소리였을 것이다. 이곳에는 모든 생명체가 꿈틀거리며 살아 있었다. 영혼의 소리를 들려주고 있었다. 햇볕도 바람도 황량한 사막과 지평선까지도 모두 내게 영혼의 소리를 들려주고 있었다. 그 소리는 이 우주의 모든 것들과 나를 이어 주었다. 내게 어떤 주문을 들려주고 있었다.

바람의
묘지

아침은 맑았다. 홍고린 엘스가 긴 그림자를 걷어 내며 황금빛으로 빛나고 있었다. 이곳은 바람그늘의 사면이었다. 높은 산맥을 힘겹게 넘고 가파른 경사를 따라 내려온 바람이 모래를 쌓아 놓고 지나가는 곳이었다. 어쩐지 나는 이 모래산이 바람의 묘지처럼 느껴졌다. 서쪽 모래사막에서 아름다운 노랫소리를 따라가다 길을 잃고 죽은 이들의 영혼이 이곳에서 비로소 잠들어 있는 것은 아닐까. 이곳은 어느 고독한 나그네의 영혼이 잠들어 있는 곳이었다.

홍고린 엘스에서 가장 높은 곳을 오르기로 했다. 이름까지 붙은 사구였다. 도트 망칸Duut Mankhan. 모래는 한 발 내딛을 때마다 다시 제자리로 허물어져 내렸다. 정상이 뻔히 보이는데도 사구를 오르는 일은 생각만큼 쉽지 않았다. 밤새 젖은 모래가 단단해져서 그나마 오르기에 편하다고 했지만, 100여 미터 높이의 정상까지 오르는 동안 몇 번을 주저앉

아 숨을 골랐는지 모른다.

내게 별은 왜 뜨느냐고 질문했던 이가 일찌감치 사구를 넘어 또 다른 작은 사구에 올라가 있는 모습이 멀리 보였다. 홀로 알타이를 바라보고 있는 모습은 경건하기까지 했다. 언젠가 그는 걸어서 알타이를 건너고 싶은 꿈을 이룰 것이다. 자세히 보니 그는 이쪽을 바라보고 있는 것이었다. 이미 저편을 건너다보고 나서였겠지만, 나에게는 오히려 이쪽을 바라보고 있는 그의 모습이 더 아름다웠다.

힘들게 가까스로 사구에 올랐는데, 저 너머 펼쳐진 모래사막과 장엄한 산줄기를 드러낸 시브레 울Sevrey Uul을 바라볼 새도 없이 눈앞을 가릴 정도로 모래바람이 세차게 불기 시작했다. 모자가 벗겨지고, 옷 속까지 모래가 파고들었다. 이렇게 바람은 저 멀리서 모래를 실어 왔다. 서쪽 내몽고에서 불어온 바람이 산맥을 넘으면서 모래를 쌓아 놓는 것이었다. 왜 저 높은 산맥을 넘자마자 이렇게 힘겹게 쌓이는 것일까.

느닷없이 뺨을 때리는 모래바람은 저만치 몰려드는 검은 구름보다 가파르게 불어왔다. 모래가 흐른 소리를 낸다고 했던가. 누군가 젖은 모래 때문에 흐른 소리를 못 듣게 되었다고 아쉬워했다. 엉덩이로 모래를 뭉개며 내려올 때 맑은 금관 악기의 소리가 들린다고 지난 추억을 떠올리고 있었다. 거대한 모래가 쌓여서 무너지며 내는 소리가 모래 속에 다시 울려 나오는 모래의 울음. 어떤 이는 비행기가 지나가는 소리라고 했다. 모래가 무너지며 내는 소리보다는 바람에 모래가 날리는 소리가 진정 모래 울음이 아닐까.

모래 속으로 발은 자꾸만 빠져들고 능선을 따르던 걸음이 바람 속으로 사라져만 갈 때, 그 끝에서 누가 내 손목을 이끌지만 않았어도 바람의 영혼이 내려앉는 그 무게가 두렵지만 않았어도 나는 모래 우는 소리를 따라갔을 것이다. 내가 가져가야 할 것은 오로지 나 자신뿐이라고 언젠가 나는 묘비명을 쓴 적이 있었다. 편서풍은 이곳을 지나 더 멀리 불어 갈 터이지만, 이 장대하게 늘어선 노란 사구는 바람의 묘지가 분명했다.

모래 울음은 하루 전날에야 들리는 소리였다. 짙은 먹구름과 검은 모래바람이, 사납게 온 세상을 뒤덮는 검은 바람 카라부란이 불 때면 누군가는 악령의 목소리를 들었을 것이다. 굵게 내려앉은 저음은 지평선 너머로 귀를 달고 있다. 수천 마리의 야생말이 달려오고 있지만 하루가 꼬박 걸리는 먼 곳이다.

　목울음이 몸속 깊이 퍼져 울리는 소리, 그 소리를 바람이
먼저 싣고 오면 날카로운 쇠붙이 같은 가늘고 긴 소리 하나
가 더 갈라진다. 사나운 바람에 붉은 모래가 날아와 쌓이고
일제히 무너져 흘러내리면서 그 울음 소리는 사막을 지나
갈 것이다.

나그네여
더 이상
길을 가지 마라

새벽에 세찬 비바람을 피해 게르로 들어가려고 밖으로 나섰다면 어떻게 되었을까. 분명 나는 다시는 돌아올 수 없는 사막으로 그 혼몽 속으로 걸어 들어가고 있었을지도 모른다. 그런 생각이 문득 떠오르는 순간 섬뜩했다.

사막에 부는 모래바람은 종종 앞서 가는 일행들의 발자국을 지워 버린다. 그때 어디선가 노래와 울음소리가 들려온다고 했다. 마치 놓쳐 버린 일행들의 발걸음이나 주고받는 말소리처럼 이상한 소리가 들려온나고 했다. 웅성웅성 어디선가 들려오는 소리를 따라가다 보면 전혀 다른 방향으로 외떨어진 채 길을 잃게 된다고 했다.

그 노랫소리는 악령의 목소리라고 했다. 그 소리를 들은 자는 사막에서 길을 잃고 죽음을 맞이하게 된다는 것이었다. 한 걸음 앞도 분간할 수 없는 세찬 모래바람 속에서 환청을 들었을 것이다. 두려움이 끝내 아름다운 노랫소리를

만들어 안식을 구하려 했을 것이다.

거대한 모래산이 허물어져 허공 중에 휘날려 가는 소리는 "우우우우웅" 끊이지 않고 낮은 숨을 내쉬는 듯이 들려왔을 것이다. 누군가 그 사나운 바람 속에서 모래 우는 소리를 들었을 것이다. 어느 길 잃은 자는 그 아름다운 노래를 따라갔다. 그렇게 그는 다시는 돌아올 수 없는 사막으로 걸어 들어갔던 것이다.

나는 지평선 너머에서 하루쯤을 꼬박 달려와야 할 저 먼 곳에서 수만 마리의 말을 타고 달려오는 소리일 것이라고 생각했다. 어쩌면 그것은 악보가 사라진 고대의 음악 소리일지도 모른다고 혼자서 생각해 보기도 했다. 그러나 분명 내가 들은 모래 우는 소리는 침묵의 소리였다.

몇 년 전 인도의 힌두사원에서 들었던 진언(眞言)처럼 낮은 숨을 한껏 길게 내쉬는 소리였다. "오오오오옴." 굵은 목소리를 가진 수만 명의 수도승들이 모여서 일제히 깊은 숨을 내쉬고 있는 바로 그 소리였다. 이 진언은 네 개의 음절로 이루어져 있다. 마지막 음절은 바로 침묵이었다. 내가 들은 그 길고도 긴 낮은 숨소리의 끝은 침묵이었던 것이다.

그 소리를 들은 듯했다. 만약 밤새 그 모래 우는 소리를 따라서 어둠 속으로 들어갔다면 나는 침묵의 세계를 보았을 것이다. 그리고 사라져 버린 사람이 되었을 것이다. 내가 사막에서 쓰다 만 몇 개의 문장들만이 남아서 노래가 되었을지도 모른다. 누군가 그 노래를 따라서 다시 사막에 들어온다면 그 역시 길을 잃고 사라져 버릴지도 모른다.

제6장

{푸 른

염　　소}

목동자리

사랑이 그렇듯이 다 타 버리고 가슴속에 잿빛 어둠만 남은 것처럼 그리움은 메말라 있었다. 별이 그랬다. 어젯밤의 별이 그새 기억나지 않는 것이었다. 한낮의 그늘 한 점 없는 햇볕이 잔혹하다면, 밤의 한기는 사람을 참으로 외롭게 만들었다. 그 추위 속에서 별을 올려다보고 있는 것은 그리 쉬운 일이 아니었다. 그리워하는 데 지친 사람은 더 이상 그리워하지 않기를 바랄 뿐이다. 그가 그리워하는 것은 바로 그런 것이었다.

어둠과 추위 속에 홀로 들판에서 은하수를 바라보는 것은 외로운 일이지만, 더 이상 그리워하지 않을 수만 있다면 그 누구라도 선뜻 받아들일 수 있는 짧은 시간일 것이다. 별을 찍으려면 가장 먼저 렌즈의 초점을 맞춰야 한다. 별이 매우 작기 때문에 렌즈는 자동으로 초점을 맞추지 못하고 무한대를 향할 뿐이다. 초점을 잡지 못한 렌즈는 밤하늘을 흐릿하게 담아낼 수밖에 없다.

해가 지고 서서히 별이 뜨기 시작할 때, 나는 서둘러 가장 밝은 별을 찾기 시작했다. 동남쪽 하늘에 여름 별자리들이 먼저 떠오르지만 어둠이 완전히 내려오지 않은 하늘은 푸른빛으로 별자리 몇 개를 보여 줄 뿐이었다. 그런데 완전히 어둠이 몰려오고 온갖 별들이 다 뜨고 나면 오히려 이 가운데 밝은 별을 찾기가 쉽지 않았다. 그래서 해가 지고 어둠이 조금씩 내려앉기 시작할 때 몇몇 떠오른 별 중에 가장 밝은 별을 찾기 시작했다. 별자리에 익숙하지 않아서 그저 육안으로 밝은 별을 찾을 수밖에 없었다.

그러고 보니 내가 초점을 맞추던 별은 목동자리였다. 여름 별자리들이 아직 제 빛으로 충만하지 않았기에 나는 해가 지고 사라진 서쪽 하늘을 가끔씩 올려다보고 있었다. 그곳에 봄의 별자리들이 서서히 모습을 드러내기 시작했다. 목동자리의 알파별이 점점 밝게 빛나고 있었다. 태양보다 100배나 밝은 오렌지 빛을 띠고 있는 별이 유독 내 눈에 들어왔다.

특별히 별자리를 찾아서 가장 밝은 별을 헤아린 것이 아니었으니, 나는 굳이 목동자리를 찾았던 것은 아니었다. 나도 모르게 밝은 별을 따라가다 보니 목동자리를 올려다보고 있었다. 저 목동자리는 내 길 잃은 어둔 눈을 늘 지켜보고 있었던 것일까. 밤하늘의 이느 목동이 어둠 속의 들판을 헤매고 있는 나를 그 밝은 눈으로 이끌고 있었던 것이다. 그러고 보니 며칠 전 내 영혼의 별이 되었던 바로 그 아르크투르스였다.

아르크투르스는 조금씩 위치가 변하는 별이었다. 언제나 그 자리에 붙박여 있는 것이 아니라 오랜 시간 서서히 이동하고 있었다. 이렇게 고유운동을 하는 아르크투르스는 50만 년 후에 밤하늘에서 완전히 사라질 것이다. 그때쯤이면 내 영혼도 고요한 암흑의 바다를 건너 비로소 안식을 얻게 될 것인가. 나는 언젠가 사라져 볼 수 없게 될 이 별에 내 영혼을 바치고 싶었다.

목동자리는 그 어느 별에 못지않은 아름다운 짝별을 거느리고 있었다. 5등급의 녹색별 이자르. 어느 고독한 이가 있어 이 별에 가장 아름다운 여인이라는 뜻을 가진 별칭을 붙여 주기도 했다. 풀체리마. 황색별 옆에서 초록의 눈동자를 반짝이고 있는 풀체리마. 그녀는 밤하늘의 외로운 목동 옆에서 가만히 그의 목소리를 듣고 있었다.

남쪽 하늘에 은하수가 붉은 성운을 거느리며 솟아오르고 그 오른쪽에 전갈자리가 맑은 별빛을 선명하게 밝히고 있었다. 드디어 초저녁에 불어닥친 세찬 바람이 구름을 걷어 내고 밤하늘의 어둠은 황무지까지 내려왔다. 나는 해가 지고 다음 날 박명이 푸르게 하늘 가득 번질 때까지 꼬박 날을 새워 가며 별을 담았다. 남쪽 하늘에서 떠오른 은하수가 수직으로 일어서는 동안, 잠시 뒤돌아 북쪽 하늘에 반짝이는 북두칠성을 바라보는 동안 밤은 참으로 빠르게 지나갔다. 내일이면 잊게 될 저 별을, 그래서 또 밤새 올려다보게 될 저 별을 나는 바라보고 있었다.

햇빛머리사막도마뱀

마른풀이 듬성듬성 나 있는 언덕은 마치 털갈이 동물의 거대한 등짝 같았다. 무엇인가 뒤에서 스윽 지나갔다. 뱀의 서늘한 비늘이 목덜미를 스쳐 간 듯했다.

서서히 모래가 되어 가는 부서진 돌멩이들. 사막을 닮은 도마뱀이 꼼짝을 않고 있었다. 내몽고의 도마뱀은 황무지를 닮아 짙은 갈색을 띠었지만, 마른 햇살이 멀리 먹구름 사이로 내려앉은 이 녀석은 붉고 색 바랜 잔돌이 온몸에 가득했다.

이름을 모르니 이름 하나 지어 줄 수밖에. 햇빛머리사막도마뱀. 이 녀석은 지금 사막인 척하고 있다. 그러고 보면 사막은 무엇인 척하고 숨죽여 있는 것일까. 이런 것이 일생이라면, 이 거룩한 위장이 한평생이라면, 내가 석양이거나 바람이 놓치고 지나간 어느 영혼이라면, 그늘에 숨은 한 줄기 햇빛이었다면.

도마뱀은 그대로 황무지가 되어 있었다. 내가 도마뱀 앞에 한 줄기 햇빛으로 멈춰 버린 것처럼.

개의
이름

짖어 본 적이 언제인지 잊었다는 듯 혀를 축 늘어뜨린 입
은 힘없이 벌어져 있다. 개는 뛰어 봐야 늘 똑같은 황무지
뿐이라는 듯 달리지도 않는다. 위험을 알아차리기 전까지
는, 가장 먼저 들판으로 달려 나가기 전까지는, 그렇게 아
무것이나 물어뜯지 않는다. 아무 때나 짖어대지 않는다.

하지만 자신이 무엇인지 도무지 알 수가 없어서 제 이름
이 기억나지 않아서 절벽 위에서조차 짖어 대지도 못하는
이가 있다. 짖지 않는다고 두려워하지 않는 것은 아니다.
언제 짖어야 할지 잊어버렸을 것이다. 그게 더 두려웠을 것
이다.

부르기 위해서 이름을 지어 주었듯이 여기서 기르는 동
물 중에 이름을 붙여 주는 것은 유일하게 개뿐이다.

자이릉,
언덕 위의
할아버지

산간고원으로 올라가는 길에 잠시 쉬었다 가려고 어느 게르 앞에 멈췄다. 여느 곳과 마찬가지로 티다른 데 없는 평범한 가족이 살고 있는 게르였다. 바로 옆의 작은 언덕에 올라가 주변을 둘러보니 게르 옆에 화덕을 만들어 솥을 하나 걸어 놓았을 뿐 풀포기 하나 찾을 수 없는 황량한 지대만 펼쳐졌다. 둘러봐야 아무것도 없는 곳이니 괜스레 남의 집 살림살이나 들여다보려고 게르 안에 들어섰다.

서너 살쯤 된 두 아이들과 아내가 낯선 이방인을 불편해하지 않고 맞이해 주었다. 그런데 게르 안에는 예사롭지 않은 도구들이 걸려 있었다. 이것저것 물어보니, 젊은 주인은 샤먼이었다. 문가로 높은 햇살이 바짝 들어오려는지 한껏 빛나고 있었다. 아무도 없을 것 같은 황량한 사막에 샤먼이 살고 있었다.

왜 언덕 위에 게르 하나가 세워져 있는지 처음에는 이상하게 여겼다. 그러니까 이곳은 그 어디서든 지평선의 기슭에서 신성한 영혼이 쉽게 찾아올 수 있는 곳이었다. 끝이 보이는 것 같았지만, 지평선은 보이지 않는 곳으로 멀리로만 건너가고 있었다. 그곳에서만이 이 외딴 천막을 찾아올 수 있다고 나는 믿었다.

시베리아에서 샤먼이 완전히 자취를 감춘 지는 이미 100년이 가까워 온다. 게다가 유일하게 남아 있는 샤먼은 북쪽 산악지대의 신성한 기운을 따라서 주로 홉스골 일대에 기거하고 있다. 사막에 샤먼이 살고 있는 것은 흔치 않은 일인 듯했다.

그의 이름은 자르테였다. 평범한 옷차림과 남루한 살림은 여느 곳과 다르지 않았다. 여행자들의 안전을 위해 기도해 줄 수 있느냐고 했더니, 사내는 난감한 표정을 감추지 못했다. 낯선 이들을 위해 의식을 치러 본 적이 없다고 했다. 그는 잠시 고개를 돌려 생각하다가 자리에서 일어섰다.

"사진을 찍으면 카메라가 고장 날 거예요."

나는 그의 말대로 카메라를 켜지 않았다. 흔히 볼 수 없는 신비로운 의식을 기록하고 싶은 욕망도 그의 말 한마디에 사라져 버렸다. 카메라가 고장 나는 게 두려워서가 아니었다. 나는 그의 말을 믿고 싶었다.

　낯선 여행자들의 부탁을 거절하지 못한 것은 그 자신이 샤먼이기 때문이었다. 주변에 아픈 사람이 기도를 청할 때 샤먼은 거절할 수가 없다. 샤먼은 주변 사람들을 위해 기도하고 병을 치유하며 고통 받는 영혼을 위로해 준다. 만약 부탁을 거절하고 기도하지 않는다면 오히려 그는 극심한 고통 속에서 자신의 병과 마주해야 할 것이다. 그것이 샤먼의 운명이었다.

샤먼은 스스로 원해서 되는 일이 아니었다. 헛소리를 하고 고통스러운 환각 속에서 의식을 잃는 등 무병巫病 증상이 나타난 이들만이 샤먼이 될 수 있었다. 이들은 정상적인 생활을 할 수 없을 정도로 환청에 시달리고 이유를 알 수 없는 고통으로 몸부림치며 미친 사람처럼 온 들판과 숲을 쏘다니곤 한다. 그 병으로부터 벗어나려면 샤먼이 되는 길밖에 없었다.

초자연적인 신성한 영혼과 인간을 매개하는 영적 치유자를 버Böö라고 부른다. 남자 샤먼을 자이릉Zairan이라 하고, 여자 샤먼을 오뜨강Udgan으로 구분해서 부르기도 한다. 사내는 모든 신령과 관계하는 검은 샤먼이었다. 1921년 사회 정권이 들어선 이후 무구巫具마저 불태워진 채 일제히 사라졌던 샤먼이 다시 나타난 것이었다.

"조용히 해 주셔야 되요. 할아버지가 낯선 말을 듣게 되면 들어오지 않고 지나쳐 버릴지 몰라요."

그가 모시는 영혼은 할아버지였다. 몇 가지 당부를 남기고서 이내 의식을 할 때 입는 옷과 무구들을 상자에서 꺼내기 시작했다. 화려한 무늬로 수놓은 무복에는 푸른 뱀들이 수없이 매달려 있었다. 턱 밑까지 검은 머릿결이 흘러내린

가면을 썼다. 다른 영혼을 받아들이려면 자신을 숨겨야 한다. 그렇게 사내는 가면 속으로 사라져 버렸다. 그가 어디로 사라졌는지는 알 수 없었다. 그리고 그는 커다란 말가죽 북을 치기 시작했다. 영혼을 불러내는 의식이 시작되었던 것이다.

한참을 북소리가 이어졌다. 마치 멀리서 누군가 걸어오는 듯이 심장이 마구 뛰는 소리가 들려왔다. 자이릉은 빙빙 한자리를 계속 돌며 영혼을 불러내고 있었다. 북은 영혼의 세계로 들어갈 때 타고 가는 말과 같았다. 몸은 이곳에 있지만 그는 다른 세계로 건너가는 중이었다. 북소리가 점점 더 격렬하게 이어지는 동안 자이릉은 영계로 서서히 들어가고 있었다. 그때 북소리가 뚝 멈췄다.

언덕 위의 게르 안으로 할아버지가 들어왔다. 늙고 지친 할아버지의 가쁜 숨소리가 이어졌다. 죽은 할아버지가 왔다. 긴 혀를 날름거리는 푸른 뱀들이 어깨 위로 기어오르는 동안 먼 길을 걸어온 늙고 지친 영혼이 가쁜 숨을 고르고 있었다. 그러니까 나는 지금 이곳이 아닌 영혼의 세계로 건너온 것이었다.

할아버지는 사라진 고대어를 사용하고 있었다. 젊은 며

느리가 먼 길을 찾아오느라 지친 할아버지를 극진히 대접하고 있었다. 무슨 말인지 알 수는 없었지만, 별일 없이 잘 지내느냐는 일상적인 안부를 주고받는 것처럼 느껴졌다. 할아버지는 마뜩했는지 고개를 몇 번 끄덕이곤 했다. 며느리가 붙여 준 담배를 피우고 먼 길을 오느라 마른 목을 마유주 몇 잔으로 축이고 있었다.

나는 지옥의 문 앞에 대신 놓고 올 푸른 염소를 데리고 할아버지의 무릎 앞에 엎드렸다. 내 아픈 목숨 따위를 빌지는 않았다. 내 오랜 기다림을 증명할 필요는 없었다. 얼마나 많은 길을 걸어왔는지 기억하지 않아도 괜찮았다. 가진 것 전부를 바치며 내가 바란 것은 그저 한 마리 푸른 염소가 되는 것이었다. 다음에는 내가 푸른 염소로 이 자리에 서 있는 것이었다. 언젠가 언덕 위에 엎드려 누군가 울고 있을 때 한 마리 푸른 염소가 서 있기를 간절히 바랄 뿐이었다.

할아버지는 내 등을 힘차게 다독이고 있었다. 어쩌면 나는 용서받기를 청하고 있었을 것이다. 그 꿈이 내 영혼을 파멸시키더라도 나는 모든 것을 바쳐 끝내 용서받기를 간절히 바라고 있었을 것이다. 그러나 할아버지가 나를 용서

했는지는 알 수 없있다. 투르크어에서 샤면을 의미하는 어휘 중에 '마법을 거는 자'라는 뜻을 가진 것이 있듯이 할아버지가 치병治病이 아니라 차라리 어떤 주술을 내게 걸어 주기를 바랐는지도 모른다.

그렇게 한 마리 푸른 염소가 되어 그의 무릎 앞에 다시 다가앉을 그날을 나는 기다리고 있었다. 무게를 가져 본 바 없는 내 그림자를 따라와 나 홀로 무거워져서 빈 그림자를 내려놓을 수밖에 없을 때, 나는 어떤 영혼을 만나고 있었다.

지나쳐 온
구름

　길이란 혼자만의 것이 아닌 모든 이들의 기억이 마주치는 곳이다. 그래서 길이란 무수히 뻗어 있어 서로 만나면서 또 갈라진다. 어느 길이든 누군가 그곳을 따라가지 않는다면 곧 사라지고 만다. 옛길의 흔적으로만 남는다는 것은 에둘러 가는 길의 운명일 수밖에 없다. 이러한 길이란 언제든지 사라져 버릴 수 있는 지독한 운명에 제 일생을 건다.

　작은 구름 하나가 언덕을 넘어갔다. 잿빛으로 무거워진 몸이 황무지 가까이 내려와서 바람에나 휩쓸려 가고 사라져 버릴 한 줌의 마른 빗방울을 내렸다. 며칠 뒤면 그곳에 키 작은 풀들이 자라날 것이다. 주인도 없이 염소와 양의 무리가 낮은 구릉을 넘어가고 있었다. 이 녀석들은 내가 지나쳐 온 구름을 기억하고 있는지 모른다.

　며칠째 황무지와 고원을 지나왔지만, 나는 지명조차 모르고 있었다. 오래된 기억쯤으로만 남아 있는 이름들을 이

미 나는 지워 버렸을 것이다. 그 낯선 이름들이 누군가의 입에서 흘러나올 때, 한순간 영원처럼 뒤를 돌아보았던 어느 이름 하나만을 가까스로 떠올리고 있을 뿐이었다.

며칠 전 작은 구름 하나가 지나간 곳을 찾아가는 중입니다

풀을 뜯으러 가고 있습니다

몇 방울 비가 내린 자리에 잠시

초원이 펼쳐지겠지요

이름을 가진 길이 이곳에 있을 리 없는데도

이 언덕을 넘어가는 길이

어떤 이름으로 불리는지 물어봅니다

이름이 없는 길을

한 번 더 건너다보고서야

언덕을 넘어갑니다

머리 위를 선회하다 멀찌감치 지나가는 솔개를

이곳 말로 어떻게 부르는지 또 물어봅니다

언덕 위에 잠시 앉아 있는 검독수리를

하늘과 바람과 모래를

방금 지나간 한 줄기 빗방울을

끝없이 펼쳐진 부추꽃을

밤새 지평선에서부터 저편으로

건너가고 있는 별들을

그리고 또 별이 지는 저곳을

여기서는 무엇이라 부르는지 물어봅니다

어떤 말은 발음을 따라 하지 못하고

개울처럼 흘러가는 소리만을 들어도 괜찮지만

이곳에 없는 말을

내가 아는 말 중에 이곳에만 없는 말을

그런 말을 찾고 싶었습니다

먼저 떠나는 게 무엇인지

아름다움에 병든 자를 어떻게 부르는지

그런 말을 잊을 수 있는 곳으로

그런 말이 없는 곳으로 가고 싶었습니다

뿌리까지 죄다 뜯어먹어 메마른 구름 하나가

내 뒤를 멀찍이 떨어져 따라오고 있습니다

지나온 길을 나는 이미 잊었습니다

누군가 당신인 듯 뒤에서 이름을 부른다면

어느 곳으로든 이름이 없는 길을 따라가고 싶었다. 사라지는 순간을 영원으로 이끌고 가려 했는지 모른다. 그 뒤를 검은 염소와 양의 무리가 따라가고 있었다. 곧 황무지만이 남을 테지만 나는 그 길을 찾고 있었다.

모든 것을 '잃는다'는 것은 죄의 본질이다. 스스로 잃어버리기를 바라는 자는 그 무엇도 단죄하지 않는다. 기다리는 자는 이미 영원이라는 형벌을 받았다. 이곳과 저곳의 간극에서는 이곳도 저곳도 아닌 기다림만이 남았다.

돌아오는 것은 아무것도 바꾸지 못하지만, 어제의 그 자리를, 한없이, 뒤에 남은 황무지처럼, 그 모든 것들을 지연시키려고 했다. 돌아오는 것들은 모두 침묵을 닮았다. 지평선을 바라보는 눈은 왜 그토록 슬프고 맑고 깊고 공허했던 것일까.

·
·
·

고원을 걷다

밤이면 암각화에 새겨진 동물들이 목을 빼어 들고 길게 운다

그 노래를 조금 더 들었어야 했다

구름 도둑 모래쥐

자크나무 모닥불

바얀작

사막을 건너가는 이를 위한 광학 이론

누가 죽은 말의 머리를 악기에 올려놓았는가

제7장

{ 하 지 만
  그건
      너무 외 로 운 거야 }

고원을
걷다

"사라져 버린 것은 다시 현실이 되어 나타나는구나."

괴테는 이 마지막 문장으로 〈파우스트〉의 헌사를 마쳤다. 그가 이 문장을 가장 나중에 남겼는지는 알 수 없지만, 아마도 나라면 그렇게 했을 것이다. 사라져 이제는 가까이 할 수 없는 그 무엇을 다시 불러내고 있는 문장은 아름답다.

어떤 삶은 상실을 통해서만 드러난다. 사라져 버린 것은 사라졌다는 그 사실만을 공허하게 남겨 놓는다. 삶의 결락된 부분, 그것을 대체하는 무수한 침묵들. 무엇인가를 잃고 나서야 비로소 그것이 존재한다는 것은 가혹하다. 내가 언덕에서 밤하늘에 떠오른 별을 그리도 오래 바라보고 있었던 것은 상실감 때문이었다.

모든 멀리 있는 것들은 아름답다. 그러니까 아름다움이란 그리워할 수밖에 없는 자리에서 비로소 탄생한다. "그들은 뒤따르는 이 노래를 듣지 못하나니, 나 그 영혼들을 위해 첫 노래들을 불러 주었노라." 괴테가 어느 영혼을 위해 노래하기를 주저하지 않았다면, 그것은 그 영혼을 다시 불러내는 것과 다르지 않을 것이다.

그리움은 저 멀리 사라져 버린 것들을 이곳으로 다시 불러낸다. 내가 다가서지 못하는 저 지평선 너머 보이지 않는 별자리를 떠올리고 있을 때, 그것은 오로지 나 자신을 바라보는 것과 다르지 않았다.

어떻게 별을 내 문장 위로 떠오르게 할 수 있을까. 모든 별은 바람 속에서만 찬란했으나, 내가 언덕에서 바라다본 별은 모래먼지 같은 붉은 성운을 거느리고 멀고 먼 밤하늘을 건너가고 있었다. 그 길을 함께 따라가는 것처럼 나는 밤새 그리워하고 있었다.

산꼭대기에 별이 지고 나면 그 자리에 솔개들이 앉아 있었다. 이 세상에 한눈으로 다 내려다볼 수 있는 것은 없다. 저기 산 아래로 돌아 들어가면 또 다른 산 밑에 다시 돌아가는 길이 있을 것이다.

끝이 보이지 않는 것은 아름다웠다. 등 뒤에서 태양이 높이 솟아올라 나를 앞질러 갔다. 그림자를 따라서 나는 다시 온 곳으로 되돌아갈 뿐이었다. 고원을 걷기 시작했다. 해발

고도 2,400미터. 듬성듬성 마른풀이 자라 있는데, 높은 산정에 비구름이 몰려드는지 양과 염소와 몇 마리 말들이 방목되고 있었다. 낮은 언덕 사이에 야생화들이 제법 피어 있었다. 고원에 오르는 길 한쪽 비탈에 샘물이 있었던 것을 보니 비구름이 고원을 넘다 지쳐 몇 방울 비를 내리고 지나가는 길목인 듯했다.

"고원을 걷고 있던 모습이 아름다웠어요."

그러나 그녀의 그 어눌한 발음의 말 한마디가 나를 아름다운 사람으로 만들 수는 없었다. 물론 나는 아름다움을 찾아서 이곳에 왔다. 급기야 그것이 되고자 했다. 그러나 황량할 뿐이라는 것은 그 누구보다도 잘 알고 있었다.

그녀가 무슨 말을 하고 싶었는지 나는 알고 있었다. 혼자가 아니라는 것은 늘 의문형으로 완성되던 그녀의 어눌한 말처럼 내 등을 스쳐 간 구름으로만 기억하자고 나는 속엣말을 하고 있었다.

"하지만 그건 너무 외로운 거야. 나에게서 가장 멀리 뒤돌아선 곳을 걷는다는 것은."

밤이면 암각화에 새겨진 동물들이
목을 빼어 들고
길게 운다

고원을 지나자 완만한 경사를 따라 내려가기 시작했다. 고원의 하늘이 산봉우리 때문에 좁게 느껴졌다면, 내리막 길을 따라 펼쳐진 하늘은 어느 때보다 드넓었다. 왼쪽과 오른쪽으로 펼쳐진 들판이 지평선까지 닿아 있었다. 높은 곳에서 내려다보는 평원은 더욱 광활했다.

고원의 산자락을 제외하면 양방향으로 탁 트인 곳이어서인지 회오리바람이 멀리 굽은 허리를 돌리며 평원을 가로지르는 모습도 보였다. 테비쉬 울Tewsh Uul. 암각화가 아무렇게나 널려 있는 곳이었다.

평원 한쪽에 낮은 산을 따라 오르는데, 사막에서 흔히 볼 수 없는 커다란 돌멩이로 가득했다. 가까이 가 보니 검은 화산암들이 이제 막 기름을 발라 구운 것 같았다. 이 돌 위에 온갖 동물들의 그림이 새겨져 있었다.

"이거 가짜 같은데요?"

"아니예요. 진짜 암각화 맞아요."

이 외딴곳에 무슨 여행자들이 그리 많다고 가짜 암각화를 만들어 놓았겠는가. 비탈을 따라 오르면서 곳곳에 돌 위에 새겨진 암각화를 보며 누군가는 계속 의심을 하기도 했다. 그린 지 얼마 안 되는 듯이 이곳의 암각화는 오랜 시간이 흐른 듯한 느낌이 없었다.

누군가 가짜 그림을 새긴 것 같은 흔적도 있기는 했다. 그러나 여행자들이 조악하게 돌에 새긴 그림은 쉽게 구분할 수 있었다. 고대 암각화와는 달리 돌에 흠집을 낸 색깔이 확연히 달랐다. 사슴의 뿔도 매우 단순한 형태로 그려져 있었다. 아무리 지나가는 여행자라고 해도 그렇지, 어찌 고대인보다 못한 솜씨를 가졌을까 싶었다. 어떤 암각화는 마치 외계인을 그린 듯했는데, 가만 보니 이것도 여행자들의 솜씨인 듯했다. 다른 여행자들을 골탕 먹이려는 손길이 그나마 하트를 그려 놓지 않아서 다행이었다.

한낮의 기온이 40도를 웃돌고, 고스란히 햇볕에 드러난 돌은 뜨거웠다. 암석의 표면은 이제 막 들기름이라도 바른 듯이 반들거렸다. 그래서 암각화가 더욱 오래되지 않은 것처럼 보였을 수도 있었다. 이곳은 매우 건조한 곳으로 알려져 있는데, 그 때문에 이렇게 암각화가 훼손되지 않고 잘 보존되어 있는 것 같았다.

몇몇 돌 위에 엉성한 솜씨로 새겨 놓은 그림들이 썩 유쾌하지는 않았지만, 그래도 암각화를 그리던 고대인의 손길이 계속 이어지는 듯한 느낌 때문에 그리 나쁘지는 않았다. 석탑이나 고대 건축물의 기둥마다 새겨진 낙서를 볼 때마다 느꼈던 부끄러움과는 다른 감정이라고 할까. 그래도 암각화 자체가 훼손되지는 않았다.

사슴과 동물들을 새겨 놓은 것을 보니 이곳은 고대인들에게 신성시 되는 장소인 것 같았다. 주변에 적석묘가 있다는데, 들판의 묘지처럼 오랜 세월에 묻혀 여느 돌무더기와 다르지 않아서인지 찾을 수가 없었다. 누군가 이 산에 올라 죽은 이를 묻고 근처에 동물들을 새기고 갔을 것이다. 그들이 안식과 풍요를 기원하고 간 이곳은 이제 찾는 이도 별로 없는 황량한 곳이 되었다. 오래전에는 지금처럼 비 한 방울 겨우 내리는 건조한 곳이 아니었을 것이다.

이곳에서 뒤돌아본 평원은 그지없이 넓고 아름다웠다. 테비쉬 울 바로 아래에 알록달록 여러 채의 텐트를 쳐 놓은 게 보였다. 누군가 이곳에서 하룻밤 묵어갈 모양이었다. 먹구름마저 저편 고원을 넘지 못하고 비켜 갈 것이다. 이 들판 가득 별이 떠오르면 암각화에 새겨진 온갖 동물들이 밤 하늘을 향해 목을 길게 빼어 울고 있을지도 모른다.

그 노래를
조금 더
들었어야 했다

높이 솟은 햇빛에 겨우 몸이나마 가리려면 푸르공 바퀴 옆에 바짝 붙어 앉아야 했다. 거친 사막길을 한나절 달려왔지만 차량의 열기가 느껴지지 않았다. 사막에 내리꽂힌 햇볕이 더 뜨겁기 때문이었다.

한 줌 그늘에 털퍼덕 주저앉아 있는데 눈부신 사막 끝이 물결처럼 조금씩 일렁이는 모습이 보였다. 신기루였다. 지평선을 따라 거대한 호수가 펼쳐져 있었다. 그 호수 너머로 아름다운 언덕이 보였다. 그 언덕은 공중에 떠 있는 것 같았다.

어느 방랑자가 저 빛의 천국 속으로 들어가다 쓰러져 있을 것이다. 그러나 그를 구할 수는 없다. 다가갈수록 호수는 자꾸만 멀어질 뿐이다. 길 잃은 사내는 영원히 그 호수 앞에 쓰러져 있을 것이다.

그늘에 겨우 몸이나 가리고 앉아 있는데

저 멀리 호수 위 공중에

언덕이 떠 있다

일렁이는 물결을 따라

낮은 언덕이 어딘가로 흘러가는 것 같다

그 무엇으로도 파생되지 않는 저 찬란

옆에서 혼잣말처럼

노래를 부르는 이가 있다

누구에게 들려주려는 게 아니다

저이는 지금 오로지 혼자가 되어 있다

노래가 되어 흘러나오는 혼잣말은

어떤 음계에도 놓이지 않는다

그러니 높이가 다른 두 음 사이의 간격마저

나는 가늠할 수가 없다

굳이 저 노래의 끝이 어디쯤인지

기다릴 필요는 없었지만

그렇더라도 나는 저 노래를

마저 다 들었어야 했다

혼자가 되도록 조금만 더 기다렸어야 했다

저 노래가 다른 말이 되어

문득 그 어디에라도 건너오기 시작할 때까지는

　무슨 노래였을까. 마른 호숫가로 걸어 들어간 어느 걸음을 그 노래는 기억하고 있었을까. 신기루가 점점 앞으로 밀려오는 듯했다. 다가오는 듯했다. 몇 마리 낙타가 일렁이는 마른 호수 위를 건너오고 있었다.

구름 도둑
모래쥐

늘 그렇듯이 일몰은 한순간이었다. 몇 걸음 석양을 따라가다 돌아오는데, 나보다 먼저 낮은 문턱을 기웃거리는 그림자가 있었다. 맑은 모래바람이 지나가고 나자 작고 둥근 쥐 한 마리가 나타났다. 정작 쥐가 달아나야 할 판인데, 내가 오히려 놀라서 꼼짝도 못하고 그 뒤에 서 있었다. 모래쥐였다. 몽골리안 저빌Mongolian gerbil. 이 녀석은 아구티라는 이름을 가졌다.

이 녀석은 엉덩이가 둥글고 호기심이 가득한 눈빛을 가졌다. 초원에 살고 있는 연갈색의 쪼르흠이라는 쥐와는 다른 종류였다. 문턱을 기웃거리는 녀석을 쫓아냈더니 게르를 한 바퀴 돌아서 또 문턱을 넘보고 있었다. 또다시 쫓아내 보았지만 어느새 게르를 한 바퀴 재빠르게 돌았다.

아무것도 없는 줄 알았더니 저녁이 되자 어딘가 숨어 있던 것들이 죄다 기어 나왔다. 기어이 모래쥐는 문턱을 넘고

야 말았다. 마른땅 속으로 먹장구름을 끌고 들어가는 것은 아무도 본 사람이 없지만 저녁이 되기 전까지 구름이 도망치지 못하도록 주먹만 한 황무지 흙덩이가 되어 구멍을 막고 있다는 것은 모래쥐에 대한 오랜 믿음이었다.

내가 하루 빌려 놓은 흰 구름 한 채, 애써 속 깊이 작은 구멍을 파는 수고를 덜었어도 느닷없는 모래바람에 마른 비를 흘리지 않도록 종일 구멍을 막고 있었다. 그런데 모래쥐가 내 구름을 훔쳐 가려고 하고 있었다.

자크나무
모닥불

햇빛도 바람도 그 어느 것도 따라가지 않았다. 자크나무는 굳은 몸을 애써 비틀며 견뎌 내고 있었다. 제 그림자조차 따라가지 못하면 방랑일 것이다. 사막에서 말라죽은 나무는 여전히 자기를 드리우며 아름다웠다.

차곡차곡 어둠을 덧두겨 쌓아 놓은 창고 문을 연 것처럼 밤이 왔다. 무엇이 있는지도 모르는 어둠 속의 문을 열어 본 것처럼 눅눅한 밤이었다. 근처 자크나무 숲에서 말라죽은 나무를 주워 왔다.

온몸에 갈라 터진 마른 상처가 입술을 깨물고 신음소리를 삼키듯 불꽃이 타올랐다. 불꽃이 내려앉을 때쯤에야 가장 맑게 타오를 거라고 했던가. 누가 저 밤하늘에 별자리를 이어 주었는지. 그들은 또 얼마나 외로웠는지. 저 뜨거운 별로부터 먼지로부터 태어났기 때문이라고, 나 역시 밤하늘을 올려다보고 있었던가.

저마다 다들 품속에서 밑불을 꺼내 왔다. 무릎을 오그리고 꼬다케 불이 타오를 때면 모두 마른 손바닥을 털고 바투 그 주위에 둘러앉았다.

그럴 때면 왜 꼭 시키지도 않은 노래가 흘러나오는지. 왜 닳고 닳아 이제는 저 혼자만 따라갈 수 있는 지극한 곡조의 어느 한순간만이 간절하게 발꿈치를 들어 올리는 것인지. 몸속에 굳어져 자기도 어찌해 볼 수 없는 엇박자를 한 사람씩 돌아가며 노래 부르고 있었다.

불꽃이 사위다 말고 눈빛 속으로 타닥타닥 튀어 오르는데 왜 다들 밤하늘의 별을 찾기 시작하는 것일까. 왜 갑자기 늦은 바람은 얼음조각처럼 날카로워져 지는 별과 함께 저 너머에서 불어오는 것일까.

책상 위에 꾹꾹 눌러 새겼던 그 곰보 별들은 모두 어디로 흘러갔을까. 연필 깎는 작은 칼로 볼 빠진 펜 끝으로 별에 기대어 비뚜름히 서 있던 사다리는 이제 매운 연기를 타고 밤하늘로 다 올라갔을까.

별이 내려와 한밤 내 머물다 가는 고원에서 말라붙은 진흙강을 원류로 하는 내 물웅덩이에는 얼음달의 서릿발 같은 철편이 박혀 있었다. 거품을 물고 밀려드는 밀물 대신 빈 바닥에서 메말라 갈라지듯 차가운 별이 떠올랐다. 깨진 얼음장 밑에 고요히 눈을 감은 채 죽어 있는 누군가의 얼굴처럼 어둠의 광맥에서 캐 온 검푸른 돌이 하나 있었다.

내 처음의 빛은 지금 어느 곳을 비추고 있는 것일까. 안쪽에 고여 있는 마른 물웅덩이 같은 빛을 들여다보고 있으면 어떤 부재가 현현하듯이 비추어지는 내 모습이 있었다. 조금 더 오래 들여다보고 있으면 어느 순간 그 차가운 빛의 거울에 아무것도 없었다. 폐허를 뒤덮고 있는 부재로서만 자신을 증명할 수 있는 것처럼 거울은 더 이상 무엇인가를 비추어 볼 수 있는 물질이 아니었다.

나왕나무 옹이에 박힌 대못도 몇 줌 검은 유성처럼 내려앉은 기억도 어깨를 들먹이는 잔불 속에서 칼금처럼 새로운 별자리처럼 시린 눈빛으로 새겨졌다. 새까만 연필심을 길게 깎아 내며 은하수는 흘러가고 그렇게 한동안 밤은 속절없이 깊어만 갔다. 뭉툭한 손끝에서 메마른 떨림으로만 잠시 흔적을 남기는 그 빛을 나는 받아 적고 있었다.

바얀작

바얀작Bayanzak에 도착했을 때 해는 서쪽으로 한참 기울어 있었다. 자크나무가 많은 곳이라는 뜻인데, 벌써 옛말이 된 것 같았다. 풀 한 포기 보기 힘든 메마른땅이었다. 자크나무가 작은 군락을 이룬 곳이 있기는 했지만, 그 작은 언덕이 서서히 무너져 가는 것을 보니 이곳은 아마도 머지않아 그 이름만으로 남게 될 것이다.

이곳은 자크나무가 많아서 붙여진 이름 대신 타르보사우루스Tarbosaurus의 화석이 전신 골격 그대로 훼손되지 않은 채 발견되어 세계 최대의 공룡화석 발견지로 알려졌다. 그러나 이곳으로 공룡화석을 보러 오는 사람은 없다. 대신 붉게 타오르는 듯한 빼어난 절벽을 보기 위해 사람들의 발길이 이어지고 있었다.

'불타는 절벽Flaming Cliffs'이라는 이름을 붙인 이는 미국인 학자 로이 채프먼 앤드루스였다. 흥미롭게도 그는 울산 앞바다의 고래를 연구해서 '한국계 귀신고래Korean Gray Whale'라

는 이름을 붙인 사람이었다. 1912년에 울산을 방문했던 앤드루스는 고래의 이름을 붙이고 나서 1920년 공룡화석을 찾아 이 불타는 절벽을 찾아왔던 것이다.

이곳에 공룡의 발자국 소리를 따라서 올 사람은 없을 것이다. 그렇듯이 자크나무가 사라져 가고 그 이름만 남게 될 것이 분명한 이곳을 그 누가 기억하게 될 것인가. 아름다운 계곡마저 서서히 무너지고 나면 아무도 찾지 않는 사막이 될 것이다. 고생대의 지층을 연구하는 지질학자만이 옛 지도를 들여다보며 지나쳐 갈지 모른다.

붉은 계곡은 해가 반대편으로 기울어 그늘져 있었다. 그 아래로 내려가자 벌써부터 밤의 한기가 몰려와 있었다. 계곡 뒤쪽에서 홍적세의 바람이 부는 것만 같았다. 서늘했다.

계곡 아래쪽으로 내려가 여기저기 둘러보는 동안 차가 계곡을 돌아 이곳까지 내려오기로 한 것 같은데, 다시 계곡 위로 올라가는 사람도 있었다. 서로 연락이 잘 안 되었던 모양이다. 서로 길이 엇갈리고 있었다. 흩어진 사람들을 찾아서 차에 태우고 출발 지점에 다시 모였을 때 해가 느릿느릿 지고 있었다. 아름다운 절벽만이 바람과 햇볕에 서서히 무너져 가는 붉은 흙덩이를 간신히 붙들고 있었다.

사막을 건너가는
이를 위한
광학 이론

태양광 전지판을 세워 두고 구름이 충전을 하고 있었다. 커다란 접시 안테나를 달고서 햇빛을 수신하는 동안 손톱 빠진 돌 부스러기와 흙먼지 속에 우두커니 서 있는 자도 그늘이 없었다.

불시착한 구름 속으로 들어가 빈 화면을 보고 있었다. 오래전 이곳엔 바다라는 말이 없었다. 아니 그 어떤 것도 없었을 것이다. 그런데도 땀에 젖은 발바닥에서 개펄 냄새가 났다. 햇빛에서조차 물방울이 떨어졌다. 짧은 그늘 하나 얻지 못했던 햇빛이 젖어 있었다.

게르의 문짝을 열고 바람에 묶어 두려는데 세찬 모래바람이 불었다. 그 사이로 낙타 울음소리가 들려왔다. 그 울음의 높이로 구름 속에 앉아서 사막을 내다보고 있었다.

낙타는 그 커다란 눈으로 사방의 둥근 지평선을 바라보았다. 지평선을 건너갈 수 없는 것은 낙타의 운명이겠지만,

이제는 무엇을 기다리는지조차 알 수 없는 자는 제 운명마저 잃어버렸다.

그러니 그늘 한 점 없는 사막에서 달려야 할 필요는 없다. 어차피 어디에도 그늘은 없다. 그런데 낙타가 달린다. 그처럼 애처로운 속도를 나는 어디에서도 본 적이 없다.

열어 둔 문밖으로 신기루를 보면서 밀맥주를 마시고 있었다. 느닷없이 행복하다는 말이 혼잣말처럼 나왔다. 무엇을 기다리고 있는지조차 망각한 자가 대체 무슨 행복을 느꼈을까.

물안개가 낀 듯한 지평선 위에 푸른빛이 내려앉았다. 가면 갈수록 멀어지기만 하는, 그렇게 결코 다가갈 수 없는 거리를 애써 가늠하는 것은 쓸모없는 짓이었다.

다만 무엇인가 지금 내게로 무슨 생각엔가 사로잡힌 먼 눈동자처럼 하늘처럼 조용히만 조용히만 그렇게 건너오는 것이 있었다.

누가 죽은 말의 머리를
악기에
올려놓았는가

    사내가 마두금을 연주하기 시작했다. 구름과 석양과 푸른 어둠 속에서 사내는 말머리를 치켜세우고 두 줄의 현을 끌어안고 있었다. 먼 하늘을 지나가는 바람소리였다. 그러나 이제는 갈 수 없는 아주 먼 곳을 그리워하는 소리였다.

    어디서 날아왔는지 한 줄기 바람이 허파를 찢고 들어왔다. 가슴속 통증이 실핏줄처럼 번질 때면 다 석양 때문이라고 먼 하늘만 바라보고 있었다. 황무지 계곡에 묻혀 있던 화살촉을 주머니에서 꺼내 들었다.

    결코 석양은 돌아오는 것이 아니다. 내일 저무는 석양은 오늘의 석양이 아니듯이 지금 내가 보는 석양은 처음이자 마지막이었다. 멀리 건너다보아야 하고 저 멀리 지평선까지 애타게 부를 수밖에 없는 광활한 황무지가 붉게 타올랐다.

    돌아올 수 없는 것을 기다린다 하더라도 석양이 아름다운가. 그러면 나는 석양이 될 것이다. 붉은 구름을 모조리

삼켜 버릴 것이다. 게르의 문을 열어 놓고 낮은 의자를 하나 꺼내서 저무는 석양을 오래오래 바라보고 있었다.

청동색 짙은 구름마저 사라지고 지평선 너머로부터 모래 바람이 불어왔다. 사내는 계속 마두금을 연주하고 있었다. 진흙이 되고 모래가 되고 햇빛과 어둠뿐인 곳에서 모든 것이 그대로 멈춰 버렸다.

숨죽여 시위를 당기던 바로 그 멈춰 버린 한 호흡에서 화살촉이 날아왔을 것이다. 그 화살촉은 허파를 찢고서야 바람으로부터 벗어날 수 있었으리라. 그 슬픈 금속을 뽑아내자 석양이 다 저물었다. 마두금 연주가 끝났다. 더 이상 바람소리가 들리지 않았다.

·
·
·

양을 위한 노래는 없다

옹깃 사원

이해할 수 없는 것들을 이토록 그리워하고 있었나 봐요

한밤의 별자리 강좌

손을 들어 별과 함께 손끝을 맞대면

강가에서 뱀이 울고 있었다

제8장

{ 소 행 성

랭 보 }

양을 위한
노래는
없다

　양과 염소의 무리가 바짝 둥글게 모여서 멈칫거렸다. 어쩔 줄 모르고 작은 회오리나 일으키다 마는 벌판의 외톨이 바람처럼 한 무리의 가축들이 느닷없이 모여 있었다. 초원에서 양과 염소를 몰고 온 아이들은 한 발짝 뒤떨어져 있고, 오랜 햇빛이 온몸에 내려앉은 구릿빛 사내와 날렵한 청년의 눈이 매서웠다.

　잡히지 않으려고 바짝 모여든 가축의 무리는 그 둥근 소용돌이를 벗어나지 못하고 있었다. 제법 뿔이 굵은 한 녀석이 앞발을 들고 그 둥근 세계를 튕겨 올라 뛰쳐나가려고 하자 무엇에 붙들리지도 않았는데 뒷다리가 다시 멈칫거렸다. 도저히 무리를 벗어날 수가 없었다. 흩어질 수가 없었다. 심장은 자기 안에서만 거세게 뛰고 있을 뿐이었다.

　급기야 한 쪽 다리를 잡힌 큰 양 한 마리가 뒷걸음치며 무리에서 끌려 나왔다. 울지도 않았다. 발버둥치지도 않았다. 무리의 안쪽으로 둥근 회오리를 따라 움직이던 양과 염소들이 이내 들판으로 사라졌다. 자갈뿐인 땅 위에 햇빛만 가득하고 하늘에는 멀리 마른 구름 한 점 겨우 지나갔다.

가까이 와서 보라고 누군가 나를 불렀다. 이 양의 죽음을 지켜봐야 하지 않겠느냐는 눈빛이었다. 나는 이 거룩한 동물의 죽음을 위해 할 수 있는 게 없었다. 그래도 어떻게든 양의 죽음을 가까이 지켜보는 것만으로도 나의 도리를 다하는 것이 아닐까 싶기도 했다.

누구도 양을 위해 기도하거나 의식을 치르지는 않았다. 그러나 사내는 피 한 방울 땅에 흘리지 않기 위해 바닥에 천을 깔아 두었다. 양의 죽음을 헛되이 하지 않기 위해 그 피 한 방울도 땅에 떨어뜨리지 않는 것이 이곳의 풍습이었다. 땅에 떨어진 피 냄새를 맡고 늑대가 몰려들지 않게 하기 위한 방편이기도 하겠지만, 이곳에서는 그 어떤 생명도 함부로 목숨을 거두지는 않았다.

청년이 뒷다리를 잡자, 사내는 뒤에서 양의 목을 붙든 채 작은 반달칼로 스윽 주먹 하나 들어갈 만큼 작게 배를 갈랐다. 몸속의 압력 때문에 허연 창자가 밖으로 조금 비어져 나왔고, 사내는 뱃속 깊이 손을 넣고서 한참을 가만히 있었

다. 두 손가락으로 피가 흐르지 않게 동맥을 꼭 누르고 있으니 양은 이내 고통 없이 죽음을 맞이했다. 양은 빳빳한 목의 힘줄을 그대로 세운 채 초점 잃은 두 눈으로 먼 구름 한 덩이를 바라보고 있었다.

그 순간 나는 무엇이라도 이 양을 위해 기도해 주고 싶었다. 그러나 나는 죽은 양을 위한 노래를 지은 적이 없었다. 정말 내가 아무것도 할 수 없다는 사실이 부끄러웠다. 나도 모르게 그 어떤 거룩한 문장들이 내가 한 번도 들어본 적이 없는 고대의 방언이 되어 내 입에서 끊임없이 흘러나오기를 바라고 있었다. 이 우주와 모든 생명의 순리를 노래하고 축복하고 기원하는 어느 정령의 목소리를 기다리고 있었는지 모른다.

사내는 조심스레 죽은 양을 끌고 게르 안으로 들어갔다. 살가죽이 벗겨지고 뚜둑 다리 관절을 꺾고 배를 갈랐다. 너덧 살이나 됐을 어린 아들이 사내를 도와 머리 쪽의 피를 몸통으로 짜내고 있었다. 제법 익숙한 솜씨였다. 내장이 끊어지고 방광이 잘려 나가면서 게르 안에는 지독한 냄새로 가득 찼다. 억센 유기물질이 위와 내장을 지나 썩어 가는 냄새였다.

질긴 내장 하나가 끊어져 게르 밖에 내던져졌다. 문 앞을 지키고 앉아 있던 검은 개가 내장 하나를 질질 끌고 사라졌다. 잘려 나간 양의 머리는 수레 위에 올려졌다. 곧 햇볕과 바람에 머리뼈만 남게 될 것이다. 근처 어느 지나가던 길에 버려지거나 어워에 오를 것이다.

양은 저녁 식탁에 올라와 다시 인간의 살이 되고 피가 될 것이다. 미움이 되고 그리움이 되고 사랑이 될 것이다. 어떤 생각이 되고 말이 되고 끝끝내 바람이 될 것이다. 양을 위한 노래는 그렇게 만들어질 것이다.

옹깃
사원

아름다운 것을 찾아가는 것은 여행의 중요한 목적 중 하나다. 깨끗한 모래사장에서 코발트빛으로 물든 바다를 보거나 저물 무렵 붉은 석양을 뒤로한 채 절벽 위에 세운 사원을 바라보기 위해서 먼 길을 떠나게 된다. 마을마다 작은 미술관이 들어선 한적한 도시를 여유롭게 거닐거나 향이 색다른 따뜻한 차를 한 잔 마시며 아름다운 불빛으로 가득한 거리를 건너다보는 것처럼 여행은 아름다움 속에 머물기를 바라는 이들에게 선택되는 삶의 한순간이다.

이렇게 낯설고 오랜 이야기들이 가득한 여행의 길 위에 서라면 그 누구라도 아름다움을 느끼게 될 것이다. 그러나 이 사막에서 아름다움을 만나기는 매우 어려운 일이었나 보다. 사막에 들어서기 전에 만난 초원에서 잠시 흥분된 감탄이 이어졌지만, 사막으로 들어선 이후로는 험로에서 쌓인 피로와 아무것도 없는 풍경의 연속 때문에 서서히 지쳐 있을 뿐이었다.

　매일 200킬로미터가 넘는 비포장길을 달리면서 신기루와 낙타 무리가 지나가는 것을 보았을 뿐, 그늘 한 점 없는 곳에서 잠시 쉬었다가 가는 여정은 고달팠다. 게다가 폐허라니! 다만 이 폐허는 여행자와 무관한 시간 속에서 찬란할 뿐이었으니, 그다지 여행자들을 고통스럽게 하지는 않는 것이었다. 폐허가 된 옹깃 사원에 들어서서 다시 나올 때까지 아름다움에 사로잡힌 듯한 눈빛을 갖기는 어려웠다. 그저 사원 앞의 커다란 나무 그늘에 앉아서 사막에 들어선 후 처음 보게 된 이 커다란 나무의 이름이나 물어볼 뿐이었다.

　아무것도 없는 곳에서 무엇을 보고 느끼고 아름다움을 찾을 것인가. 눈먼 오이디푸스는 "나는 조금밖에 바라지 않지만, 바란 것만큼 얻지도 못한다. 그래도 그것으로 나는 족하다"라고 했지만, 나는 그처럼 유랑자가 아니었다. 스스로 유배의 길을 선택한 것도 아니었다. 그렇지만 이미 사막에서 폐허가 아닌 그 무엇을 만날 수 있으리라는 기대를 하지 않았기에 강 건너까지 다 허물어진 폐사지의 흔적을 바라다보았을 때, 나는 이상한 아름다움을 만나고 있었다.

　저 멀리 다 허물어진 탑 위로 굴뚝 연기 같은 구름이 떠

있었다. 폐허는 사라진 것의 흔적이 아니었다. 이전에는 보이지 않았던 것들이 폐허에서만이 더욱 그 모습을 고스란히 드러내고 있었다. 당신이었을까. 아니면 나였을까. 그것은 아름다움이었을까. 어쩌면 또 다른 환각이 아니었을까. 그렇게 나는 그 폐허를 마주하고 있었다.

사원 바로 앞에 있는 캠프는 이제까지 지나온 곳과 달리 화려했다. 새로 지었는지 유달리 색조가 밝은 게르의 무늬를 바라보고 있는데, 천창 아래 매단 유리병이 떨리고 있었다. 푸른 하늘과 고요한 바람을 기원하는 의미로 달아 놓은 것 같았다. 그 속에 담긴 물이 점점 푸른빛으로 바뀌고 있었다. 바람이 제 눈물 속에 가라앉으면 무엇이든 제 무게만으로 고요해질 텐데, 내가 아는 별은 어젯밤에도 뜨지 않았다. 언덕 위에 어둔 밤하늘이 열리기만을 다시 또 기다리고 있었다.

이해할 수 없는 것들을
이토록 그리워하고
있었나 봐요

"이건 무슨 별자린가요?"

"잘 안 보이네요."

며칠 전 게르 안에서 천창 위로 흘러가는 별을 담은 사진이었다. 렌즈는 어둡고 삼각대도 없었다. 낮은 의자 위에 올려놓고 찍은 사진이었다. 별자리를 잘 아는 여선생에게 작은 노트북 화면을 확대해서 보여 주며 자정쯤 찍은 것이라고 시간과 날짜를 알려 주었다.

"전체 별자리가 담겨 있지 않아서 정확하지는 않지만, 아마 그 시간쯤 머리 위에 북십자성 백조자리가 지나갔을 거예요."

청백색의 별이었다. 백조자리의 가장 밝은 별 데네브와 직녀성 베가, 견우성 다비흐를 연결한 것이 여름의 대삼각형이었으니 나는 그 거대한 삼각형의 한 축을 이루는 밤하늘 아래에 있었던 것이다.

자크나무 모닥불 앞에서 그녀에게 별자리를 누가 만들었
는지 아느냐고 짓궂은 질문을 한 적이 있었다.

"우리가 별을 보는 것은 그리워서예요."

별이 마지막 진화 단계를 거쳐 초신성으로 폭발하고 그
우주먼지들이 떠돌다가 다시 별이 되었으니, 우리는 저 별
로부터 온 것이라는 엉뚱한 이야기를 했을 것이다. 그러니
별을 보는 것은 그리워하기 때문이라고.

"과학 잘하셨죠?"

그녀의 말이 왜 내게는 스테파네트의 목소리처럼 들려왔
을까.

"너희 목동들은 다 마법사라면서?"_{알퐁스 도데, 〈별〉}

나는 마치 마법사라도 되는 양 내 상상 속의 별자리를 그
녀에게 보여 주고 있었다. 모닥불 앞에서 별과 근대과학에
대해 몇 마디 더 이야기를 나눈 적이 있었다. 뉴턴이 만유
인력을 발견한 것은 혜성 충돌에 관한 공포심 때문이었다
는 이야기도 한 것 같았다. 그래서인지 그녀는 내가 과학에
대해 관심이 많은 사람으로 보였던 모양이었다. 별자리를
잘 모르기 때문이기도 하겠지만, 나는 내 나름대로 별자리
를 그려보았다.

어린 시절에 보던 소년잡지에는 중간중간 광고 지면이 있었다. 천체망원경을 본 것은 그때였다. 잡지 부록으로 준 워키토키는 가느다란 끈이 하나 연결된 조악한 것이었지만, 천체망원경 사진과 함께 워키토키는 나에게 이 세상 밖 우주와 만나는 꿈을 갖게 한 것 같았다. 알지 못했던 그 누군가와 만나는 일처럼 우주는 어린 나에게는 신비로웠다.

조금 머리가 크고 나서는 대중적인 과학잡지였던 〈사이언스〉와 〈뉴턴〉을 몇 호 사 보게 되었다. 어려운 학술 논문이 아니라 쉽게 접할 수 있는 과학 정보들이 화보와 함께 실려 있어서 어린 학생의 눈을 즐겁게 해 주었다. 그러나 그 잡지들은 성인들이나 볼 수 있는 고급잡지였다. 그때 나는 고작 중학교 1학년이었다. 이제는 여러 번 이사하는 동안 늘어난 다른 책들과 함께 버리게 되었지만, 그 잡지에 실려 있던 몇몇 화보들은 아직도 설풋하게나마 기억하고 있다. 프랑스 왕립천문학회에서 그들이 발견한 소행성의 이름을 '랭보'라고 붙였다는 짧은 과학 기사는 잊을 수가 없었다.

밤하늘에 무수한 별들이 반짝이지만 랭보라는 이름의 소행성은 육안으로 볼 수 없는 아주 먼 곳에 있었다. 아마도 랭보의 눈처럼 푸른빛의 별일 것이다. 그러나 오래된 그 모든 감각으로 사물 뒤에 가려진 진정한 실체를 찾으려 했던 랭보처럼 별은 어둠 속에서 홀로 빛나고 있을 것이다.

"그러니까 우리는 이해할 수 없는 것들을 이토록 그리워하고 있었나 봐요."

밤이 깊을 무렵 길 잃은 별 하나가 떠서 어느 목동의 어깨에 기댄 채 지평선을 건너가고 있었다.

한밤의
별자리
강좌

　밤이 깊어지자 별을 보러 가게 되었다. 가까운 물가에 뱀이 많다고 해서 근처 낮은 언덕으로 향했다. 경사진 언덕에 앉아서 별자리 선생이 가리키는 방향을 따라 하나하나 밤하늘에 선을 그려 보았다.

　남쪽 하늘에 솟아오른 은하수를 뒤로하고 북쪽을 돌아보니 누구나 알 수 있는 북두칠성이 커다랗게 반짝였다. 북두칠성은 국자 모양을 하고 있는 것처럼 보였다. 국자의 손잡이 끝을 이루는 세 개의 별은 알카이드, 미자르, 알리오스라고 부른다. '슬퍼하는 세 소녀'라고 불리기도 한다.

　알카이드는 중국에서 깜빡거린다는 의미로 '요광搖光'이라고 표기한다. 두 번째 별 미자르는 아랍어에서 나온 말인데, 허리띠라는 의미를 갖고 있다. 인도인들은 이 별을 '아룬다티'라고 부른다. 인도에서는 이런 이름을 갖고 있는 사람들이 제법 많다. 북두칠성은 큰곰자리에 속해 있다. 그

꼬리 부분을 이루는 북두칠성의 세 번째 별 알리오스는 큰 곰자리 중에서 가장 밝은 별이다.

6등성까지 인간의 눈으로 볼 수 있는 모든 별이 다 밤하늘에 떠 있으니 별자리를 구별하기가 어려웠다. 이럴 때는 가장 잘 아는 별자리부터 찾아보면 된다. 북두칠성이 바로 그런 별이었다. 북두칠성의 두 번째 별 미자르의 동쪽에는 희미하게 동반성 알코르가 떠 있다. 알코르는 4등급 별이라 시력이 1.5 이상 되어야 볼 수 있다. 1.0 정도라면 희미하게 보인다고 한다. 그 이하의 시력으로는 이 별을 분간하기가 어렵다. 그래서 아라비아에서는 이 별을 통해 병사들의 시력을 측정했다고 한다.

북두칠성의 손잡이별 알카이드 바로 아래에 M51이라는 소용돌이은하가 희미하게 보인다. 다정한 모습으로 보이기도 해서 부자은하라고 불리기도 하는데, 큰 은하와 작은 은하가 서로 중력에 이끌려 있어 상호작용은하로 분류된다. 겉보기 등급이 9등급인데도 눈이 밝은 이들은 이곳에서 별을 볼 수 있으니 놀라운 일이 아닐 수가 없었다.

이렇게 북두칠성과 가까운 별들을 하나씩 찾다보니 별자리를 익히기에 수월했다. 북극성도 북두칠성을 통해 찾으면 어렵지 않았다. 북두칠성의 손잡이별 반대쪽 끝을 이루는 두 개의 별이 있다. 두 번째 베타별에서 알파별 방향으로 그 거리만큼 5배를 가면 그 자리에서 북극성을 발견할 수 있다.

북극성을 찾는 방법에는 두 가지가 있는데, 다른 한 가지는 카시오페이아를 통해 찾는 방법이다. 북두칠성이 지평선에 낮게 내려와 있을 때 카시오페이아를 통해 북극성을 찾으면 된다. W자 모양을 한 카시오페이아에서 아래쪽 두 별과 W자의 가운데 별이 마름모를 이루도록 반대편에 선을 긋고 그 가상의 꼭지점과 W자 가운데 별을 일직선으로 그어서 그 거리만큼 6, 7배쯤 되는 위치에서 북극성을 찾으면 된다.

또 재미있는 별자리를 찾아서 자기만의 꿈을 꾸어 보는 것은 어떨까. 은하수의 끝자락을 가늠해 보면 카시오페이아를 볼 수 있다. 산개성단의 보석밭으로도 불리는 곳이다. 이 중에서 가장 밝은 것은 NGC457 산개성단이다. 흔히 ET 성단으로 불리는데, 마치 긴 팔을 가진 외계인이나 로봇처럼 보인다. 물론 눈으로 성단 전체를 보기는 어렵다. 다만 희미하게 빛나는 별 하나를 찾아서 마음속에 커다랗게 그림을 그리면 된다. 저 어둠 속에서 무엇인가 나를 향해 길게 팔을 들고 있는 모습이 보일 것이다. 그때 자기만의 이야기를 시작하면 된다.

손을 들어
별과 함께
손끝을 맞대면

"지금 여기서 볼 수 없는 별자리도 있어요."

나는 딴 곳을 바라보고 있었다. 어둠 속이었다. 찬바람이 스쳐 가는 은빛 하늘과 무수한 별들 사이에서 먼 어둠 속을 바라보고 있었다. 지평선 너머에 지금은 볼 수 없는 어떤 별자리였다.

폐허가 된 사원 아래에서 바라본 별은 새파랗게 빛났다. 차가운 바람 때문에 더욱 밝았는지도 모른다. 밤늦게 별을 보다가 내려와 깊이 잠들었다. 저 별 아래에서 나는 무엇인가 한마디 말을 남기고 싶었다. 밤하늘을 향해 손끝을 들어 무슨 말인가 단 한마디 남기고 싶었다.

그것은 노래였을까. 아니면 돌 위에 새겨야 했을 내 길고 긴 숨결이었을까. 내일이면 이 사막을 벗어나게 될 것이다. 나는 바위샘물로 두 눈을 씻고서 사막에 들어설 수 있었다. 사막의 황량한 아름다움을 내 두 눈으로 그렇게 비로소 볼 수가 있었다. 이제 이곳에서 나는 뜨거운 눈물을 흘려야만 한다. 사막을 벗어나 다시 두 눈으로 세상을 볼 수 있으려면 두 눈에 뜨거운 눈물을 흘려야만 한다. 그렇지 않으면 나는 다시는 그 어떤 아름다움도 보지 못할 것이다. 사막을 지나오며 보았던 그 아름다움마저 나는 기억하지 못할 것이다.

아직또 누런 다를 향해 짇꼬 인는가

알 쑤 엄는 그 무어신가를 향해서만 지저대던

바메 우름쏘리는 이즌 지 너무도 오래

서걍이 되지 모탄 먼지들

모조리 다 태우지 모타고 떠러저 나믄 운석뜰

그 어느 겯또 거믄 눈똥자 소글 지나가지 아난따

오래전 다리 두 개엳따 한들

무슨 소용이란 마린가

서로 부딛처 하나는 사라지고

다른 하나는 여전히 상처를 안꼬 읻껜찌만

그 흔적 소게서 바메 태양이

부러저 써근 갈비뼈를 감추며 되비처 오더라도

낯썬 거슬 향해서만 맹녈하게 두려우믈 드러낼 뿐

개는 자기를 무러뜯찌 안는다

자기를 향해 지저댄 저기 업따

아무런 두려움도 업씨

저물려게 은삘 사마글 건너다보는 눈먼 사내처럼

느다님는 이 우름쏘리에는

비로소 개가 되어 지저대기 시자칸

그 처으메 모멸과 부끄러움과

온 세상을 다 무러뜨드려 핻떤 사나운 니빠리 업따

나리 발끼도 저네 요란한 트럭 엔진 소리

수처칸 풀벌레 소리를 끈코 지나가고

발미테는 어제빰처럼 빈 뼈만 수부기 싸여 읻따

내게 침무기란 이런 거시얻떤가

말할 쑤 엄는데도 기필코 말하기 위해

제 불근 혀빠다글 씨버 삼켜야만 하는 이거슨

이제 다 되었다. 가슴속에 남겨 둔, 차마 하지 못했던 한 마디 말이 뜨겁게 두 눈에 맺히고 있었다. 그래, 이제 다 된 것이다. 이 별 아래에서 나는 내 한마디 말을 삼키고 있었다. 눈물을 흘리고 있었다. 잊지 않기 위해, 사막의 황량한 아름다움에 미쳐 온 세상을 떠도는 방랑자가 되지 않기 위해 나는 내 가슴속에 남은 한마디 말로 눈물을 흘리고 있었다. 황량한 아름다움을 보았다.

강가에서
뱀이
울고 있었다

  천창 아래 매달아 놓은 유리병이 흔들렸다. 저물녘에 북쪽으로 멀리 날아가던 새들이 그 뒤로 어스름을 남기고 간 것처럼 천창 위의 밤하늘이 희미한 빛으로 물들어 있었다. 무슨 소리인가 들린 것 같았다. 노랫소리였던가. 사원 아래 굽이도는 강가에서 들려오는 소리였다.

  서쪽 하늘에 무거운 비구름이 내려앉았는지 강물 소리가 세차게 들렸다. 이상하게도 귓가에 물결이 스치는 듯이 맑았다. 박명이었다. 그 무수했던 은빛 밤하늘이 푸르게 물러나고 있었다.

  아직 하룻밤을 채 넘기지 못했지만 날이 밝으면 사막을 빠져나가게 될 것이다. 차가운 공기를 마시며 밖으로 나왔을 때, 무슨 소리인가 또 들리는 듯했다. 강가의 잔돌이 밤새 불어난 물살에 쓸려 가는 소리 같았다. 그런데 이상하게도 누군가 강가에 앉아 낮은 노래를 부르고 있는 듯이 들려왔다.

몇 걸음이면 닿을 곳이라 잠을 깰 참으로 그 이상한 소리를 따라서 갔다. 점점 강물 흐르는 소리가 세차게 들려왔다. 풀잎은 젖어 있었고, 바람은 고요했다. 작게 부스러진 돌조각으로 덮인 길을 따라 스적스적 강가에 이르렀을 때였다. 물결 소리가 아니었다. 분명 그것은 가느다랗게 들려오는 노랫소리였다.

나는 그 노랫소리가 들려오는 곳으로 바짝 다가섰다. 잔돌 몇 개가 강물 속으로 굴러떨어져 쓸려 갔다. 그런데 아무 소리도 들리지 않았다. 조금 전까지만 해도 느릿느릿 물결처럼 들려오던 노랫소리가 더 이상 들리지 않았다. 푸른 빛으로 서서히 내려앉고 있는 뒤쪽 하늘을 돌아보다가 다시 고개를 돌렸을 때, 잔돌이 몇 개 굴러떨어져 쓸려 간 강물 속에서 허연 물거품이 일었다가 사라졌다.

푸른 어둠 속에서 강물 위에 뭔가 검은 구름인 듯한 것이 흘러가고 있었다. 내 그림자였다. 그 순간 나는 거의 본능적으로 강물에 쓸려 가고 있는 그림자를 잡으려고 강물 속으로 몇 걸음 들어가며 손을 뻗고 있었다. 물거품이 또 한 차례 일었다가 강물에 쓸려서 사라지고 있었다. 그때 어디선가 다시 노랫소리가 들려왔다.

강 건너 바위 위에 뱀이 한 마리 앉아 있는 것이었다. 뱀이 울고 있었다. 강물에 그림자 하나가 다 떠내려가 버리고, 나는 무릎까지 들어간 강물 속에서 한 마리 뱀을 건너다보고 있었다. 그 노랫소리를 듣고 있었다. 마치 내가 벗어 놓고 온 그림자인 듯이 강 건너 바위 위에 올라앉은 어둠 속으로 건너가려고 점점 강물에 발을 내딛고 있었다.

천창 위에 매달아 놓은 푸른 유리병이 흔들렸다. 꿈이었다. 두 손으로 철제 침대를 움켜쥐고 필사적으로 몸을 뻗으며 식은땀을 흘리고 있었다. 꿈을 꾸고 있었던 것이다. 참으로 이상한 꿈이라고 생각하면서도 나는 알 수 없는 두려움에 사로잡혔다. 눈을 뜰 수가 없었다. 아니 눈을 뜨고 깨어나서는 안 될 것만 같았다. 어둠 속에 상체를 일으키고 앉아 꿈에서 깨어난 순간 나는 죽은 사람이 되어 있는 자신을 보게 될 것만 같았다.

나는 눈을 뜨지 않으려고 했다. 잠에서 깨어나지 않으려고 했다. 나는 내 그림자 위에 누워서 그대로 한없이 떠내려가고 있었다. 푸른 강물이 그림자 하나를 일렁이며 흘러가고 있었다. 그 검은 그림자 위에 누워 있는 것은 바로 나였다. 더 이상 노랫소리는 들려오지 않았다.

．
．
．
들판의 묘지
차르르 차르르 메뚜기가 난다
어느 곳으로든 이제 나는
어르헝 폭포 가는 길
말을 따라서

제9장

{ 아 무 도 부르지 않 는
　사라진 노 래의
　　　　　　한　　　구절 }

들판의
묘지

사막은 끝났다. 사방에 연분홍 부추꽃들이 피어 있고, 들판은 푸르렀다. 멀리 거대한 산 전체가 부추꽃으로 뒤덮여 있기도 했다. 폴란드에서부터 바이크를 몰고 온 청년들이 앞서 가면서 잠시 먼지바람을 일으킨 것 외에는 바람마저 고요했다.

들판을 지나 낮은 언덕을 넘을 때였다. 멀리 커다란 돌이 듬성듬성 땅 위에 놓여 있었다. 큰 돌을 쉽게 보기 어려운데, 가지런히 돌이 모여 있는 곳이 보였다. 들판의 묘지였다. 유목민들이 지나가다가 만든 무덤은 아닌 듯했다. 가만히 바라보고 있으니 마치 작은 비석처럼 돌이 세워져 있었다. 바닥은 여느 평지와 다르지 않았다. 오직 돌 하나만이 세워져 있었다.

"잠깐 차를 세워 주세요."

근처 마을사람들의 묘지였을 것이다. 나는 이 소박한 들

판의 묘지를 가까이서 보고 싶었다. 사막을 지나오며 내내 이곳에서 죽고 싶다는 생각을 했다. 이곳에서 돌 하나만으로 묻히고 싶었다. 아무것도 남기지 않고, 그저 맑은 햇볕과 바람과 끝없는 지평선뿐인 이곳에서 내 죽음을 맞이하고 싶었다.

이곳은 그래도 공동묘지였으니 그 후손들이 쉽게 찾을 수 있는 곳이었다. 유목민들은 죽은 이의 시신을 들판에 묻고 어미 낙타가 보는 앞에서 그 어린 새끼를 죽이는 풍습이 있다고 한다. 모성애가 강한 어미 낙타는 자기 새끼가 죽은 장소를 잊지 않는다. 아무것도 없는 들판에서 무덤을 찾으려면 죽은 새끼를 찾아가는 낙타를 뒤따르면 된다.

그렇게 광활한 들판의 무덤은 그 누구도 찾기가 어렵다. 자연석 하나만이 전부인 묘지는 아름다웠다. 만약 내가 죽게 된다면 아무도 모르는 들판에 돌 하나만을 올려놓고 그 자리에 묻히고 싶다. 그 돌에는 아무것도 새기지 않을 것이다.

그런데 차를 세워 주지 않았다.

"무덤에 가까이 가는 것은 좋지 않아요."

나는 무슨 뜻인지 이해할 수 있었다. 내가 아무도 모르는 곳에서 영원한 안식을 얻으려 한 것처럼 나도 누군가의 영면을 방해해서는 안 된다.

고작 그래 봐야 일 년에 서너 번 마른 비가 내린다는

내륙 고원으로 들어가는 길에 그 황무지는 있다

그 땅은 너른 폐허를 감추고 있는데

다른 곳의 말을 풀어 낸다면 단지 평원일 테지만

그렇다고 그 길이 아름다운 것은 아니다

유독 편서풍을 거슬러 되돌아보는 것은

내 등 뒤에 한 떼의 먹장구름이 낮게 드리워져 있기 때문이다

언젠가 나는 반드시 그 길을 지나가야 한다

먹장구름이 지나간 자리에

다투어 키 낮은 야생화를 피워 내는 곳

아무리 잊힌 몇 소절 노래의 자락을 기억해 낸다 해도

고작 서너 번 내리는 비를 기다리는 이는 없다

다시 길을 돌아 나올 때면 나그네여

그대는 누군가 멀리서 부르는

어떤 이름을 듣게 될지도 모른다

설령 그것이 그대를 부르는 이름이라고 해도

뒤돌아보지 마라 그 길은 옛 이름으로만 불릴 테니

뱃속에서부터 꾸르륵 꾸르륵

마른 뿌리를 뻗어 올라오는 야생의 꽃들을 씹으며

주름진 입가에 흥얼거리는 노랫소리를 따라

그대는 한낱 사라져 버릴 너무 먼 길을 가려 했다

들판의 묘지는 공허하고 아득한 곳으로 멀어지고 있었다. 오로지 무한으로서만 저 죽음은 아름다울 것이다. 아름다움이란 그런 것이다. 언젠가 이 길을 지나갈 것이라는 오랜 예감마저 이제는 나에게 옛 이름으로 남을 것이지만, 나는 들판을 향해 자꾸만 뒤돌아보고 있었다. 누가 저 멀리 언덕 너머에서 나를 부르고 있었을까. 내 이름은 뒤돌아보는 순간 저 멀리에서 무한이 되고 있었으리라.

차르르 차르르
메뚜기가
난다

화투를 손끝으로 몇 번 훑어 내리는 것처럼 차르르 차르르 메뚜기가 제자리에서 날고 있었다. 바람을 타고 멀리 날아가려는 그런 날갯짓이 아닌 것 같았다. 아주 잠깐씩만 바람을 타고 제자리에서 오르락내리락하고만 있었다. 날아갈 것도 아니면서 뭐 하러 저리 엉성하고 힘겹기까지 한 날갯짓을 하고 있는 것일까.

연간 강수량 100밀리미터 이하의 건조한 땅에 모처럼 우기가 찾아왔으니 이 녀석은 싱싱하게 자란 풀잎을 먹느라 바쁠 텐데, 어찌 그리 날아오르기만 하는 것일까. 사방에 풀이 지천으로 자라 있으니 먹이 걱정은 없어 보였다. 아마도 제 짝이 어디 있는지 찾으려고 다급하게 제자리에서 날아오르는 것이 아닐까.

한 번 차르르 가장 긴 풀잎의 높이만큼 날아올랐다가 힘없이 내려앉고, 제법 바람을 잘 타고 올랐는지 차르르 차르

르 한껏 안간힘을 다해 제자리를 날아오르는 메뚜기. 초원의 풀들이 햇빛에 널어놓은 담요를 한 번 펄럭여 털어 내듯이 여기저기 메뚜기들이 일제히 날아오르고 있었다.

두어 달만 지나도 이 자리에 흰 눈이 내릴 것이다. 어떤 운명으로 메뚜기는 날아오르는 것일까. 그래 봐야 고작 제자리일 뿐이지만, 메뚜기는 사력을 다해 운명을 걸어 보고 있는 것 같았다. 화투 패를 착착 모아서 손끝으로 한 번 스으 훑어 내리는 소리처럼 메뚜기가 날아오르고 있었다. 처음엔 다들 판돈을 쓸어 모을 것처럼 무릎을 당겨 바짝 다가앉듯이 메뚜기의 날갯짓 소리가 제법 호기로웠다.

메뚜기는 메뚜기가 되려고 힘겹게 날아오르고 있는 것이었다. 내년에도 다시 메뚜기가 되려고, 그다음 해도 그다음 해에도. 나 역시 그러기 위해서 이곳까지 온 것이 아니었을까. 나를 찾아서, 다시 한 번 자기가 되기 위해서. 메뚜기는 아랑곳없이 차르르 차르르 풀잎 위로 연신 날아올랐다.

어느 곳으로든
이제
나는

    낮게 내려앉은 구름도 지쳤는지, 품고 있던 몇 방울 비를 놓치고야 말았다. 하르허린Harhorin으로 가는 길에 작은 비구름이 지나갔다. 굳이 이 비를 맞아 보겠다고 차를 세워 내리기도 했다. 흘러내리지도 못하고 몇 방울 뺨에 묻어 있을 뿐인데 사방에 들꽃 냄새가 가득했다.

    한참을 달려가야 겨우 몸 가릴 수 있는 언덕 너머에서 구름 아래 몇 평 그늘 쪽인지 언제부턴가 잊고 있었던 것만 같은 둥근 향기가 풍겨 왔다. 그 향기가 걸을 때마다 무릎 위로 바짝 올라오고 있었다.

    어느 곳으로든 이제 나는 방향을 따라가지 않아도 된다. 사방에서 풍겨 오는 이 멀고 먼 냄새. 바람소리뿐인 주위를 애써 둘러볼 필요가 없었다. 어느 곳에서 바람이 불어오는지 가늠할 필요가 없었다. 다시 지극한 몸살처럼 이 향기를 그리워할지도 모른다.

후지르트 솜Khujirt Som을 향해 걷는 길은 시냇물 옆에 자란 풀 때문에 부드러웠다. 멀리 보이는 마을 지붕은 갖가지 원색으로 칠해져 있고, 낮게 몰려온 먹구름이 햇빛을 등지고 있어서 낮은 경사로 이어진 길을 걷는 것은 그간의 모든 피로를 잊기에 충분했다.

개울가에 수생식물이 작고 예쁜 꽃을 피우고 있었다. 이제까지 사막에 수박만 한 별은 뜨지 않았지만 나는 먼저 이별 아래를 지나간 이의 눈빛을 떠올리고 있었다. 눈에는 가시 박힌 별들뿐일지라도 굽이진 물가에 앉아서 잔물결에 귀를 달아 주고 있었다. 한 번쯤은 내 앞에 놓인 돌의 허리까지는 개울이 넘쳤을 것이다.

고요한 바람과 꼬리가 짧은 햇빛 그리고 또 느릿한 저물녘과 긴 어둠이 지나갔을 돌 하나를 주워 들었다. 가끔씩 개울 건너까지 찾아온 어느 발길이 머뭇거리다 돌아갔을 것이다. 누군가 주워 들었다가 가만히 내려 둔 손길이 여기에 있었을 것이다.

앞서 간 폴란드 청년들이 먼저 상점 앞에 느긋이 앉아 쉬고 있었다. 이곳까지 여러 번 펑크 난 타이어를 고치며 왔다고 했다. 어디 그들뿐인가. 모두들 어딘가 조금씩 구멍이 난 곳을 고치며 이곳까지 왔을 것이다.

　조금만 더 가면 어르헝^{Orkhon} 폭포에 도착하게 된다. 그런데 하늘이 예사롭지 않았다. 아니나 다를까. 출발하고 나자 곧바로 길마저 볼 수 없을 정도로 모래바람이 불어왔다. 이곳을 조심스레 빠져나갈 때부터 계속 비가 내리기 시작했다.

어르헝 폭포
가는
길

  산악 지대에 들어설 때 비가 그쳤다. 절벽 아래 깊은 강줄기가 지나가고 그 너머로 한 번도 사람의 발길이 닿지 않은 듯한 신비로운 산맥이 펼쳐져 있었다. 작은 강줄기에 놓인 나무다리를 조심스럽게 건너고 나자 양과 염소가 풀을 뜯고 있는 너른 들판이 나왔다.

  산맥의 비탈진 곳에 세워진 게르는 이 풍경 속에서 잠시나마 살고 싶은 꿈을 불러일으켰다. 이런 곳에서 살 수만 있다면 얼마나 좋을까. 물끄러미 강 건너 푸른 산을 바라보다가 느긋하게 땔나무를 구하러 숲에 나가서 비탈진 언덕에 팔베개를 하고 누운 채 솔개가 날아다니는 하늘을 바라보며 사는 것은 어떨까.

  늦은 점심을 먹고, 난로를 피워 따뜻한 차 한 잔을 타서 마시고, 석양을 기다리다 한 줄의 시를 얻는다면 얼마나 좋을까. 밤에는 별을 걱정하고, 구름을 탓하며 사는 것은 또

어떨까. 단 한 달이라도 내게 그런 시간이 주어진다면 얼마나 좋을까.

초원과 깊은 숲은 강렬하게 삶의 충동을 불러일으키고 있었다. 양과 염소와 야크만이 가끔씩 풀을 뜯으러 오는 곳에서 외롭게 살고 싶었다. 그것도 지겨워지면 사막으로 들어가 며칠씩 별을 따라 유랑하다가 돌아오면 되지 않을까. 밤새 무엇인가를 그리워하다가 늦잠을 자고 일어나면 되지 않을까.

그럴 수만 있다면 이 세상에서 가장 맛있는 차를 끓여서 오래오래 마실 것이다. 높은 산 위로 물든 석양을 바라보며 아무도 부르지 않는 사라진 노래의 한 구절을 떠올릴 것이다. 마른 장작으로 이 세상에서 가장 맑은 불꽃을 피울 것이다. 차가운 강물에 발을 씻고서 맨발로 내 외딴 게르까지 천천히 걸어올 것이다.

말을
따라서

　사막과는 달리 밤에는 난로를 피우지 않고서 잠들 수 없을 정도로 추웠다. 게르 주인이 가져다준 장작은 한두 시간이면 바닥이 날 것 같았다. 주변에 산을 둘러보아도 그리 나무가 많지 않은 것을 보니 땔감이 부족할 텐데, 이곳의 밤은 유난히 길 것만 같았다. 할 수 없이 게르 주인도 일찍 잠들었기에 근처 땔나무를 쌓아 놓은 곳에서 한껏 장작을 들고 왔다. 밤새 불을 피우고도 남을 것 같았다.

　게르 안은 활활 타오르는 장작불로 훈훈해졌다. 다섯 명이 한 게르에서 잠들어야 하는 상황이니 이런저런 이야기들이 오가고 있었다. 사막과 별과 이곳의 아름다움에 대한 이야기는 사실 금방 바닥이 나기 마련이었다. 천창 위로 솟은 난로 연통에서 불꽃이 튀었다. 마치 유성우가 쏟아져 내리는 것처럼 보이지 않는 밤하늘 속으로 불꽃이 별을 대신해서 떨어져 내리고 있었다.

활활 타오른 장작불은 밤하늘에 별 대신 불꽃을 피우느라 오래가지 못했다. 새벽에 불이 꺼졌다. 으스스 어깨까지 스며든 한기를 담요로 덮어 주다가 남아 있는 장작 몇 개를 난로에 넣고 다시 불을 지폈다. 사막을 지나오며 작은 마을에 들렀을 때 먼지만 내려앉은 상점에서 산 노트를 뜯어 밑불을 만들었다. 노트에는 아무것도 적혀 있지 않았다. 돌 위에 글씨를 쓰려고 했지만 잘 되지 않아서 대신 노트를 샀는데, 아무것도 쓰지 못했다. 난로 안에 타다 만 숯덩이가 있어서 제법 불이 잘 붙었다.

벌써 아침이 되었다. 누가 찾아왔는지 문 앞에 발걸음 소리가 들리는 것 같았다. 게르의 문을 열자 바로 앞에서 두 마리 말이 나란히 풀을 뜯고 있었다. 새벽에 내린 이슬에 촉촉하게 젖은 풀을 뜯고 있었다. 그 소리가 맑았다. 쪼그리고 앉아 말이 풀을 뜯는 소리를 듣고 있었다. 저만치에서도 여러 마리의 말들이 모여서 풀을 뜯고 있었다. 마치 이 맑고 경쾌한 소리를 듣기 위해서 사막을 건너온 것만 같았다.

한두 방울 비를 내리는 낮은 구름과 게르 위로 모래바람을 몰고 지나가는 사나운 밤을 언젠가 나는 잊게 될지 모른다. 석양을 내다보려고 게르의 문을 여는 소리, 들판까지 몇 걸음 걸어가다 되돌아선 낯선 그림자를 나는 잊게 될지 모른다. 벌써 그 모든 것들이 아득하기만 했다. 그러나 들판을 천천히 지나가며 한 무리의 말들이 풀을 뜯고 있는 그 맑은 소리는 결코 잊고 싶지 않았다. 풀을 뜯으며 지나가는 말들을 따라갔다. 한없이 느리고 느린 걸음이었다. 말이 풀을 뜯는 사이에 한 걸음 앞서기도 하다가 곳곳에 피어난 야생화를 보려고 쪼그려 앉아 있기도 했다. 흰색, 보라색, 주황색, 분홍색……. 이름은 알 수 없었다. 유일하게 알고 있는 꽃은 에델바이스뿐이었다. 원래부터 이름이 없었던 꽃을 나는 그 모습 그대로 바라보고 있을 뿐이었다.

폭포 소리가 제법 차갑게 들리기 시작했다. 어느새 내 손에는 한 움큼의 온갖 야생화들이 들려 있었다. 기다란 풀잎 하나를 꺾어서 꽃묶음까지 만들어 들고 있었다. 말들이 풀을 뜯는 동안 나는 그 옆에서 야생화를 뜯었다.

모처럼 나도 아침밥을 먹고 싶었다. 꽁치 통조림을 가져왔다고, 직접 아침상을 차려 보겠다고, 누군가 잠에서 덜 깬 목소리로 식당에 가고 있었다. 어릴 때부터 나는 꽁치조림을 못 먹었다. 그런데 어릴 때 이후로 단 한 번도 입에 대지 않았던 그 비린 생선이 갑자기 먹고 싶어졌다. 배가 고팠다.

·
·
·
사막에서는 오로지 자기 자신만을 만날 수 있다

어워에 바친 것은

황혼, 뒤를 돌아보다

다시 버려진 신발을 찾아서

구름몰이꾼

그 이름은 돌론 보르항

황금여우를 보았다

제10장

{ 바 야 르 떼,
고   비 }

• 바야르떼: 헤어질 때 하는 인사말

사막에서는 오로지
자기 자신만을
만날 수 있다

다시 고비사막을 찾은 것은 한 해가 지나고서였다. 밤마다 모래 우는 소리가 들렸지만, 은빛 밤하늘의 별들은 기억조차 나지 않았다. 게르의 천창에 떠 있는 별을 다시 보고 싶었다. 그러나 내가 사막으로 다시 떠나게 된 것은 오로지 그런 이유만은 아니었다. 똑같은 곳을 두 번이나 연이어 찾아갈 때는 다 그만한 이유가 있을 것이다.

잊을 수 없을 정도로 아름다운 곳이었거나 아니면 후회라고 밖에 설명할 수 없는 그 무엇인가를 남기고 왔기 때문일 것이다. 이 모든 것들이 느닷없이 다시 사막으로 나를 이끌었다. 무엇을 보고 마주해야 할지 나는 너무도 분명하게 알고 있었다. 다시 기다림의 공간으로 들어가고 싶었다. 삶은 그렇게 잃어버린 어떤 것들을 대체하는 것으로서만 지속되는 것이었다. 다시 잊지 못할 만큼 별을 보고 싶었고, 남기고 오지 못한 문장을 이번에는 검은 돌 위에 반드시 새기리라는 각오였다. 아니, 두고 오지 못한 것들을 되돌려 놓으려고 했다. 영원한 고요의 바다를 건너가지 못하고 되돌아와 떨어져 내리는 별처럼 그렇게 모든 것을 태워 버리고 싶었다. 다시 기다릴 것이며, 그리워할 것이다. 꿈꿀 것이다. 나는 살아 있을 것이다. 실망과 탄성, 그리고 다시 희망. 사막에서 나는 어느 쪽일까. 아마도 이 모든 대답을 다 갖고 있지 않았을까. 황량한 흑백의 화면을 지워 버리고 사막을 건너갈 수는 없다. 누구나 사막의 거대한 공허 앞에서 실망감을 가장 먼저 느끼게 된다. 그러나 그다음에야 비로소 다른 사막이 나타난다는 것을 잊어서는 안 된다.

나도 역시 그런 사막을 지나왔다. 사막은 누군가에게는 어디를 가든 다 똑같고 아무것도 없는 곳이다. 또 어떤 이에게는 이제까지 겪어 보지 못한 새로운 공간일 수도 있다. 모든 것을 잃은 자는 그 자리에서 신을 만나게 된다고 했다. 오랜 경전의 시편들은 그렇게 노래하고 있다. 그러나 사르트르는 상실감 뒤에 오로지 마주할 수 있는 것은 자기 자신뿐이라고 생각했다. 신과 나, 그리고 그 무엇인가를 마주할 수 있는 곳, 그곳이 바로 사막이었다.

사막에 들어가려면 역시나 바위샘물로 두 눈을 씻어야

한다. 그런데 사막으로 들어가는 첫날에 바가 가즈린 촐로까지 가지 못했다. 멀리 그 산줄기가 보이기는 했지만, 사막에 들어서는 의식을 치르지 못한 것이 내내 마음에 걸렸다. 그래서였는지 저물녘에 몰려온 구름은 첫날부터 별을 보여 주지 않았다.

어워에
바친
것은

아침 일찍 바위샘물을 찾아 올랐더니 어느 가이드 한 사람이 앉아서 돈을 내라고 했다. 물론 농담이었다. 울란바토르의 레스토랑에서 마주쳤던 독일인 여행자들이 그와 함께 있었다. 낯선 곳에서 몇 번 마주치다 보면 이런 식으로 인사를 나누게 된다. 사막에 들어가는 길은 비슷했다. 그래서 같은 날 출발한 여행자들은 며칠간 같은 캠프에서 마주치게 된다.

이제 두 눈을 씻고 사막으로 들어가야 한다. 일찍 출발해서 그런지 차강 소와락까지 제법 길이 멀지 않은 것 같았다. 지난해 탔던 푸르공이 아니라 델리카를 타고 와서 길이 편해서였을 것이다. 차창으로 들어오는 햇빛도 괜찮았고, 비포장길을 달릴 때의 충격이 한결 편안했다. 무엇보다도 뜨거운 엔진에서 뿜어져 나오는 열기가 그대로 실내를 뜨겁게 만들었던 푸르공과 달리 에어컨까지 달려 있었다.

차량 하나 달라졌을 뿐인데, 이렇게 여행이 편해질 수가 있을까. 어쩌면 무엇인가 근심 하나를 덜었기 때문이 아니었을까. 차강 소와락에는 이제 더 이상 그림자가 없었다. 나는 준비해 간 내 첫 시집을 가방에서 꺼내 작은 어워 위에 바쳤다. 아무것도 바칠 것이 없었고, 희망할 수 없었던 지난 기억을 이제야 비로소 벗어날 수 있을 것만 같았다.

　언덕을 내려와서 찾은 곳은 지난해 별빛 아래 텐트를 쳤던 캠프였다. 여행자들이 많지 않은지 뒤쪽에 배치된 게르들은 비바람에 묻은 더러운 얼룩을 그대로 드러낸 채 자물쇠가 채워져 있었고, 몇몇 게르는 아예 방치된 것처럼 보였다. 알고 보니 이제 더 이상 캠프가 운영되지 않는다고 했다. 내일이면 캠프를 철수할 것이라고. 내가 마지막 여행자였던 것이다. 이제 더 이상 이곳은 추억이 재생될 수 없는 과거가 되고 있었다.

　나는 지난해처럼 같은 자리에 텐트를 치고 느긋이 석양을 기다리고 있었다. 와인 대신 내가 가져온 것은 고요였다. 침묵이었다. 그런데 종일 뒤를 따라온 구름이 서쪽에서 더 많은 구름을 데리고 몰려오고 있었다.

　벼락이 쳤다. 먼 서쪽 하늘에서 먹구름 아래 진분홍색의 버락이 내리치고 있었다. 이곳까지 비와 바람이 불어오지는 않았지만, 벼락이 내리치는 것을 보니 오늘 밤도 별을 보기는 틀린 것 같았다. 석양 대신 벼락이 내리치는 풍경을 보다가 텐트에 들어가 앉았다. 오늘밤은 깊이 잠들 것이다. 고요해질 것이다. 그렇게 앉아서 어둠을 맞이하고 있었는데, 영락없이 세찬 비바람이 불기 시작했다.

끈으로 사방을 단단하게 고정해 두지 않고 폴대만 세워 놓았기에 텐트가 바람에 쉽게 쓰러지고 있었다. 기울어지는 텐트를 등으로 막고 있었지만, 비바람은 그칠 것 같지 않았다. 할 수 없이 애써 텐트 안에 들여놓은 짐을 꾸려서 게르 안으로 들어갔다.

황혼,
뒤를
돌아보다

 사막도시 달란자드가드Dalanzadgad로 가는 길은 그지없이 황폐했다. 며칠 전 마른 비가 지나갔는지 바닷물이 끊긴 죽은 개펄 같은 황량한 폐허만이 자라나고 있었다. 그나마 얼음계곡 욜링암Yolyn Am을 되돌아 나오는 언덕 아래로 거대한 바다가 펼쳐져 있었다. 신기루는 아니었다. 지평선을 가리고 있는 웅장한 산맥이 너무 멀어 흐릿한 잿빛으로 보이면서 마치 눈앞에 망망대해가 펼쳐져 있는 것처럼 착시를 일으켰다.

 그 바다 가까이 내려가자 여름 한철 지나가는 비구름이 거대한 암흑의 터널을 끌고서 나타났다. 순식간에 내리퍼붓는 빗물이 산맥을 타고 흘러내려 온통 붉은 흙탕물로 넘쳐 나고 있었다. 다른 세계로 건너가는 터널을 지나온 듯이 곧 비가 그치고 나자 짙푸른 하늘과 붉은 진흙 세상이 펼쳐졌다.

한차례 비가 내려서 그런지 달란자드가드를 향해 가던 길과는 사뭇 다르게 알타이산맥은 암청색으로 장대했다. 먹구름이 조금씩 걷히고 있었지만, 아무리 바람을 가늠해 보아도 한나절 급변하는 구름의 방향을 알 수는 없었다. 오늘은 별을 볼 수 있을까. 한 사내가 밤하늘에 몰고 가는 푸른 눈을 가진 양과 갈색 염소의 무리를 다시 만날 수 있을까.

진흙 천국을 지나자 광활한 언덕이 나타났다. 서쪽 하늘이 열리면서 동쪽으로 밀려난 구름들이 고스란히 석양을 받아 분홍빛으로 물들어 있었다. 무지개가 떴다. 어느 이탈리아 여행자가 들판에 나와 한참동안 서서히 사라져 가고 있는 무지개와 동쪽 하늘에 빛나는 분홍구름을 바라보고 있었다. 저물어 가는 석양보다 뒤돌아 바라보는 지나온 길이 더 아름다운 것일까. 하지만 저물지 않고서는 되돌아볼 수 없을 것이다.

오랜 옛날 인도네시아 니아스 섬의 원주민들은 무지개를 두려워했다고 한다. 그들은 무지개가 인간의 그림자를 잡아가기 위해 만들어 놓은 어느 정령의 그물이라고 생각했다. 그 무지개 아래를 지나가다가는 그림자를 잃고 죽게 될 것이다. 이곳은 니아스 섬이 아니었지만 저 무지개는 분명 무

엇인가 그 아래에 펼쳐진 것들을 아득한 곳으로 함께 데리고 가고 있었다. 어쩌면 그것은 아름다움일지도 모른다.

그 아름다움은 슬프다. 한순간의 절경 앞에는 깊은 상실감에 사로잡혀 어찌할 바를 모르고 있는 자가 우두커니 서 있다. 어쩌면 아름다움은 사라져 버린 것에 대한 환각이었을 것이다. 그러한 슬픔을 나는 마주하려고 했다. 무지개가 사라졌지만 여전히 내 그림자는 남아 있었다. 나는 살아 있는 것이다.

하지만 이내 해가 지고 어둠 속으로만 길게 끌려가는 내 그림자를 바라다보는 일은 무슨 이유인지 슬퍼 보였다. 아름다움을 따라가는 것이 일생이라면, 그 일생이 비로소 아름다움이라면 내가 이곳에서 마주할 수 있는 것은 유일하게 자신뿐일 것이라고 생각했다. 나는 내 그림자로 뒤덮인 밤하늘을 맞이할 것이다. 그 아래 나는 밤새 별을 보며 추위에 떨고 있을 것이다.

다시 버려진
신발을
찾아서

별을 보겠다고 왔지만, 실은 버려진 신발을 찾으러 온 것이었다. 사막에 들어서면서부터 나는 별보다도 예전에 황무지 한편에 버려진 신발을 다시 찾아보리라는 생각을 떨쳐 버릴 수가 없었다. 누가 신다가 아무렇게나 내버린 신발일 뿐이었다. 왜 그런 것에 집착하고 있었을까.

여행 루트를 지난해와 동일하게 잡은 것은 그 신발을 다시 찾으려는 생각 때문이었을 것이다. 그렇게 홍고린 엘스를 향하고 있었다. 예전 같으면 왼편으로 기다랗게 끝도 없이 이어진 모래산이 보여야 하는데, 차는 느릿느릿 산악지대로 들어가고 있었다.

지름길이었다. 이쪽으로 새로 길이 났는지 검은 자갈이 평평하게 깔려 있었다. 아스팔트 도로를 내기 전에 땅을 다져 놓은 것처럼 길이 이제 막 새로 만들어지고 있는 줄 알았다.

"잘 다니지 않는 길이에요. 이 알타이를 넘으면 바로 홍 고린 엘스에 도착할 거예요."

알타이라니! 나는 알타이를 넘고 있었다. 구르반 샤이한 산맥을 넘었던 것이다. 아무도 지난 적이 없는 듯이 사위는 고요했고, 또 음산한 공포마저 느끼게 하는 외딴길이었다. 산양과 야생나귀와 늑대를 보지는 못했다. 그 흔한 솔개마저 날지 않았다. 산등성이 위에 독수리가 앉아 있던 그림자

마저 없었다. 빗물에 흙먼지가 쓸려 간 산줄기는 검게 드러났고, 구름은 빠르게 비탈을 지나갔다.

오래된 동굴의 습한 곰팡이 냄새가 느껴졌다. 은둔자에게 드리워진 위험한 비밀, 차가운 숨결 같은 침묵이 사위를 에워싸고 있었다. 고도계를 보니 2,017미터까지 올라왔다. 정상에서 한두 번 더 고개를 넘을 때였다. 길가에 어워가 하나 있었다. 산정이라 그런지 빗방울이 한두 방울 조금씩 떨어져 내렸다.

이곳에 차를 세우고 지나온 길을 뒤로해서 어워를 바라보았다. 이제까지 본 어워 중에 가장 아름다웠다. 나는 이곳에 내 두 번째 시집을 바치고서 어워를 세 바퀴 돌았다. 무거운 짐 하나를 덜게 된 듯이 나는 조금 흥분하고 있었다. 이맛머리에 흐르는 빗방울이 맑았다.

산 정상을 넘어서 남쪽으로 내려가니 바로 홍고린 엘스가 보였다. 지난해와 다른 길이었기 때문에 중간에 내려서 신발을 찾으며 캠프로 걸어갈 수는 없다. 짐을 풀고 저녁 시간까지 여유가 있어서 혼자 예전의 기억을 더듬어 신발을 찾으러 나섰다. 내 기억이 정확하다면 분명 저기 어디쯤일 텐데, 캠프를 향해서 걸어왔던 곳이 길의 왼편인지 오른

편인지 분명하지는 않았다.

300미터쯤 떨어진 곳이었다. 작년의 기억을 더듬어 보았지만 신발은 보이지 않았다. 못 찾으면 어쩌나 조바심이 나기도 했다. 점점 근처의 유목민 게르가 가까워 오면서 몽골개가 나타나지나 않을까 두려웠다. 신발은 여전히 보이지 않았다. 이 산간고원의 사막에서 지난해 보았던 버려진 신발을 다시 찾고 있다니! 참으로 무모한 일이었다.

사막에서 아무런 질문도 얻지 못했다면 그 누구라도 실망감에 사로잡혀 한시라도 빨리 돌아가고 싶을 것이다. 이제까지 볼 수 없었던 광활한 대지 앞에서 한껏 닿을 수 있는 곳까지 멀리 바라다보는 눈빛을 가진 이라면 분명 새로운 풍광에 감격하고 있을 것이다. 그러나 사막에는 아무것도 없다. 가도 가도 매운 흙먼지와 날카롭게 부서진 암석과 듬성듬성 자란 마른풀들뿐이다. 그래도 뭔가 더 있을 것이라고 애써 입술을 굳게 다물고 있는 이도 있을 것이다.

그때였다. 안 되겠다 싶어 뒤돌아서는 순간 길 건너편에 신발 하나가 보였다. 아마도 지난 한 해 동안 거센 바람에 30여 미터쯤 날아간 듯했다. 근처를 조금 더 살펴보니 다른 한 짝도 보였다. 사진 한 컷으로 담을 수 없을 정도의 거리

만큼 신발은 흩어져 있었다. 진화론에서 그랬던가. 모든 것은 흩어진다고. 그것이 자연의 순리라면, 나 역시도 지난날로부터 멀어져 흩어지는 중일까.

다시 신발을 찾았다. 이번 여행의 가장 중요한 목적이었다. 왜 나는 이 버려진 신발을 굳이 다시 찾으려고 했을까. 내 신발도 아니며, 그렇다고 주워서 신을 것도 아닌데 말이다. 지켜보고 싶었을 뿐이다. 찾고 싶었을 뿐이다. 잊지 않으려 했을 뿐이다. 그것만으로도 나는 충분했다.

구름몰이꾼

유난히 비가 많이 온다고 이곳 사람들도 이상하게 여겼다. 단 한 철뿐인 사막의 짧은 우기가 온통 구름을 몰고 와 있었다. 아직 이른 시기였는지 들판 가득 야생화들이 피어야 할 자리가 여전히 황량할 뿐이었다. 그믐을 맞춰 왔기에 연분홍빛으로 지평선까지 가득 피어 있는 부추꽃을 보지 못한 채 사막에 들어섰다.

이곳의 그믐은 길었다. 그러나 생각만큼 밤하늘이 열리지 않았다. 달란자드가드를 지나 언덕에서 하루 묵고 간 고비 미라지 캠프, 그리고 홍고린 엘스 앞의 모래 들판에서 밤새도록 별을 만났지만, 별을 찾는 사람은 단 하루만이라도 별을 볼 수 없는 날을 쉽게 지나치기가 어려웠다.

보다 광활한 들판에서 밤하늘을 보기 위해 테비쉬 울에 도착했지만, 다음날 가야 할 길이 상당히 멀고 무엇보다도 너무 일찍 도착해서 시간이 많이 남았기 때문에 조금이라도 더 이동하기로 했다. 70킬로미터쯤 예정보다 더 이동했는데도, 하늘은 구름뿐이었다. 앞으로 갈수록 더욱 지평선조차 보이지 않는 검은 구름으로 가득했다. 오히려 구름 속으로 찾아 들어가는 형국이었다.

이래서는 안 되겠다 싶은지 먼저 앞서 가던 푸르공이 되돌아왔다. 조금 전에 지나쳐 온 탁 트인 들판이 그나마 괜찮아보였기 때문이었다. 고친 오스^{Guchin-Us} 부근의 벌판이었다. 구름이 어느 방향으로 흐르는지 걱정하면서 들판에 나란히 텐트를 쳐 두었다. 저녁이면 구름이 걷힐지도 모른다는 막연한 바람만 갖고 있었지만, 한 무리의 낙타가 천천히 풀을 뜯으며 지나가고 거대한 먹구름은 지평선 가까이에 머물러 있었기에 마음만은 한가로웠다. 어느 정도 준비가 된 듯해서 모처럼 들판에서 차를 끓여 마시려던 참이었다. 머리 위까지 서서히 거대한 구름이 몰려오고 있었다.

"구름이 예사롭지 않은데······."

느긋하게 일몰을 기다리려고 자리에 앉아서 들판을 바라보고 있을 때였다. 갑자기 돌풍이 불어닥치기 시작하는 것이었다. 세워 둔 카메라 삼각대가 넘어지고 돗자리가 날아가고, 식기며 꺼내 놓은 온갖 것들이 바람에 휩쓸려갔다. 텐

트 하나는 바람에 뽑힌 채 질질 끌려가다가 땅에 박아 놓은 한 쪽 쇠고리에 간신히 매달렸고, 좀체 바람은 멈출 기미가 보이지 않았다. 그 거센 바람 속에서 텐트나마 지켜보려고 서로 끝을 묶어 연결해 두었다. 남은 끈과 철심을 찾아서 허술하게 세운 텐트를 다시 고정하고 있었다.

텐트를 고정할 못이 다 떨어지고, 바람에 익숙해진 몸으로 들판 앞에 바짝 다가가 두 팔을 벌리고 바람을 맞아들이고 있었다.

"어서, 와라. 집으로 가자."

그제야 바람이 가라앉기 시작했다.

"오, 샤먼!"

누군가 나를 그렇게 부르고 있었다. 바람을 예견하고, 바람을 잠재우다니! 나는 샤먼이 되고 말았다. 바람이 멎자 그렇게 한가로운 농담이 나오기 시작했다. 게다가 하늘마저 탁 트였다. 저물 무렵에만 불어오는 거센 바람이 한차례 지나갔던 것이다. 여지없이 구름 한 점 없는 하늘이 드러났다. 한 무리의 사나운 구름이 제 우리로 들어가 잠들고 나자 하늘은 밤새도록 고요했다.

그런 곳에서만 만날 수 있는 것이 있었다. 누가 거대한 성냥을 밤하늘에 긋고 지나간 것처럼 북두칠성 오른편에 거대한 별똥별이 한없이 느릿느릿 떨어져 내리고 있었다. 평생 단 한 번 볼 수 있는 장엄한 별똥별이 떨어졌다. 성냥 개비 끝에 묻은 유황이 지글지글 타 들어가는 모습이 선명하게 보이는 것처럼 별이 온몸을 태우며 떨어져 내렸다.

다들 고단한 일정에 지쳐 텐트에 들어가 잠든 시간이었다. 나도 자정 무렵 잠깐 눈 좀 붙이고 나온 때라 정신이 혼몽한 상태였다. 새벽 두 시였다. 이게 뭐지, 하고 고개를 들어 밤하늘을 보고 있었다.

삼각대 위에 올려놓은 카메라를 바라보았다. 붉은 등이 켜져 있었다. 한 손에는 릴리즈 버튼이 쥐어져 있었다. 내 카메라가 이미 저 별똥별을 찍고 있는 것이었다.

그 이름은
돌론 보르항

어르헝 폭포에 도착해서 짐을 풀고 별을 찍으려고 삼각대를 내다 놓고 소프트 필터를 챙기며 준비하고 있는데, 한 아이가 신기한 듯 다가왔다. 아이는 별을 가리키며 별 이름을 말했다. 그 발음이 무척 낯설어서 나도 별을 가리키며 발음을 따라 해 보았다. 아이는 내 어설픈 발음을 몇 번 교정해 주었다.

그 별을 찍어서 아이에게 보여 주자 재미있다는 듯 한참을 액정 화면에 고개를 숙이고 있었다. 이 아이가 가리킨 별이 내가 본 것과 같은 것인지 확인하기 위해 그림을 그리며 별 이름을 발음해 보았다. 나는 국자 모양을 그렸는데, 아이는 국자 끝에서 한 번 더 안쪽으로 선을 긋고 있었다.

조금 이상했다. 나는 다시 국자 모양을 그렸다. 아이도 다시 별을 그려 보았다. 허공에 그린 그림이라 분명하지 않았지만 역시나 내가 그린 그림과는 달랐다.

아라비아에서는 북두칠성이 관을 메고 가는 모습으로 보

었다. 중국에서는 북두칠성을 인간의 죽음을 결정하는 별로 인식했다. 이곳에서도 역시 북두칠성은 저승의 별이었다. 아이가 별의 끝에서 안쪽으로 한 번 더 선을 그려 놓은 것은 아라비아인들이 바라보았던 그 죽은 이의 관이었을까.

이곳의 설화에 따르면 북두칠성은 황금막대기에 묶어 놓은 두 마리 황색 말을 지키기 위해 일곱 명의 노인이 주위를 돌고 있는 모습이라고 했다. 아이와 내가 올려다본 곳은 일곱 명의 노인이 밤새도록 두 마리의 말을 지키고 있는 세계였다.

돌론 보르항долоон бурхан. 아이가 알려 준 별의 이름은 돌론 보르항이었다. 일생을 다 마치고 비로소 돌아가게 될 죽음의 세계, 돌론 보르항. 그러나 그곳은 신들이 두 마리의 말을 지키듯이 내 영혼을 황금 막대기에 고이 묶어 둘 수 있는 곳인지 모른다. 그러니까 저 별은 방랑자의 영혼이 쉴 수 있는 곳이었다. 참으로 다행스러웠다. 신들이 내 영혼을 지켜 줄 수 있는 곳으로 갈 수 있다니!

고구려인도 북두칠성을 보고 자신이 태어난 곳이라고 믿었다. 그러니 누구나 죽어서 관 바닥에 그려 넣은 칠성판을 지고 북망산천으로 가게 되는 것이다. 나도 아이도 언젠가는 그렇게 저 별로 가게 될 것이다. 서로 말이 통하지 않으면서도 별 하나를 두고 아이와 나는 잠시나마 이야기를 나누고 있었다. 서로 자신이 태어난 별을 가리키고 있었다. 그것은 죽음이 아니라 살아 있는 자의 손짓이었다.

황금여우를
보았다

아무것도 하지 않겠다. 그렇게 하루는 게으르게 들판이나 거닐면서 보내려고 했다. 일행들이 들판으로 말을 타러 간 사이에 잠시 혼자 게르 안에서 잠들어 있었다. 그때 황금여우를 보았다. 석양을 등에 거느리고 아름답게 빛나는 황금여우를 꿈속에서 보았다. 나는 저무는 등 뒤의 어둠을 거느리며 황금여우를 따라가고 있었다. 너무나 아름다웠다.

일행들이 말을 타다가 돌아오는 소리에 그만 꿈에서 깨어나고 말았다. 나는 불안한 꿈에서 깨어난 것이 아니었다. 그러니 내 몸이 흉측한 갑충류로 변해 있지도 않았다. 다만 석양을 거느린 아름다운 길을 따라가지 못했을 뿐이었다.

밖에는 어느새 석양이 지고 있었다. 들판에 핀 야생화를 보면서 강줄기를 따라 물 흐르는 소리를 듣고 있었다. 잣나무 위에 앉아 있는 수십 마리의 솔개들을 가까이 쫓아가고 있었다. 그렇게 하루가 지나가고 있었다.

낮에 잠깐 빗방울이 떨어졌는데, 저물 무렵에는 석양마저 젖어 있었다. 구름이 짙게 깔려 있었다. 침엽수 몇 그루 서 있는 산등성이 위로 그믐을 지난 초승달이 낮게 떠올랐다. 채 30분도 안 될 정도로 달은 조금 산등성이를 타고 떠올랐다가 그 아래로 이내 저물었다. 일찌감치 게르 앞에 나와 앉아서 먼 하늘을 바라보며 별을 기다리고 있었다.

불이 없다 내게는 아무것도 없다 이미 다 타고 남은 자리에서 나는 태어났다

화산재가 쌓인 듯 황막한 벌판을 이루는 동안 늙은 나무들이 화석이 되어 비와 바람과 햇빛을 견디는 동안

무엇보다도 자기 자신을 견디는 동안

사라졌던 주문처럼 내가 결코 말할 수 없는 것들처럼 북쪽의 높은 숲을 지나온 오래된 바람이었을까

두근거림뿐이었다 한 마리 겁먹은 쥐새끼가 되어 내 심장을

내가 갉아먹는 줄도 모르고 있었다

그러지 않았다면 나는 *그*저 수천 미터 광맥을 따라갔을 것
이다
한마디만 남았다 다 타 버린 별처럼 내게 침묵만이

오랜 그믐을 지나왔다. 다음 날 초원을 지나 마지막 캠
프에 짐을 풀었다. 지난해 천둥과 빗소리를 녹음했던 곳이
었다. 석양이 지고 사막의 달이 잠시 떠올랐다가 이내 산맥
뒤로 사라졌을 때, 구름이 조금 걷히는가 싶었다. 나는 마
지막 밤을 여전히 별을 기다리는 것으로 맞이하려고 했다.
먹장구름이 몰려왔다. 그래도 나는 먼 하늘을 바라보며
별을 기다리고 있었다. 북극성이 구름 사이로 보이는가 싶
더니 온 밤하늘이 완벽한 어둠 속에 갇히고 말았다. 검은
휘장이 드리워졌다. 그래도 나는 게르 앞에 의자를 내어 앉
아서 밤하늘을 올려다보고 있었다. 비는 내리지 않았다. 천
둥소리도 들리지 않았다. 그러나 밤하늘은 암흑에 뒤덮여
있었다. 별이 뜨지 않을 것을 뻔히 알면서도 나는 결코 지

나칠 수 없는 어떤 의례를 치르듯이 그 자리에서 기다리고
만 있었다.

"때로는 자기에게서 도망치고, 때로는 자기 자신에 대한
두려움을 가지고 있는 존재—그러나 너무나 호기심이 강
해, 언제나 다시 '자기 자신에게 돌아오는 존재……."^{프리드리}
^{히 니체, 〈선악의 저편〉} 그런 인간으로 나는 다시 돌아가고 있었다.
나에게로 탈주하고, 위험한 비밀에 사로잡혀 있다가 급기
야 자기 앞에 놓인 창백한 어둠 속으로 성큼성큼 걸어 들어
가야만 하는 그런 인간으로.

어둠뿐이었지만, 나는 이 마지막 밤이 오히려 찬란했다.
나는 돌아갈 것이다. 이 어둠을 안고서 나는 돌아갈 것이
다. 아득하니 먼 사막에서 돌아온 이의 모래먼지 같은 흐린
눈빛 속에는 그 무엇도 들어 있지 않을 것이다. 석양을 따
라 지평선으로 사라진 어느 뒷모습을 그 누구도 찾을 수 없
을 것이다.

이름이 없는 너를 부를 수 없는 나는

copyright©2012 마음의숲

글·사진 김태형
표지 일러스트 마담롤리나

1판 1쇄 인쇄 2012년 11월 26일
1판 1쇄 발행 2012년 11월 29일

대표 권대웅
편집 박희영 구현진 신세경
디자인 여만엽
마케팅 노근수 오선희

발행인 신혜경
발행처 마음의숲
출판등록 2006년 8월 1일(105－91－03955)
주소 서울시 마포구 상수동 145－1번지 영빈빌딩 6층
전화 (02) 322－3164~5 ｜ 팩스 (02) 322－3166
마음의숲 페이스북 http://facebook.com/mindbook
값 13,000원 ISBN 978－89－92783－66－8 (03810)

마음의숲에서 단행본 원고를 기다립니다.
따뜻하고 생동감 넘치는 여러분의 글을 maumsup@naver.com으로 보내 주세요.

*이 도서는 한국문화예술위원회와 경기문화재단의 '2012 전문예술 연구·출판 지원사업'에
  선정되어 출간되었습니다.